竜騎士殿下の聖女さま

登場人物紹介

サリー

ギルと契約する
精霊・サラマンダー。
大きな竜に姿を変える。

ギルベルト（ギル）

偶然新菜を助けた旅の竜騎士。
彼女が聖女と知り
王宮までの案内役を申し出る。
女性の扱いに長《た》けた
ワイルドな美丈夫《びじょうふ》。

橘《たちばな》 新菜《にいな》

突然、聖女として
異世界に召喚された普通のOL。
ある方法で、膨大な魔力を
溜めることができる。
明るく行動力があり常に前向き。

ツヴァイ
カーリアの従者。
一見、人当たりの
いい青年だが……。
カーリア
玉《たま》の輿《こし》を狙う子爵令嬢。
聖女の新菜が気に入らない。
アン
王宮で新菜に付けられた
専属の家庭教師。
厳しく優しい女性。
ヨルン
国一番の実績を持つ
魔道具と魔法の研究者。
王宮内の時計塔に
引き籠もっている。

プロローグ

「新菜《にいな》、違うんだ！　これは……」

「うっさい隆二《りゅうじ》！　違うも何も、私が見ているこの光景が全てでしょう⁉」

新菜は仁王《におう》立《だ》ちで、恋人から〝元〟恋人に成り下がりそうな全裸男を睨《にら》みつける。

場所は新菜と隆二が同棲しているアパートの寝室だ。二人で使っているダブルベッドの中では、長い金髪を緩《ゆる》く巻いた女性が裸の上半身をシーツで隠しこちらを眺めていた。

顔面蒼白の浮気男は冷や汗をかきながら、しどろもどろに言葉を紡《つむ》ぐ。

「こ、この子は大学時代の後輩で……その、失恋したから慰《なぐさ》めて欲しいって言われて……。信じてくれ、決して俺が望んだわけじゃ！」

「黙れ！　この浮気男！」

「本当なんだ！　俺が愛しているのは新菜だけだ！　頼む！　捨てないでくれ！」

「えー。でもぉ、隆二さん『あの女にはもう飽き飽きしたんだ。早く別れたい』って言ってたじゃないですかぁ」

「わぁあああぁぁぁぁあ‼」

金髪女の冷めた声をかき消すように隆二が叫ぶ。その行動こそ金髪女の言葉が真実だと物語っていた。

新菜は怒りに拳《こぶし》を震わせ、地を這《は》うような声を出す。

「ふーん。へぇー。そうなの」

鬼の形相《ぎょうそう》を浮かべた新菜に、隆二はびくりと肩を震わせすくみ上がった。

「……じゃあ、別れてやるわよ！　この、能なし浮気ヒモ男がぁ!!」

そう言って、渾身《こんしん》の力をこめて放った拳《こぶし》は男の顔面にクリーンヒットした。隆二は大量の鼻血を噴きながらベッド脇まで飛んでいき、そのまま気絶したようだ。

新菜は鞄《かばん》を引っ掴《つか》み、一度も後ろを振り返ることなくアパートを後にした。

それが橘《たちばな》新菜に起こった一時間前の出来事である。

新菜は、当てもなくふらふらと暗い夜道を歩いていた。時刻は現在九時。

頭上には星が瞬《またた》いて、綺麗な満月が新菜を見下ろしている。

新菜は現在二十五歳。ついて欲しい所に肉はつかない所に、つかなくてもいい所にはちゃんとお肉がついている、普通のＯＬだ。

高校卒業後から勤めている会社は、社員を馬車馬のように働かせることをなんとも思わない、所謂《いわゆる》ブラック企業と呼ばれる会社だった。なので、新菜の帰宅時間は毎日かなり遅い。

いつもなら夜の十時や十一時を回ってしまうのだが、今日に限って早く帰れたのだ。

久しぶりに隆二とご飯を食べてゆっくりできると鼻歌を歌いながら帰宅した新菜は、そこで彼の浮気現場を目撃してしまったのである。

その時の絶望感たるや筆舌《ひつぜつ》に尽くし難《がた》い。

新菜は深くため息をついて、空を見上げる。肩より少しだけ長い黒髪が風に靡《なび》いた。

三年も付き合った彼から裏切られたというのに、不思議と涙は出なかった。彼に対する怒りは感じても、何故か悲しいとは思わない。

新菜の口から、再びため息が漏《も》れる。

あのアパートに戻る気にはなれなかった。それに、自分以外の女が寝たベッドを使う気にもなれない。

「今日どこ泊まろう」

新菜はひとまず、今晩はどこか別のところで頭を冷やし、明日、浮気男をアパートから追い出すつもりでいた。こんな時間に訪ねても笑って許してくれる友人はいるのだが、迷惑をかけることも、浮気されたことを言うのもなんだか気が引けた。

「とりあえず、ビジネスホテルかなぁ」

新菜は駅前のビジネスホテルを目指す。まっすぐ前を向いて暗い夜道を歩いていたら、視界の端で何かが光った気がした。何気なくそちらを見た新菜は、思わず息を呑む。

光の正体は流れ星だった。

それも一つや二つじゃない。たくさんの流れ星が新菜の視界を横切っていく。

「凄いっ……！」

見たこともない美しい光景に、新菜の心臓がドクリと音を立てた。

瞬《まばた》きをするのも忘れて、光の雨のような光景を瞳に焼き付ける。先程までの怒りも、情けなさも、全て洗い流されていくみたいだ。

おそらくこれは、流星群というやつだろう。新菜は呆《ほう》けた頭で、無意識に言葉を紡《つむ》いでいた。

「私を愛してくれる人が現れますように……」

思わず口にした新菜の願いに呼応するように、流れ星の勢いが増していく。

やがて、新菜の視界が星々の光で埋め尽くされた。そこで初めて、新菜は自分の見ているものの異常さに気が付く。

「え!?　な、なに!?」

次の瞬間、目を開けていられない程の強い光が新菜を包んだ。

そして襲った独特の浮遊感。

恐る恐る目を開いた新菜が見たのは、一面の青空だった。

ゴーゴーと音を立てて新菜の横を凄《すさ》まじい速さで雲が過ぎ去ってく。

息を呑んで前方に目をやれば鬱蒼《うっそう》とした森の木々がグングンと近付いてくる。

（いや、森が近付いてくるんじゃなくて――私が落ちてる!?）

新菜は一瞬で自分の置かれた状況を理解した。

どういうわけか、自分は今、とんでもない高さから地上に向かって落下している。

これは死ぬ。間違いなく死ぬ。

「きゃあぁぁぁあぁぁぁあぁ!!」

新菜の喉から、未だかつて出したこともないような悲鳴が飛び出した。恐怖で目を瞑《つぶ》れば、心臓の音がやけに大きく聞こえた。

新菜は地上にぶつかる覚悟を決める。要するに死ぬ覚悟だ。何がどうしてこうなったのか、いろいろ疑問や無念はあるものの、森の木々が米粒以下の大きさに見えるぐらいの上空から地面に落ちるのだ。痛みを感じる間もなく一瞬で死ぬだろう。それだけが唯一の救いだった。

新菜は衝撃に備えてぐっと身を硬くする。しかし——

「は? なっ……! お、女っ!?」

ひっくり返った男の声が聞こえたかと思った直後、彼女の背中は弾力のある何かの上に落ちた。

咄嗟《とっさ》に触れた何かは、つるっとした蛇やワニの鱗《うろこ》のような感触だ。

新菜が落ちた衝撃で上下に撓《たわ》んだ何かは、しなやかに形を変えて彼女を受け止める。

そして新菜の身体に太くて弾力のあるものが巻き付いてきた。

思いがけず落下は止まったものの、結構な高さから落ちた衝撃は凄《すさ》まじく、新菜は肺の空気を全て出し切って低く呻《うめ》く。

「——っ!」

痛みに溢《あふ》れそうになった涙を、新菜はぐっと堪《こら》えた。

状況を把握しようにも、あまりの痛みに頭が上手《うま》く働かない。かろうじてわかるのは、自分が死ぬのを免《まぬが》れたということだけだった。

新菜は全身を襲う痛みをなんとかやり過ごし、恐る恐る目を開ける。

最初に目に飛び込んできたのは〝何か〟に跨《また》がる男の後ろ姿。

更には、その跨《また》がっている〝何か〟は空を飛んでいるようだった。

どうやら新菜は、落下途中にその〝何か〟に助けられたらしい。

新菜は状況が上手《うま》く呑み込めないまま男の後ろ姿を見つめた。

燃えるような赤い髪に、重そうな甲冑《かっちゅう》を身につけている。その男がゆっくりと新菜を振り返った。

鼻筋の通った端整な顔つきに、髪より少し暗い赤い瞳。男らしく武骨な輪郭に無精ひげが生《は》えていた。オジサマと言うには若いが、青年と言うには少々無理がある気がする。

男は怪訝《けげん》そうに眉を寄せ、新菜を上から下まで眺めてこう言った。

「お前、いったい何者だ？」

第一章

男の乗った〝何か〟はゆっくりと降下し、森の中の少し開けた場所に着地した。

地面に下ろしてもらった新菜は、ポカンと口を開けて目の前にそびえる〝何か〟を見上げる。

「竜……？　ドラゴン……？」

新菜は先程まで自分が乗っていたものに度肝《どぎも》を抜かれた。

木の幹のように太い後ろ足に、鋭く尖《とが》った爪の付いた前足。背にはコウモリのような羽が二枚ついている。目の前の大きな塊《かたまり》は、おとぎ話や物語の中でしか見たことがない〝竜〟や〝ドラゴン〟と呼ばれるものに酷似《こくじ》していた。

その大きな身体を覆《おお》う鱗《うろこ》は、操っていた男の髪の毛と同じ赤色をしている。爬虫類《はちゅうるい》独特のギョロリとした目は新菜をじっと見つめていた。

その眼光の鋭さに新菜が息を呑み、身を震わせると、隣から優しく声がかけられる。

「怖がる必要はない。……サリー」

赤髪の男の言葉と共に、その竜は一瞬にして燃え上がり、瞬《まばた》き一つでいなくなってしまった。

目の前で起こった出来事が信じられず、新菜は声を震わせる。

「き、消えた？」

まるで白昼夢《はくちゅうむ》を見ているかのような状況に、新菜は自分の頬を捻《ひね》り上げたくなった。

何故か突然空を落下していると思ったら、物語の中でしか見たことがない大きな竜が目の前に現れて自分を救い、そして一瞬で消えたのだ。

落下の際にぶつけた背中の痛みが、これにまぎれもない現実だと訴えかけているが、夢だと言われた方がまだましだった。

そもそも、ここはどこなのだろうか。新菜は改めて周りを見渡した。

先程まで自分は閑静《かんせい》な住宅街で星を見上げていたはずだ。それなのに、今は鬱蒼《うっそう》とした森の中で太陽を見上げている。

「やっぱり夢でも見てるんじゃ……」

混乱したままそう零《こぼ》した新菜の上に落とされたのは、呆れたような、それでいて優しい声だった。

「そんなわけないだろう。ほら、ここだ」

きゅっ！　と甲高い声を上げて、彼の肩から赤いトカゲが顔を出す。

いや、正確にはトカゲではない。背中に立派な羽が生《は》えた、ちび竜である。

その姿を見た瞬間、新菜は思わず黄色い声を上げた。

「かーわーいーいー！」

するとそのトカゲは、パタパタと新菜に飛びついてきた。

「こらサリー！　素性《すじょう》のわからない相手に勝手に懐《なつ》くな」

咎《とが》めるような台詞《セリフ》だが、男の口調は子供に言い聞かせるみたいに優しい。本気で止めようと思っているわけではなさそうだ。

彼は新菜のことを敵とは思っていないらしい。

「本当にかわいい！　あなたサリーって言うのね？　この羽……凄くよくできてるけど、もしかして本物？」

「あっ！　こら、あんまりつつくな。羽はデリケートな部分なんだぞ」

男の少し焦った様子に、新菜は慌ててサリーの羽から手を離し、その背中を優しく撫でた。

「そうなの？　ごめんなさい。壊す気はなかったのよ」

「それを言うなら『怪我《けが》をさせる気はない』だろうが。羽に穴が空いたらしばらく飛べなくなるんだ。大事に扱ってくれ」

その言葉に、新菜は「えっ？」と目を丸くした。

そういえば、彼はあの大きい竜のことも『サリー』と呼んでいなかったか？

大きな竜が消えて、代わりに現れた小さなトカゲ……

もしかして、もしかすると、この小さなトカゲとあの大きな竜は同一人物ならぬ、同一動物なのだろうか。

「あ、あなた、あの大きな竜なの？」

答えるはずもない相手に、新菜は思わず疑問をぶつけた。すると赤いトカゲが機嫌よさげに喉を鳴らし、彼女に首を擦《こす》り付けてきた。

『そうだよー！』

「へ……？」

突如聞こえてきた甲高い声に、新菜はパチパチと目を瞬《またた》かせる。聞き間違いかと思い、辺りを見渡すが、新菜とちび竜の他には甲冑《かっちゅう》を着た赤髪の男しかいない。彼からあんな子供のような甲高い声が出るとは到底思えなかった。

新菜は手の中の赤いトカゲをじっと見て、恐る恐る声をかける。

「あなた……なの？」

サリーと呼ばれたトカゲは、きゅるるるっと喉を鳴らしただけだった。

やはり新菜の勘違いだろう。そう思った矢先、今度は先程よりもはっきりと、甲高い声が直接脳内に響き渡る。

『なにがー？』

「ひゃっ！」

思わず両手で頭を押さえた。宙に浮かんだ赤いトカゲは、パタパタと羽を動かし新菜を見ている。

「……あなた、話せるの？」

「は？」

その瞬間、赤髪の男が素《す》っ頓狂《とんきょう》な声を上げた。

しかし、そんなことに構っていられない新菜は、目の前のサリーとの会話に集中する。

会話といってもサリーの言葉は脳に直接流れ込んでくるのだ。端《はた》から見れば、新菜の言葉に対し、サリーがきゅーきゅーと甲高い声を上げているようにしか見えないだろう。

『話せるー！』

「サリーって賢い竜なのね！　えっと、竜……なのよね？」

『サリーはね、サラマンダーだよー！』

「さらまんだー？　何それ？　竜じゃないの？」

『サラマンダーはね、サラマンダーだよ！　火を司《つかさど》る精霊だよ！　今はギルと契約してるの。ギルはとっても優しいよ』

喋《しゃべ》るトカゲに、竜に、精霊。自分の許容量を超える単語と状況の数々に、新菜は軽く眩暈《めまい》がした。

しかし、呑み込めるだけ呑み込んでおこうと、新菜はぐっと気を引き締める。

「そうなのね。精霊、とかはよくわからないんだけど、彼はギルって言うのね？」

確かめるように、新菜は隣に立つ男を見上げた。

「なんで俺の名を……」

ギルと呼ばれた赤髪の男は驚いた顔で新菜を見つめる。その表情は思いっきり引きつり、まるで信じられないものを見るような目をしていた。

「なんでって、サリーが教えてくれたから」

そう言うと、男がはっきりと顔色を変える。

「……お前、まさかとは思うが、本当にサリーと話せるのか？」

相手の様子に、新菜の方が戸惑ってしまう。

「えっと、……普通は話せないの？」

「精霊と話せるのは、神か、神が遣わした者だけだ」

二人の間に重い沈黙が流れる。その沈黙を破るように、ギルが口を開いた。

「突然空から落ちてきた上に、サリーと話せるということは……お前、あの〝聖女〟か？」

「何、その恥ずかしすぎる呼称……」

新菜は隣にいるギルを見上げながら、なんとも言えない引きつった顔をしたのだった。

「で、お前はそのニホンとかいう世界からこっちに来たわけか？」

「正確に言うと、日本っていうのは世界の名前じゃなくて、私の住んでた国の名前ね」

新菜はひとまず、自分の身に起こった出来事を洗いざらいギルに話した。どんなに否定したくても、状況的に新菜は今まで暮らしてきた世界とはまったく別の世界にいる。

つまり異世界転移をしてしまったようなのだ。

（ほんと、夢なら早く覚めて欲しいわ……）

ギルの話によると、この世界には電気やガスや水道といった、日本で言うところのライフラインが存在せず、代わりに魔法や魔術が発達しているという。

ついでに言うと、サリーのような精霊や魔物が当たり前のように存在しているらしい。

まさにここは〝剣と魔法の世界〟そのものだった。

そして、新菜は〝聖女〟となるべくこの世界に呼ばれたらしい。

「私みたいな人って多いの？　その、聖女として……別の世界から来るって人」

「多くはないが、一定の周期で起こると聞いたことがある。国が乱れた時などに現れ、不思議な力で人々を救うのだと。以前現れたのは、確か百三十年程前だったか？」

「つまり、聖女は国を救うために召喚《しょうかん》されるってこと？　でも、見る限り戦争とか起こってそうな雰囲気ないけど……」

国が乱れると聞いてイメージするのはやはり戦争だろう。そう考えて尋ねたのだが、ギルは静かに首を振る。

「『国が乱れる』といっても、理由は様々だ。外の国に知られてはいけない秘密が漏《も》れそうになっている、というのも立派な国の危機だ」

そう言うギルの顔はどことなく暗い。それを不思議に思いながら新菜は声を張った。

「で、でも、私、そんな人を救う力なんて持ってないし、何かの間違いじゃ……」

「いや〝聖女〟だろう。あんな上空から身一つで落ちてくる女を俺は初めて見た。魔法や魔術を使ってもあんな上空までは飛べないからな。それにお前はサリーと話せただろう。これまでの聖女も能力は違えど、精霊と心を通わせることができたらしいからな」

「……そ、そう」

彼と話していると、嫌でも『異世界転移』が確信へと変わっていく。

話し始めて一時間も経つ頃には、新菜は自分の身に起こった事態を受け入れざるを得なくなっていた。

「なんか荷が重いわぁ……。そもそも〝聖女〟って何をすればいいわけ？　どこまですればお役御免なのかも神のみぞ知るってやつ？　何その終わりのないゲームみたいなの。本気で辞退したい。第一、私に聖女の不思議な力なんてないから。あったら助けてもらう前に自分で飛んでたわよ！」

「まだ発現していないだけかもしれん。まぁ、気長に待てばいいじゃないか〝聖女様〟」

ニヤリとからかうように笑うギルに、新菜はこれでもかと顔をしかめた。

「やだ、それ恥ずかしい。私〝聖女〟なんて柄《がら》じゃないし」

「そういえば名を聞いてなかったな。なんと呼べばいい？」

「橘新菜よ」

「タチバナニーナ？」

「……新菜でいいわ」

「ニーナだな。サリーから聞いたかもしれんが、俺はギルベルトだ。今まで通りにギルと呼んでくれ。今は理由があって旅をしている」

そう言って笑顔で差し出されたギルの手を新菜はおずおずと掴《つか》んだ。するとその手をぐいっと引っ張られ、頬にキスをされた。チュッと音を立てて離れていく唇に新菜の全身が粟立《あわだ》つ。

「よろしく」

なんでもないように言うギルの頬に、新菜は渾身《こんしん》の平手打ちをお見舞いした。

「セクハラ反対ぃいぃ!!」

ギルは張られた頬を押さえて目を白黒させていたが、同じく頬を押さえて真っ赤になっている新菜を見て何かを察したらしい。そして、頬へのキスがこの世界の挨拶《あいさつ》だと教えてくれた。

新菜はそれを聞き、思わず内心で「欧米か！」と少し古いつっこみを入れた。とはいえ、これは完璧に新菜が悪い。

急いでギルに謝ると、何故か腹を抱えて笑い出された。

何がそんなに可笑《おか》しいのかわからないが、とりあえず怒ってなさそうな彼の態度に胸を撫で下ろす。

それからギルは、新菜に聖女についていろいろ教えてくれた。

元の世界に帰る方法があることも……

その方法は、この国を救った後、聖女が願えば元の世界に帰れるというものだった。

これまで何人もの聖女がこの国にやって来て、そしてそのほとんどが使命をまっとうし元の世界に帰って行ったのだという。

「どうして神様はこの国だけを贔屓《ひいき》するの？　この世界には他にも国があるんでしょう？」

ギルはその言葉に少しだけ驚いたように目を見張り、そして、「本当に何も知らないんだな」と呟《つぶや》いた。

「お前のいた世界ではどうだったか知らないが、俺達の世界にはそれぞれその国を守護する神が存在する。神は自分の守護する国に恩恵をもたらすんだ。国が滅べば、その国を守護していた神も滅ぶ。だから、神は俺達を守ることで国を栄えさせようとするし、俺達も自国の神を信仰し大切にする。それがこの世界での神と人とのあり方だ」

この世界で神と人は相互扶助《そうごふじょ》の関係にあるということなのだろう。前の世界と比べて人と神の距離が明らかに近い。

つまり、ギルの言葉を借りれば、この国を守護する神が国の危機を察して聖女として新菜を召喚《しょうかん》したということになる。

ならば、この国の危機とはなんだろう？

疑問に思った新菜は、ギルにその疑問をぶつけた。だが、ギルは少し目を泳がせて、「なんだろうな」と答えただけだった。

ギルのその態度に新菜は眉を寄せて口を尖《とが》らせる。

「ギル、それは何か知ってるって顔よね。私にも関係あることなんだから正直に話してよ」

「まぁ、王宮に着いたら、な」

「王宮？」

新菜はきょとんと首を傾《かし》げる。何故そんなところに行く必要があるのかと言外に問えば、ギルは新菜を安心させるように微笑んで、彼女の頭を優しく撫でた。

「お前の身元を保証し、保護してもらうためだ。お前はこの世界になんのツテもないだろう？　これからこの国で生活するためには、身元をはっきりさせといた方がいい」

「え？　なに？　もしかして、ギルがそこまで案内してくれるの？」

新菜は、まさかギルがそこまでしてくれるとは思っていなかったので、思いっきり目を見開いて固まってしまった。なんていう太っ腹な申し入れなのだろうか。

新菜のそんな表情にギルは眉尻を下げて、困ったような、それでいて優しい笑みを浮かべる。

「……俺はこちらの世界に来たばかりの聖女様を放置する程不信心じゃない。どちらかといえば信心深い方だ。大体、見捨てるつもりなら初めから見捨てている。これも神の思《おぼ》し召《め》しということだろう」

「えっと……」

「まぁ、黙って世話されていろということだ。聖女はこの国の宝だ。悪いようにはしない」

「……はい」

右も左もわからないこの世界で、他に頼る相手もいないのだ。新菜はギルのその優しさに素直に甘えることにした。

「よろしくお願いします」

そう言って下げた新菜の頭をギルは優しく撫でたのだった。

そして新菜とギルは、ひとまず森の近くにある街に向かった。

ギルは道すがら、この国のことを新菜に教えてくれる。

ここはゲンハーフェンという王国で、魔法や魔術が盛んなのだそうだ。国民のほとんどが魔力を持っていて、魔術に頼った生活をしているという。火を熾《お》こすのも、水を出すのも、農作物を育てるのも、全て魔術で行《おこな》っているらしい。

ちなみに、魔術と魔法の違いは、魔法陣を用いて発動するのが魔術、直接発動するのが魔法、なのだそうだ。そしてどちらを行うにも魔力という燃料がいる。

「つまり……電気みたいなものだと思えばいいのかな」

「『デンキ』？　なんだそれは。お前の国の独特な文化か？」

ギルと言葉を重ねる度に、新菜の世界とこの世界との違いがはっきりしてくる。

あちらの単語が通じないことも一回や二回じゃなかった。それを説明する言葉は通じるのに、それぞれの世界にしかないものについては単語の意味が通じないのだ。

そう考えると、新菜がこうして普通にギルと会話できていることが不思議に思えてくる。

都合よく、この世界の共通語が日本語だったりするのだろうか？

新菜は試しに、「この世界の言語は日本語なのか？」と聞いてみた。だが、「ニホンゴ？」と首を傾《かし》げられただけだった。

どうやら、『同じ言語を話している』のではなく、『互いに違う言語を話しているが、理解ができる』というのが正解らしい。

そうこうしているうちに、目的の街に着いた。リヒシュタットというこの街は、ゲンハーフェン王国の貿易の要《かなめ》になっている都市なのだそうだ。

貿易の要《かなめ》というだけあって、たくさんの人で溢《あふ》れかえりずいぶんと栄えているように見えた。あちこちで商人達が大きく声を張り、店に客を呼び込んでいる。それが、活気に満ち溢《あふ》れた都市の雰囲気を作り出しているようだった。

ちなみに、サリーは街の外でお留守番《るすばん》をしていた。ギルが言うには、「アイツも他の精霊と遊びたいだろうし、呼べばいつでも応《こた》えてくれるから心配はいらない」とのことだった。

ギルの後ろを付いて街を歩いていた新菜は、居酒屋のような店の二階に案内された。

二階といっても、外についた階段で直接上がれる造りになっていて、一階の店とはあまり関係がないようだ。

広い廊下の片側に同じような扉が三つ並んでいる。新菜はその光景を見て、住んでいたアパートを思い出し手を打った。

「もしかして、ここはギルの家？」

「家はまた別にあるんだが、まあ、仮宿みたいなものだ」

そう言って、ギルは一番手前の扉を開ける。部屋の広さは十畳ぐらいで、中に木のベッドとチェスト、机と二つの椅子があるだけ。あまり生活感のない殺風景な部屋だった。

キッチンはなく、食事は居酒屋で済ませているらしい。部屋にトイレは付いているが風呂はなく、身体を清めるのは大衆浴場か、水で拭《ふ》くのがこの世界の人の普通なのだという。

「大衆浴場へはその服のままだと目立つからなんとかしてからの方がいいだろうな。今すぐ身体を清めたいなら水を取ってくるが、どうする？」

「ありがとう。でも、今すぐは大丈夫かも。それよりもこの服ってやっぱりまずいの？」

新菜が着ているのは白い膝丈のワンピースだ。なんの変哲もないそのワンピースの裾を引っ張る。首を傾《かし》げる新菜にギルは首肯《しゅこう》した。

「そんなデザインのドレスはこの国にない。もっと言うなら、そんなに足が出るものは娼婦だって着ない。今日は俺が一緒にいたから何もなかったが、そんな格好で一人街に出てみろ。不埒《ふらち》な輩《やから》に襲われても文句は言えないぞ」

「そ、それは、どうもありがとうございました」

知らないうちに助けられていたのだと知った新菜は頭を下げた。本当にお世話になってしまっている。その頭を軽く叩くように撫でて、ギルは先程床に置いた荷物をもう一度担《かつ》ぎ上げた。

「というわけで、俺は今から必要なものを調達してくる。何か欲しいものはあるか？」

「大丈夫、なんか迷惑かけてごめんね」

申し訳なさそうに新菜がそう言うと、ギルは扉に手をかけた。

「こういう時は『ありがとう』でいい。そこに本があるからそれでも読んで留守番《るすばん》しててくれ。勝手に外へは出るなよ」

「わかった。ありがと」

にっこりと微笑んで手を振れば、彼は扉を開けて出て行った。


「ひまだー」

ギルが出て行ってから、もう三十分以上は経っただろうか。

その間、新菜は椅子に座ってギルに借りたこの国の歴史書に目を通していた。異世界の見たこともない文字が並ぶその本を、新菜は日本語の本を読むようにスラスラと読める。

しかし、日本の歴史にもあまり興味のなかった新菜が、知らない世界の知らない国の歴史に興味を持てるわけもなく、目は文字の上を滑《すべ》っていった。

「もう無理、限界。別のことしよう」

程なくして新菜は本を閉じて、ぐっと背伸びをした。背骨がぽきぽきと音を立てる。

「外出は禁止されてるし、かといって、この部屋、遊べそうなものないのよね……」

殺風景な部屋を見渡して、新菜は諦めたようにため息をつく。

どうやら寝るぐらいしか選択肢はなさそうだ。

新菜は椅子に浅く腰掛けて、背もたれに寄りかかった。

その瞬間、背中に鋭い痛みが走って顔をしかめる。

痛みが走った部分に手で触れると、ビリッとした痛みが襲ってきた。

「いったぁ！　もしかしてこれ、背中痣《あざ》になってるんじゃない？　サリーの上に落ちた時に痛めたかなぁ……」

ちょっと触っただけで痛むということは、結構ひどい状態になっているのかもしれない。

新菜はその場で着ていたワンピースを脱いで下着姿になる。ざっと見た限り、部屋の中には鏡がないので必死に首を回して背中の状態を確認した。

「あー、結構ひどいわ、これ……」

背中全体が内出血を起こしており、特に肩の辺りは痛々しいぐらいに赤黒く染まっている。押さえると呻《うめ》くぐらいに痛い。

こんな状態に今まで気が付かなかったのは、きっと異世界に来て混乱していたからだろう。無意識のうちに、かなり気を張っていたのかもしれない。

（薬とかギルに頼めばよかったかも。でも、これ以上心配や迷惑をかけるわけにはいかないしなぁ……）

彼にはこの上ないぐらい面倒をかけてしまっている。そんな彼にこれ以上頼るのは正直気が引けた。

（……黙っとこう。別に死ぬ程の怪我《けが》じゃないし）

そう考えていた時、持っていたワンピースのポケットから何か硬い物がころりと床に落ちた。新菜は、足下に転がるそれを拾い上げる。

それは見覚えのない小瓶だった。もちろん、ポケットに入れた記憶もない。

手のひらに収まるぐらいの小さな瓶の中には、ピンク色の液体が数滴入っていた。そして、瓶の底には魔法陣のようなものが彫られている。それは淡く光を発しながら、瓶の中の液体を吸い取っているように見えた。

新菜は、指で挟んだ瓶を光に透《す》かすようにして眺める。

「何これ？」

見たこともない瓶に気を取られていた新菜は、不覚にも部屋の扉が開いたことに気付かなかった。

「ニーナ……そんな姿で何をしているんだ」

「ひゃぁっ！」

新菜は突然聞こえてきたギルの声に飛び上がり、慌てて持っていたワンピースで自分の身体を隠した。

「お、おかえりなさい」

「ただいま。で、なんで服を脱いでいるんだ？　欲求不満なら、俺が慰《なぐさ》めてやるぞ」

新菜の方を見ながらにやにやとそう言うギルに、新菜は顔を真っ赤にして一歩後ずさった。

「なっ！　そんなわけないじゃない！　服を脱いでいるイコール欲求不満って、変態オヤジの思考過ぎて引くんですけど！　サイッテー、セクハラよ！」

「セクハラ？　それに変態オヤジって……。ただの冗談だったんだが、お前は本当に遠慮がないな。女性にしてはいろいろ荒っぽいし」

「なによ。こっちの世界の女性は皆おしとやかなわけ？　すみませんね、口も態度も悪くて！」

拗《す》ねたようにそっぽを向く新菜を、ギルは面白いものを見るような目で見てくる。そして、ゆっくり首を振った。

「気分を害したならすまない。俺はお前のような女性は好ましいと思うぞ。俺の周りにはいなかったタイプだ」

「ぜんぜん褒《ほ》められてる気がしない」

新菜は半眼になり不満げにそう言う。

「本当だぞ。女に頬を張られたのも、あれが初めてだ」

「うっ……その節は勘違いしてすみませんでした」

頬へのキスをセクハラだと言って平手打ちをしたのは新菜だ。その意味を知らなかったとはいえ、あれは本当に申し訳なかったと思っている。頭を下げる新菜に、ギルは目を細め、口元に笑みを作った。

「いや、気にするな。ぜひそのままでいてくれ。付き従うだけの女には飽き飽きしていたところなんだ。お前ぐらい気概のある奴の方が一緒にいて楽しいからな」

「はぁ。なら、遠慮なく」

「ところで本当にその姿はどうしたんだ？」

新菜の姿を指さしてギルは首をひねる。

新菜は一瞬口をつぐんだ後、にっこりと笑みを浮かべた。

「ちょっと暑かっただけよ。それより、ねぇ、これ見て！　ポケットの中に入ってたんだけど」

　そう言って新菜が小瓶を掲げた時、瓶の中にはもうほとんど液体は残っていなかった。最後の一《ひと》滴《しずく》を瓶底の魔法陣が吸い取った瞬間、その異変は起きた。

「＄￠￡％＃？」

「ギル？」

「＊＠§Å♯♭、ニーナ？」

　かろうじて名前を呼ばれたことはわかったのだが、ギルが何を言っているのか突然わからなくなった。ギルも新菜の言葉がわからないようで、何かしきりに話しかけては首を傾《かし》げている。

（え？　何これ……どうして急に……）

　そこで新菜は、弾かれるように机の上の歴史書に目をやった。思った通り、先程まで理解できていた文字が今はただの落書きにしか見えない。

「なんで……」

　思わず呟《つぶや》いた声はわずかに震えていた。

　突然、わけもわからず異世界に跳ばされても、新菜が冷静さを保っていられたのは、ひとえに言葉が通じていたからだ。問題なくコミュニケーションが取れていたからだ。

　こんな見知らぬ世界で言葉が通じないとか、冗談じゃない。とてもじゃないが、生きていける気がしない。

「ニーナ？」

ギルが心配そうな顔で近付いてくる。だが、今の新菜には彼に気を遣っている余裕はなかった。

「どうしよう……」

絶望的な気持ちになった新菜はその場にへたり込んだ。

ギルが新菜の側に膝をつき、顔を覗《のぞ》き込んでくる。

「‰♭、√∵@＃§？」

言葉は通じないが、その音は「大丈夫か？」と言っているように聞こえた。

力なく頷く新菜の腕を、ギルの大きな手が掴《つか》み、ゆっくりと立たせてくれる。だが、腕を引き上げられた時に背中の痣《あざ》が痛んだ。

「――っ！」

「ニーナ？　っ！」

「あー……」

ギルが新菜の背中を見て固まっている。どうやら気付かれてしまったようだ。

心配要らないのだと、こんなの大したことないのだと、伝えたくてもその手段がない。新菜は逡《しゅん》巡《じゅん》し、両腕でガッツポーズをして『自分は元気だ』と示して見せた。

するとギルは何故か更に苦しそうな顔をして、新菜をそっと抱き締めてくる。

「ギ、ギル!?　私は大丈夫よ!?」

言ったところで通じないのはわかっているが、新菜はとにかくそう言葉にした。

どうやらニュアンス的には伝わったようで、ギルは首を振り、新菜を抱き締めた状態で頭を撫でる。まるで、幼子《おさなご》を慰《なぐさ》めるようなその仕草に、新菜は困惑してされるがままになっていた。

大きな手が新菜の頭を数度行き来して、それから労《いたわ》るみたいに背中の痣《あざ》をすすーとなぞる。

「あっ」

思わず漏《も》れた新菜の声にギルは片眉を上げた。そして面白そうに唇を歪《ゆが》める。

「ここがいいのか？」

痣《あざ》に直接触れないようにしながら、ギルはそっと新菜の背中をなぞる。

「んんっ……。背中は弱いんだから、触らないでよっ！」

彼のいやらしい手つきに、新菜は漏《も》れそうになる声を、歯を噛みしめて必死に堪《こら》えた。

「ばかっ！　変態！　セクハラオヤジ！」

「前から聞こうと思っていたんだが、その〝セクハラ〟というのはどういう意味なんだ？」

「それは……、ん？」

ギルに抱き締められる形になっていた新菜は、自分達の身に起こった変化に気付き顔を跳ね上げる。ギルは新菜のその様子に首を傾《かし》げた。

「どうかしたか？」

「私達さっきから普通に話せてない？」

「あ……」

「ね？」

互いの身体を離し、二人は顔を見合わせた。

「どうして、急に……」

「ニーナ、その小瓶を貸してみろ」

新菜はギルに言われて持っていた小瓶を彼に渡した。

ギルは小瓶を目の前に掲げて角度を変えてじっと観察する。その瓶底には、先程なくなったはずのピンク色の液体がうっすらと溜まっていた。

「この小瓶の底にある魔法陣はあらゆるものとの意思疎通を可能にする魔法陣だ。俺も古い書物で見ただけだが、確か消費する魔力が膨大すぎて扱える人間はほとんどいないとあったな」

「じゃぁ、この液体は？」

「見たところ、魔法陣はこの液体を消費して魔法を発動させているらしい。だとするならば、おそらく魔力の塊《かたまり》だろう。魔力は通常目に見えないものだ。もしこれが魔力なら膨大な量が圧縮されているということになる」

新菜はギルの答えに、なるほどと頷いた。つまり、さっきの事態は意思疎通の魔法陣に注《そそ》ぐ魔力がなくなったため、魔術の効力が切れたということだろう。

しかし、わからないことが一つある。

「瓶の中の魔力って、どうやって溜めるかわかる？」

「いや……そこまでは俺もわからん。思い当たることがあるとすれば……さっきの続きをするとかか？」

そう言って距離を詰めてきたギルを新菜は押し返す。

「はい！　セクハラ禁止！　真面目な会話の時は控えてよ！」

しかし、彼の言うことも一理ある。ただ、このまま彼に任せるのは、なんとなく不安だった。

ギルは動物でたとえるならライオンだ。獅子だ。百獣の王だ。

つまり、凄く肉食ということだ。

「なんか、めちゃくちゃにされそうな気がする……」

「ん？　何か言ったか？」

「なんでもないデス……」

それでも、小瓶の真実を確かめるのなら、相手は彼しかいないだろう。

新菜は恥ずかしさで沸騰《ふっとう》しかけた顔を無理やり引き締め、ギルに向かい合った。これからするのは単なる『実験』なのだと何度も自分に言い聞かせる。

「あの、これから実験しようと思うんだけど、ギルは何もしないで！　動かないで！　……でも、嫌なら押し返してもいいから」

「は？」

一方的に宣言して新菜はギルとの距離を詰めた。背の高い彼の首に腕を回してぐっと顔を引き寄せる。そして、目の前にある唇に新菜は自分のそれをそっと重ねた。

「――っ！」

びっくりしたようにギルの肩が跳ねる。出会ったばかりの相手にこんなことをする女だって、呆れられたかもしれない。ギルの言動から、この世界の女性はかなりおしとやかみたいだから。けれど、これは確かめておかないといけない。今後の新菜の生活に直結する問題だった。

（できれば軽蔑されたくないな。ギルとはいい関係でいたいし……）

なんていったって、この世界で今の新菜が唯一頼ることができるのは彼だけなのだから。彼とは今後も良好な関係を築いていきたい。

「んっ……」

新菜は何度か角度を変えて、ギルに唇を押し付けた。鍛《きた》えられているのか身体は凄く硬いのに彼の唇はしっとりと柔らかい。その感触につい夢中になってしまいそうな自分を戒《いまし》めて、新菜は横目で小瓶を確認した。

ピンク色の液体は、先程より増えている気がする。

（やっぱり、これを溜める方法ってこういうことなの……!?）

でも、量としてはごくわずかだ。目の錯覚だと言ってしまえば、それまでの量しか溜まっていない。

（もっと、溜めるには……）

新菜はごくりと唾を呑み込んだ。この仮定を裏付けるためには、これ以上進んだことをするしかないだろう。

新菜は緊張しながら舌先を彼の唇にそっと触れさせた。すると、ギルの唇はそれを待っていたかのように薄く開いて、新菜を招き入れる。

新菜はそのまま彼の口腔《こうこう》内に舌を進入させた。ゆっくりと歯列をなぞり、彼の肉厚な舌と自分のそれを絡《から》ませる。

「ぁふ……」

舌のヌメヌメとした気持ち良さに思わず声が漏《も》れる。

ギルは新菜が頼んだ通り身動き一つしない。けれど時折、彼の腕の力が増す瞬間があって、新菜はちょっと切ない気持ちになった。

(嫌われちゃったかな……)

言葉や行動には出さないが、ギルの険しい表情が彼の気持ちを物語っているように思えた。

ちゅっと舌先を吸って唇を離す。

「ごめんなさい」

なんとなく彼の顔が見られず、新菜は俯《うつむ》いたままギルに謝る。

「なんで謝るんだ?」

「嫌そうだったから」

「まさか。驚いただけだ」

「そう。ありがとう」

(できれば犬に噛まれた程度に思ってくれてたらいいな)

素直にお礼を言って、新菜は小瓶を見直した。

「あ、見て! ギル!」

瓶の底にうっすら溜まっていたピンク色の液体が、小瓶の五分の一ぐらいにまで増えていた。

「つまり、お前が気持ち良くなった分だけこの瓶に魔力が溜まると？」

瓶の中を興味津々《きょうみしんしん》で眺めていたギルが、新菜に視線を向けて確認してくる。

「ま、まぁ……そういうことみたいね」

はっきり言われると、なんだか無性に恥ずかしい。

言葉も何もわからない異世界で、この瓶の魔法は凄くありがたい。ありがたいが……

「なんか、もうちょっと違う方法はなかったのかな……」

そう呟《つぶや》きながら、新菜は深く項垂《うなだ》れた。

第二章

王都へ向かうのはもう少し準備を整えてからにするようで、出発はどうやっても数日後になるのだという。新菜はギルが買ってきてくれたこの国の服に袖を通し、その足で治療院へと連れて行かれた。もちろん、背中の痣《あざ》を治すためである。治療院というのは回復魔法に特化した魔法士や魔術師が人々の治療をする施設なのだそうだ。

新菜がそこで治療を受け、部屋に戻って来た時には、時刻は昼過ぎとなっていた。二人は机を挟んで向かい合わせに座り、ギルの調達してきたパンと蒸し鶏《どり》で少し遅い昼食を取る。

今の新菜の格好は、白いワンピースにオーバースカート、赤いエプロンに同じく赤い襟布《えりぬの》をつけていた。格好だけ見たら、もうこの国の住人と変わらない。

昼食を取っている間、二人はお互いの国について語り合った。ここがどんな所で、どのような文化があるのか。日本がどんな場所で、新菜がどんな生活を送っていたか。単語が上手《うま》く伝わらない時もあったが、聞き上手なギルのおかげで会話は途切れることなく続いていくと思われた。

新菜が思い出したように、その言葉を口にするまでは……

「ねぇ、ギル、この辺で男娼が買える娼館知らない？」

「は？」

その言葉を聞いたギルは一瞬固まり、直後、眉間に深く皺《しわ》を寄せた。

彼の変化に慌てた新菜は、急いで言葉の続きを口にする。

「いや、その、このままじゃ私、すぐにまた言葉がわからなくなるでしょう？　その前にたくさん魔力を補充しといた方がいいかと思って……。あ、心配しないで、ちゃんとその分のお金は自分で稼《かせ》ぐから。ギルには面倒かけないつもりよ。でも、お金を稼《かせ》ぐ間、数日間は王都への出発を遅らせてもらえると助かるんだけど……」

新菜がそうフォローを入れると、ギルの眉間の皺《しわ》が更に深くなった。

怒っているような、ではなく、これは確実に怒っている。どうして彼が怒っているのかわからない新菜は、ビクビクしながら彼の返事を待つ。

そうして出された彼の第一声は、地を這《は》うように低かった。

「………一応聞いておこう。お前は男娼を買ってどうするつもりだ？」

「えっ、いや、まぁ、それはね。……ほら、わかるでしょ？」

魔力を溜めるために必要なのは、新菜が『快感を得る』ことだ。かといって、ああしたことは誰にでも頼めるものではない。だったら、専門の人にお願いしようと考えたのだ。

さすがに男娼に足を開くことはできないが、先程ギルとしたようなキスならば我慢すればできなくもない。

とりあえず、この小瓶に魔力がないことには新菜はコミュニケーションが取れないのだ。王都までどれくらいかかるかわからないが、せめてこの小瓶いっぱいになるくらいには魔力を溜めてから王都に向かいたい。

新菜をじっと見つめていたギルは盛大に顔をしかめた後、重々しく口を開いた。

「そうか。しかし、娼館は成人を迎えていないと入れないぞ」

「あ、そうなの？　ちなみに、こっちの成人って何歳？」

「二十歳だ」

「じゃぁ、大丈夫ね。私、二十五歳だから」

ホッとして軽く言った新菜に、ギルがひっくり返ったような声を出した。

「に、二十五⁉」

ギルは新菜を見て目を白黒させている。その様子から年相応に見えていなかったのだと気付いた。

確かに元の世界でも西洋人に比べて東洋人は若く見られる。そこで新菜は先程のギルの怒りの正体を知った気がした。確かに子供が男娼を買うと言い出したら怒るだろう。

「うん、心配してくれてありがと。見えないかもしれないけど、私成人してるんだよね」

「俺はてっきり十七、八歳くらいかと……」

「え？　そんな若く見えたの？　やだー、現役高校生に見えるとかギルもお世辞《せじ》が上手ね」

「ゲンエキコウコウセイ？　またわけのわからん単語を……。いやそんなことより、二十五だと!?

本当なのか!?」

「本当ですけど」

ギルのあまりの驚きように新菜は首を傾《かし》げる。彼は何をそんなに驚いているのだろうか。確かに新菜は小柄だが、そこまで童顔というわけでもない。どちらかというと、昔から少し大人びていると言われてきたくらいだ。

新菜の視線にギルはふいっと顔を逸《そ》らした。

「いや、確かにお前は若く見えるが……」

「ん？」

「……その胸と尻はどこからどう見ても発展途上だろう？」

次の瞬間、新菜はこの世界に来て二度目の平手打ちをギルにぶちかましていた。

新菜のコンプレックスは貧乳・貧尻。

彼女に対してギルが発したその言葉は、絶対に言ってはいけない言葉だった。

その光景は、端《はた》から見たらかなり異様に映っただろう。

十代に見える黒髪の少女が、三十過ぎの赤髪の大男を従えてリヒシュタットの往来を歩いているのだ。しかもその大男は機嫌が悪そうな少女にしきりに謝っている。

親子には見えないが、かといって兄妹というわけでもなさそうな二人は、往来の視線をこれでもかと集めながら歩いていた。

「悪かった」

「はい、黙って。さっさと娼館に案内する」

「いい加減、機嫌を直してくれ」

一歩先を行く新菜に追いつき、ギルは顔を覗《のぞ》き込んでくる。そんな彼を押しのけて、新菜は更に足早に歩を進めた。

「誰のせいだと思ってるのよ、このセクハラオヤジ！　こんなことなら、森で待ってるサリーに案内してもらえばよかった！　サリーは賢いから、きっと私を娼館まで連れてってくれたはずよ。一緒に行動してもこんなに目立たなかっただろうし！　私も怒らなくて済むし！」

「目立っているのにはお前にも責任の一端が、だな……」

新菜の剣幕にたじろぎながらギルがそう口を挟む。すると、彼女は般若《はんにゃ》の形相《ぎょうそう》で振り返り、怒りに染まり切った声を出した。

「……何か言った？」

「いや……」

ふいっとギルに目を逸《そ》らされて、新菜はますます気炎《きえん》を上げた。

「なによ、胸と尻に脂肪がついている奴の方が人生のヒエラルキーの上位に立てるってことくらいは知ってるわよ！　知ってるけど、自分ではどうにもならないんだから仕方ないじゃない！」

「俺は大きさなんて関係ないと思うぞ！　むしろ、俺は形とか感度の方が重要だと思う。その点お前は……」

「チェストー!!」

「がっ！」

新菜は早々に三度目の平手打ちをギルにお見舞いした。ついでに腹も殴っておいた。

「それがセクハラだって言ってるでしょ！　もう口を開かないで！　黙って歩く！」

「はい」

新菜のあまりの剣幕にギルは青い顔をして従うしかなかった。

それからしばらく歩いて、ギルはある建物の前で立ち止まる。

「着いたぞ」

ムスッとしたギルの声に、新菜は目の前の建物を見上げた。

三階建ての建物は、コンクリートのようなモスグリーンの石壁に、飾り窓が左右対称に付いている大きな屋敷だった。

両開きの豪華な扉から支配人らしき男が出てきて、恭《うやうや》しく二人を出迎える。

「いらっしゃいませ。今日は旦那様のお相手を探しに？　それとも、そこのお嬢さんの身売りをご希望ですか？」

「あ、私の相手を探しに」

眼鏡をかけた上品そうな男は、新菜の言葉に眉を上げて驚いた。

「ほぉ、それはそれは……」

「あ、でも、今日は下見というか……、どのぐらいの金額で買えるのか事前に知っておきたくて。それだと、やっぱり入れてもらえませんか？」

新菜は最初に今日は下見するために来たのだと告げる。入った瞬間に、「さぁ買え！」と迫られても困るからだ。

彼女のその言葉に、支配人らしき男は別段気分を害した風でもなく笑って頷いてくれた。

「よろしいですよ。さあ、どうぞ」

その対応から、ここはとんでもなく高級な娼館ではないかと思った。

もちろん、新菜は娼館に行ったことはない。日本でだって風俗に行ったことなどない新菜である。しかし、行ったことがない場所でも、イメージというものはある。ここはなんというか厳《おごそ》かな雰囲気が漂《ただよ》う、銀座の高級クラブのようだ。中に入って、その印象は確信に変わった。

「うわー……」

頭上には大きなシャンデリアが吊り下がり、床には染み一つない真っ赤な絨毯《じゅうたん》が敷かれていた。そして、長い階段を下りたその先には、色とりどりのドレスに身を包んだ美しい女性達の姿がある。

「ギ、ギル！　ギル！　ここ凄く高そうだよ！　私もっと安い所でいい！」

彼の袖を引っ張りながら新菜は小声でそう言う。そんな彼女を、ギルは冷たい瞳で見下ろした。

「残念だが、この街で男娼がいる娼館はここだけだ。金が払えないなら男娼なんて早々に諦めることだな」

「……なんかギル、機嫌悪い？」

「悪くない。胃がムカムカして死にそうなだけだ」

眉間に皺《しわ》を寄せたままギルがそう言ったところで、支配人の男が色気の漂《ただよ》う男性を三人程連れてきた。一人は少年のように可愛らしく、もう一人は引き締まった体躯を持つなかなかの美丈夫《びじょうふ》だ。最後の一人も独特の色香を持つ長髪の気怠《けだる》そうな男だった。

三人三様、タイプは違うがなかなかのイケメン具合である。新菜はその揃った顔ぶれに引きつった笑みを浮かべた。

（た、高そう……）

しかし、生理的に受け付けないということはない顔ぶれだ。その点で考えれば、ここは新菜にとって最適な娼館だったのかもしれない。

（たぶん、キスくらいなら平気かな……）

そう思っていると、低い声でギルが支配人に値段を聞く。しかし、この世界に来て間もない新菜に当然貨幣価値がわかるわけもなく、結局どのくらい働けば彼らの一晩が買えるのか、ギルに説明してもらうこととなった。

「一ヶ月のお給料と同じ!?　一晩が!?」

「あくまで平均的な月収だがな」

これで諦めがついたか？　そう言いたそうな表情でギルは腕を組んだまま新菜を見下ろした。

結局、新菜は男娼を買うのを諦めざるを得ない現実を目《ま》の当たりにし、すごすごと娼館から退散するしかなかった。

「どうしよう……」

部屋に帰ってきた新菜は紐《ひも》をつけてペンダントのように首から下げた小瓶を夕日にかざす。

空にはすでに夜の藍が覗《のぞ》き始めていた。もうすぐ夜がくる。

（あーあ、いい案だと思ったんだけどな……）

まさか男娼が、あんなに高いものだとは思いもしなかった。とてもじゃないが、新菜が数日稼《かせ》いでどうにかなる金額ではない。

まぁ、働く場所もないのだが……

新菜としては、日雇いや短期バイトのつもりで一日数時間でもどこかで働けたらと思っていたのだが、自分が根本的な労働条件を満たしていないと教えられたのだ。

ギルが言うには、魔力を自在に使えない新菜がこの街で働くのはかなり難しいらしい。

ほとんどの人間が魔力を持ち魔術を使って生活している国では、仕事も当然魔力を使ったものとなる。いくら魔力を溜めることができても、新菜にそれを操ることはできない。

今後、使えるようになるかもしれないが、今の新菜が就ける仕事はこの街にはないに等しいのだそうだ。王都に行けば魔力がない者や魔法を操れない者でも雇ってくれるところがあるらしいのだが、この街くらいの大きさでは、それこそ娼婦くらいしか仕事がないとのことだった。

昼の段階で全体の五分の一程あったピンク色の液体は、瓶底が透《す》けるまでに減ってしまっていた。

（もう一度ギルに頼む？　でもこれ以上、彼に迷惑をかけるのもなぁ……）

最初にキスをした時の何かに耐えるようなギルの表情を思い出し、新菜は心が重くなるのを感じる。

（やっぱり、嫌なんだろうな。ああ見えて結構女性の理想が高そうだし、暴力女とキスなんてしたくないよね……）

新菜は深いため息をついた。

正直に言えば、新菜は出会ったばかりの男娼より、ギルとキスをする方がいい。

いくらセクハラ発言があっても、基本的に彼は真面目で誠実な男性だ。出会ってまだ一日だが、彼は信用に足る人物だと思っている。

だからこそ、彼にこれ以上迷惑をかけるのは気が引けた。だけど……

ギルにキスを頼むか、それとも他の方法を考えるか。

「どうかしたのか？」

机に肘を付いて俯《うつむ》いたまま、内心でぐるぐる葛藤《かっとう》している新菜の顔を、後ろから来たギルが心配そうに覗《のぞ》き込んできた。

新菜は、その男らしい顔をじっと見つめる。

小瓶の中の魔力も少ない。ここは、彼に我慢して協力してもらう他ないだろう。

「ねぇ、ギル」

「なんだ？」

「今日だけでもいいから、魔力を溜めるの手伝って欲しい」

新菜が遠慮がちにそう言うと、ギルは少し拗《す》ねたようにそっぽを向いた。

「今更か。俺は男娼の代わりはご免こうむる」

勇気を出して頼んだ新菜のその願いを彼は一言で突っぱねる。新菜は眉を下げながら困ったように頬を掻いた。

「うーん、むしろ男娼の方がギルの代わりだったんだけど」

「は？　逆じゃなくて？」

「逆じゃなくて」

驚いた声を出して、ギルはその場で固まった。まるで真意を探るかのようにじっと新菜を見つめている。

「……」

「……ねぇ、やっぱり嫌かな？」

その場合、最悪路上で見知らぬ男性に声をかけないといけなくなるのだろうか。できればそれはやりたくない。けれども本気でギルが嫌がるなら、新菜は無理強《じ》いすることはできなかった。

ギルは何も言わず、強張《こわば》った顔で新菜を見つめている。

その表情が全てを物語っているようで、新菜はため息を一つついた。

「うん、わかった。じゃあ、いいや。何か別の方法考えるから……変なこと聞いてごめんね」

新菜は笑顔を張り付けたまま手を振る。そのまま頭を下げても、まだ驚いた顔でギルは固まっていた。

キスだけなのにそんなに嫌なのか……そう思うと胸が少し苦しくなる。確かに自分は女性としての魅力に乏《とぼ》しいかもしれないが、あんな表情をされる程嫌がられたことは過去になかった。

こうなったら、本気で路上で男漁《あさ》りをしなくてはいけないらしい。

神様はなんて運命を自分に授けたのだろうか。彼氏に浮気されたあげく、突然跳ばされた異世界で男漁《あさ》りをしなくてはいけないなんて……

新菜は路上で男に唇を強請《ねだ》る自分を想像し、あまりの気持ち悪さに吐き気がした。

それでも、この世界で生きて行くには魔力が絶対に必要だ。少なくとも日常会話を覚えるまで、新菜はこの魔法陣に頼らなくてはいけない。

覚悟を決めた新菜は、おもむろに席を立つ。

「……どこへ行く気だ？」

ふらふらと扉から出て行こうとする新菜をギルが止める。

「んー。聞かないで欲しいかな」

男を漁《あさ》りに行くなんてはしたないこと、ギルには言いたくなかった。

「……お前まさか……」

新菜はギルの視線から逃れるように俯《うつむ》く。

「ダメだ！　それは本当にダメだ、危険すぎる！　路上で男を誘うなんて真似を俺が許すと思うのか！」

「だって……」

じゃあ、どうしろというのだ。男娼は高すぎて買えない。ギルに頼むこともできない。このままではじきにまた、魔力切れで意思疎通ができなくなる。新菜は正直、もういっぱいいっぱいだった。

「どうして、もうちょっと俺を頼ろうとしない！」

ギルが怒ったように新菜の肩を掴《つか》んできた。

「頼ったじゃない！　断ったのはギルでしょう……」

「断ってない！　少し驚いていただけだ！」

その言葉に、新菜は戸惑いつつ彼を見上げる。

「……じゃあ、してくれるの？」

「ああ」

ずいっと顔を近付けてきたギルに、新菜は思わず後ずさった。

なんだか、彼の雰囲気が先程までと違う気がするのは気のせいだろうか……

「ニーナ、俺でいいんだな？」

「え？　う、うん。もちろん」

自分の名を呼ぶギルの声がやけに甘く聞こえて、新菜は背筋を震わせながら彼を見上げた。

ギルの赤い瞳は新菜を映してゆらゆら揺れている。その赤い瞳の奥に、はっきりと情欲を感じ取り、新菜は自分が犯した大きなミスに気が付いた。

「ギル、その、もしかして勘違い……」

「俺がすぐにお前を天国に連れて行ってやるからな」

腹の底に響くような声と台詞《セリフ》に、新菜の全身がぶるりと震えた。

(い、いけない！　ギルの色香に流されてる場合じゃないっ……!!)

「あ、あのね、ギル。私がして欲しいのはキスだけで、たぶんギルが思ってるのとは違うかなぁって思うんだけど……」

「＊♯¢£♯＠ニーナ？」

おずおずと切り出した新菜だったが、次の瞬間ギルの言葉が理解できなくなった。

「何この最悪なタイミング！」

じりじりと壁際まで追いつめられて、ニーナは怯《おび》えたようにギルを見上げる。自然と目が潤《うる》み顔は赤くなっているはずだ。そんな新菜を見つめ、ギルは本当に嬉しそうに唇の端を引き上げた。

彼はシャツのボタンを片手で外しながら、もう片方の手で壁と自分の間に新菜を閉じ込める。そして逃げ道を塞《ふさ》ぐように新菜の両足の間に自身の膝を入れた。

「ひぃっ！　ちょっと、ほ、本気なの!?　私達まだ出会って一日な……」

「ニーナ」

シャツのボタンを外したギルの人差し指が、新菜の唇にそっと当てられる。そのジェスチャーは世界が変わっても一緒なのだろうか。

少し黙れ、と言われているような気がして、ニーナは口をつぐんだ。

新菜が静かになると、ギルはまるで褒《ほ》めるみたいに新菜の頬にキスを落とす。チュッというリップ音が耳に響いてどうしようもなく肌が粟立《あわだ》った。

「あ、あのね、ギル。キスだけでいいんだけど」

「%&※∞$?」

「えっと……」

焦った新菜は咄嗟《とっさ》に自《みずか》らの唇を指す。するとギルはわかったと頷き、新菜の肩を壁に押しつけて顔を近付けてきた。どうしようもなく心臓が高鳴る。最初にキスした時とは比べものにならないくらい体温が上がっていった。

「んっ……」

二人の唇が重なる。ギルの熱い唇が新菜の唇を音を立てて吸う。上唇と下唇を交互に吸われただけで、立っていられなくなる程の快感が新菜を襲った。

「んっ……はぁ」

ただ触れるだけのキスなのに、二人の呼吸が荒くなっていく。

ギルはキスを続けながら、快楽に溺《おぼ》れそうになっている新菜の顔を熱く見つめる。そして、いきなり彼女の口腔《こうこう》内に舌を侵入させた。

「あっ」

新菜は突然のことにビクッと肩を跳ねさせて、咄嗟《とっさ》に唇を閉じようとする。

だが、ギルは新菜の口に親指を入れて、無理矢理開かせた。溢《あふ》れた唾液が彼の腕を伝っていく。新菜の下顎《したあご》を掴《つか》んだまま、ギルは新菜の舌をしゃぶる。じゅっと音を立てて吸われた後、新菜の舌先をギルが甘く噛んだ。

「んっ……ぁあぁー‼」

抗議するように声を出すと、ギルは少し笑って下顎《したあご》から手を離した。

その手は新菜の身体を流れるように滑《すべ》り、彼女の服を脱がしにかかる。いつの間にかワンピースをたくし上げていた手が、新菜の太腿《ふともも》から胸元までを一気に撫で上げた。

「ひゃぁあんっ‼」

直接肌に触れた手の感触に、新菜の背筋がゾクゾクと震える。全身が粟立《あわだ》ち、まるで期待するみたいに、じゅん、っと下半身が疼《うず》いた。

新菜は自分の反応に戸惑い、必死にその快感に耐える。自然と彼のシャツを掴《つか》む手が震えてしまった。目ざとくそれに気付いたギルは、意地悪く微笑み新菜の耳に唇を寄せる。

「ここがいいんだったな……」

次の瞬間、くちゅり、という粘着質な音が新菜の頭に直接響く。そして、いやらしい手つきで背中を撫で回された。

「ひっ！　や、やだっ……っ！　ギルっ！　耳も、せ、せなかも、やめっ……ひゃぁあぁんっ！」

耳の穴に舌を差し込まれて、くちゅりくちゅりと隅々まで舐《な》められる。耳朶《じだ》を噛まれて、再び新菜の身体がビクンと跳ねた。背中もいやらしい手が何度も何度も往復を繰り返している。

「右の次は、左だな」

耳元でそう囁《ささや》いたギルが、あっという間に左に移動する。そしてそのまま左耳に舌をねじ込まれた。

「あっ!! やだぁ……。ギル――んっ！ やぁ、やめてぇっ！」

「可愛いよ、ニーナ」

「は、ひゃぁん――っ！ みみもとでっ！ んっ！」

「ニーナは耳もいいのか？」

ギルが新菜の目尻に溜まった涙を舐《な》め取りながら、そう聞いてくる。新菜はがくがくと震える身体を抱き締め緩《ゆる》く首を振った。

「わかん、ない……」

「なら、わかるまでしようか」

「やっ！」

新菜は目の前に迫るギルの顔をぐっと押しやるが、抵抗むなしく両手首を掴《つか》まれ壁に磔《はりつけ》にされてしまう。ギルは互いの手の指を絡《から》ませて優しく微笑んだ。そして唇を新菜の唇に合わせる。

「んっ……はっ、んっ……」

「ん……」

貪《むさぼ》るように唇を吸いながら、ギルは新菜の両手首を片手で固定し直した。そしてもう片方の手で彼女の素肌をなぞる。スカートの中に侵入してきたギルの手は、新菜の下着の上から、濡《ぬ》れ始めた

隙間をゆっくりとなぞり上げた。

「んー！　んー！　んー！」

本気で貞操の危機を感じ、新菜は唇を塞《ふさ》がれたままギルの手から逃れようと必死に身を捩《よじ》る。しかし、ぴくりとも動かないギルの腕に新菜は半泣きになった。すると、ギルは新菜から唇を離し、切なそうな目を向けてきた。

「やっぱり俺は嫌か？」

「な、何を言ってるの？」

「俺より、見ず知らずの男娼に抱かれる方がいいのか？」

少し息を詰めたような表情でギルは新菜を見つめる。その少し悲しげな表情に新菜は声を張った。

「そんなわけないでしょ！」

「そうか。よかった」

「――っ！」

本当に嬉しそうに微笑まれ、新菜は二の句が継げなくなる。

おまけに彼は、会話の合間にも新菜の身体をまさぐっているのだ。きっと、ギルの経験値はかなりのものなのだろう。新菜のオーバースカートとエプロンは、いつの間にか脱がされて床に落とされている。その手際の良さたるや感心する程だった。

それはそうだろう。控えめに言っても彼はかなりの色男だ。通った鼻筋に燃えるような瞳。黙っていても男性としての色気が滲《にじ》み出ている。

おまけに、服の上からでもわかるぐらい、しっかりと鍛《きた》えられた逞《たくま》しい身体をしているのだ。

そんな男性を、女性が放っておくはずがない。

彼の甘いマスクと逞《たくま》しい身体で迫られたら、どんな女性だっていちころだ。それは、新菜とて例外ではない。すでに、これでもかと体温が上昇しているのを肌で感じる。頭が沸騰《ふっとう》しそうなくらい熱い。

そんなことを考えている間に、ギルの指が下着の縁からそっと中に侵入してきた。

「ひゃぁっん！」

新菜の口から思わず甲高い声が出る。

「……ニーナ」

ギルは蕩《とろ》けるような甘い顔をして、新菜の首筋にキスを落とした。湿った音を響かせながら強く吸い上げ、赤い花を咲かせていく。ギルは自分の付けた痕《あと》を見て満足そうに舌で唇を湿らせた。

新菜にはそれが、獲物を前にした肉食獣の舌なめずりのように見える。

本能的な危機感を感じて、新菜は思わず声を張った。

「本当にちょっと待って！」

「待てない」

内臓に響くようなその声に全身が粟立《あわだ》つ。ギラギラと情欲を湛《たた》えた瞳が新菜を鋭く射る。

ギルの手は新菜の素肌を流れるように滑《すべ》り、躊躇《ためら》うことなくその胸を揉《も》みしだいた。

「んぁっ……あぁあぁっ！」

容赦なく胸の頂《いただき》を押しつぶされて、新菜は震えながら甘い声を響かせる。

「いいぞ、ニーナ」

何がいいのかわからない。新菜は溶けた思考で必死にこの状況から抜け出す方法を考えた。しかし、彼女の意思とは裏腹に身体は快感に正直で、背筋をビクつかせながら蜜壷を潤《うるお》わせる。

ショーツの中に侵入していたギルの指が、ぐちゅりと音を響かせながら押し入ってきた。

「濡れているな。……もうドロドロじゃないか」

ギルが嬉しそうに新菜の耳元で囁《ささや》く。

「――――っ!!」

新菜のそこは彼の指を更に呑み込まんと無意識に肉をひくつかせている。

「欲張りな身体だな。もう俺が欲しいらしい」

「言わないでぇ――っ！　んっ!!」

ギルが新菜の花びらを押しつぶす。甘い痺《しび》れが身体中に広がって、新菜は身体をびくびくと痙攣《けいれん》させた。その瞬間、ギルは新菜の花芯を摘《つま》み上げる。

「んやぁんんんっ――――――!!」

新菜の視界に火花が散った。

いつの間にか自由になっていた両手で、新菜はギルの頭を抱き込む。そのまま弓なりに背中をそらして達してしまった。

「あと、何回イきたい？　好きなだけイかせてやろう」

「イかせてやろう、って……」

ワンピースもブラも取り払われ、ショーツだけになっていた新菜は真っ赤な顔で上半身を隠す。

心臓の音がおかしいぐらいに頭に鳴り響いている。

もちろん新菜は処女ではない。処女ではないが、こんな快感は知らなかった。

頭の芯が溶けるような、身体が熱く痺《しび》れていく感覚はこれまで経験したことがない。はっきり言って、とっても気持ちが良い。

このまま快感に流されてしまいたい。そう思う自分に、冷静な自分が警鐘を鳴らす。

いくら気持ちが良くても、気持ちの伴わない行為は空《むな》しいだけではないのだろうか。

(もしギルとするなら、そういう関係になってからしたいな……)

一瞬頭の隅をよぎった思考を、新菜は必死に振り払う。

それではまるで、彼とそういう関係になりたいと思っているみたいだ。

あくまでこれは、新菜が異世界で生きていくための魔力を溜める——そのための行為なのだから。

新菜は流されそうになる気持ちを抑え、ギルに向かって口を開いた。

「ね、ねぇ、ギル」

「どうした？」

「いや、なんでも……ない」

目の前に現れたとんでもない肉体美に思わず目を奪われた。シャツを脱いだギルは、美しく鍛《きた》え上げられた筋肉を惜しげもなく晒《さら》して新菜に迫ってくる。

その身体を見た瞬間、このまま抱かれてもいいかな、と考えたのは仕方のないことだと思う。至る所に見える引きつった傷痕《きずあと》も、今の新菜には最高に色っぽく見えた。

新菜は無意識にギルの胸板に手を触れ、ごくりと喉を鳴らす。

これから彼に抱かれる。そう思っただけで、新菜の身体は期待で更に溶けてくる。

ギルは新菜のショーツを脱がし、潤《うるお》ったソコに指を二本差し入れた。

「あ、ぁ、あぁー……」

そこは、いつでもギルを受け入れられる程にトロトロに溶けきり蜜を溢《あふ》れさせている。

がくがくと足が震え、新菜はもう立っていられないとばかりにギルに縋《すが》りついた。

「なぁ、そろそろいいか？」

ぐちゃぐちゃと人差し指と中指を新菜の中に出し入れしながら、ギルはうっとりとそう聞いてきた。円を描くように中を掻き回され、新菜は小さく悲鳴を上げる。新菜の中はもう準備万端だ。

「お前の中に入りたい」

「ギ、ル……」

涙目で新菜が見上げると、ふっとギルに微笑まれる。そのまま抱き上げられた新菜は、ベッドに連れて行かれて押し倒された。

「あ、あの、待ってっ！」

「もう遅い」

そう言って、ギルはいつの間にかくつろげていたいたズボンから反応した己自身を取り出した。

「へっ⁉」

それを目《ま》の当たりにした瞬間、新菜は素《す》っ頓狂《とんきょう》な声を上げる。

（大きい！　太い！　長い！　無理無理無理無理――‼）

あんな凶悪なモノを、今から自分の中に入れられるのかと思ったら戦慄《せんりつ》するしかない。

「ちょっと、む、り……」

「ん？」

新菜が思わず震える声を出す。それが聞き取れなかったのか、ギルは小首を傾《かし》げた。しかしその間にもギルは行為を進め、その凶悪な切っ先を新菜の中心へと宛てがった。新菜はのしかかってくる身体を必死に押し返す。

「入らない！　無理！　そんな大きいの！」

「なんだ褒《ほ》めているのか？」

何を勘違いしたのか、ギルは嬉しそうに笑う。

「ちが……」

「ニーナ、挿《い》れるぞ」

「――――っ」

話を聞かないギルの行動に、新菜の大きな黒真珠のような瞳が潤《うる》む。その変化に気付いたギルは今にも入らんとしていた己自身を止めて、新菜を覗《のぞ》き込んだ。

「ニーナ？」

「な……」

「な？」

「難易度考えろ‼」

そう叫びながら、新菜はのしかかってくるギルの腹部を蹴り上げたのだった。

◆◇◆

それから三日。二人は王都に向かう準備をして過ごした。

準備といってもそのほとんどが新菜の準備で、旅慣れているギルは新菜を手伝いつつ装備を手入れするぐらいだった。そして、旅立ちの朝が来た。

朝日を感じた新菜はベッドの上で寝返りを打つ。だが、何かに鼻をぶつけ小さく呻《うめ》いた。

「ギルゥー……抱きつかないでって言ってるでしょう」

「んー」

目の前にある厚い胸板をぺしりと叩くと、ギルは少し唸《うな》ってその場所を掻く。そして、再び新菜を抱き締めて夢の中に旅立ってしまった。

「ちょっと、起きてー。暑苦しい筋肉さん、起きてー。動けないから起きてくださいー」

「んんー」

ぺしぺしと何度か頬を叩くと、ギルの目がうっすら開いてその赤い瞳と目が合った。

「起きた？」

「んー……。ニーナ、おはよう」

「はい、おはよう。腕を離してくれない？　起きられないんだけど」

「あぁ。だが、その前に……」

「んっ……」

急に唇を奪われて、新菜は身体をビクつかせた。寝起き独特の虚《うつ》ろな目をしたギルがそっと笑う。チュッと音を立てて一度離れた唇が、すぐに舞い戻ってきて、ギルは何度も啄《ついば》むようなキスを新菜に落としていく。

「んっ、ギル、ちょっと……」

「喋《しゃべ》るな……じっとしてろ」

新菜の制止も聞かず、ギルは彼女を布団の中で更に強く抱き締める。親指の腹で新菜の唇をゆっくりとなぞり、薄く唇を開かせた。そこにギルは容赦なく舌をねじ込む。

「んっ、ふぅ……」

ギルは新菜の歯列をゆっくりとなぞり、彼女の舌を絡《から》め取る。くちゅりと、粘着質な音が室内に響いた。じゅっ、じゅっ、と音を鳴らしながら、ギルは新菜の舌を吸い上げる。

舌の根が引っ張られるような感覚に新菜が震えると、今度は優しく唇を塞《ふさ》がれた。

上唇と下唇を交互に甘く噛んでギルは新菜の唇を堪能する。

「はっ、はふぅっ……」

新菜は、火照《ほて》って熱くなった体温を外に出すように息を吐く。そんな彼女の頭を、ギルは幼子《おさなご》をあやすみたいに優しく撫でた。だが、キスはやめてくれない。

「ぁんっ……ん、……ぁ」

荒い呼吸の中、新菜が堪《たま》らず甘い声を上げると、ギルの態度が一変した。

もう止まれないとばかりに、ギルは新菜の赤く色づいた唇に齧《かじ》りついてくる。

「ぁっんんんっ！」

突然乱暴になった口づけに、新菜は息を呑む。貪《むさぼ》られるように唾液を吸われ、口の中を無理やり押し広げられた。新菜はまるで口全体が性感帯となったような感覚に身を震わせる。

新菜はどちらのものともつかぬ大量の唾液をごくりと呑み干した。そうしてようやく、ギルの唇が新菜から離れていく。つっと、互いの間を銀色の糸が繋《つな》いだ。

息を切らし、熱に浮かされた頭で新菜がギルを見上げる。朝日を浴びた精悍《せいかん》な顔はとても機嫌が良さそうに笑っていた。

「今日の分だ」

「……あ、ありがと」

ギルの腹を蹴り上げる事態になった情事の後、新菜は目に涙を溜めたまま、蹴り上げた理由を説明した。そもそもエッチまではするつもりがなかったこと。男娼にしてもらおうと思っていたのもキスまでだったということ。アレの大きさに驚いたことは軽く、本当に軽く説明した。

ギルはその説明を聞き、ならば一日一回朝にキスをしようと提案してくれたのだ。新菜はそれをありがたく受け入れて、現在に至るというわけである。

しかし、そんな甘ったるい生活ももうすぐ終わりだ。

ここから王都まではサリーに乗って三日。その間は宿を取らずに野宿をするらしい。

そして、王都に着けばギルとはお別れになるだろう。そうしたら、彼と会うことはないかもしれない。それを思うと少し胸が苦しくなった。

だが、そんな気持ちを振り切るように、新菜は冷たい水で勢いよく顔を洗う。

そして朝食と身支度を済ませ、二人は王都に向けて旅立ったのであった。


青い空に白い雲。照りつける太陽がじりじりと肌を焼く。だが、サリーの背に跨《また》がって空を駆ける新菜は、そんなことまったく気にならなかった。

「きーもーちーいーいー!!」

絶好の旅立ち日和《びより》である。

「うわぁ！　凄い凄い！　ギル、あれは？」

「あれは教会だ。大きな都市にはあの規模のものが大体一つずつあるぞ」

新菜は興奮冷めやらぬといった感じで、眼下を見渡しながら後ろのギルに質問をする。ギルはそれに懇切丁寧に答えつつ、新菜を抱え直した。

「じゃあ、あれは？」

「あれは騎士団の詰め所だ。北の詰め所本部だから他のよりは大きいな」

「あれ！　あれは？」

「あれはただの民家だろう。ほら、少し落ち着け。あまり子供のようにはしゃぐと落ちるぞ」

「子供じゃないです！　大体、ギルは出会ってからずっと私のこと子供扱いしすぎよね」

「そんなことはないぞ」

にやりと笑いながらギルは新菜の太股を撫で上げる。

「わっ！」

突然のことにびっくりして新菜が身体を捩《よじ》る。すぐにギルの逞《たくま》しい腕が腰に巻き付いてきた。

「俺は子供相手にこんなことはしない」

「最悪！　人が抵抗できない時に！」

「安心しろ。これ以上進める気はない」

そう言いながらも彼の手は太股を撫で続ける。

「安心できるわけないでしょ！　この変態！」

「本当だ。これでも、先日のことは深く反省しているんだ」

先程の軽快な声の調子から一変して、ギルの声が低くなった。真剣味を帯びた声で、彼は新菜を抱く腕に力を入れる。

「ニーナ。誤解があったにせよ、あの日はいろいろとすまなかった。もうお前の嫌がるようなことは一切しない」

「え？」

「お前が一切触れるなと言うならそうするつもりだ」

「いや、別に、そこまでは……」

正直に言えば、新菜はギルに触れられるのが嫌ではない。先日のことだって、あそこで我に返らなければ最後まで致していたと思うのだ。

しかし、拒絶した以上さすがにそれを言うのは憚《はばか》られる。それでも気持ちだけは伝えておきたくて、新菜は言葉を探して意味もなく口をぱくぱくさせる。

「俺に触れられるのは嫌か？」

「別に、嫌じゃないわよ」

「じゃあ、触れても？」

「変なことしないなら……」

「本当か!?」

「へ、変なことしないならよ！」

「では、遠慮なく」

そうして伸びてきた腕は服の上から新菜の胸を揉《も》んだ。

「ひゃあっ！」

「俺は大きさは特に気にならないが、ニーナが気にしてるなら、この三日間でできるだけ大きくしてやるからな」

「それ、迷信だからっ！　揉《も》んでも大きくならないからっ！」

新菜の悲痛な叫びをものともしない強引さで、ギルは新菜の胸をもにゅもにゅと揉《も》みしだく。必死に身を捩《よじ》ってギルの手から逃れようともがくが、新菜の身体を捕らえた彼の逞《たくま》しい腕が離れることはない。

そもそもここは空を飛ぶサリーの上だ。抵抗したくてもあまり動くと落ちてしまう危険性がある。それをいいことに、ギルは手のひらを服の中に侵入させてきた。

「ちょっとっ！　馬鹿ギル！　何調子に乗ってるのよ！　んん……っ」

「そう言う割にはずいぶんと嬉しそうな声を上げる」

直接肌を撫でられて、新菜の身体がゾクリと震えた。こんな場所で、公開プレイにも程がある。

（ギルの嘘吐き！　私が嫌がることは一切しないって言ったのに……!!）

直後、ぬるりと首筋を舐《な》められた。

「ひゃぁあぁあっっつっ!!」

思わず、新菜は裏返った声を上げてしまう。その隙をついて、ギルは新菜の乳首を摘《つま》み上げた。

「んやぁあぁぁあっ！」

涙目になりながら新菜が身体をびくつかせていると、背後からギルの嬉しそうな声がかけられる。

「気持ち良かったか？」

「――――っ!!」

そう言って、再び胸を揉《も》み始めたギルに、新菜は怒りの肘鉄《ひじてつ》を食らわせたのだった。

その日は散々空を駆って、新菜の足腰が立たなくなった頃合いでギルはサリーを今日の野営場に降ろした。

最初は何もかもが珍しく、興奮しきりだった。しかし、不安定に揺れるサリーの背に乗り続けるのは思った以上に大変で、結局ほとんどギルに寄りかかって過ごすこととなった。

それでも身体を支えるために使った足腰の筋肉はギシギシ軋《きし》んで、野営場に降りた時、新菜は一人では歩けない状態になっていた。

「大丈夫か？」

「しんどい……サリーに乗るのってあんなに大変だったのね。ギルがあまりにも軽々と乗っていたから、もっと楽なのかと思った……」

ぐったりと木の幹に身体を預けていると、ギルがコップに入った温かい飲み物を渡してくる。中を覗《のぞ》くと乳白色の液体がゆらゆらと揺れていた。

「ホットミルク？」

「いや、酒だ。山羊《やぎ》の乳から作られていて甘いぞ」

勧められるまま口を付ける。ミルクと蜂蜜《はちみつ》の甘い香りが鼻に抜け、その後にじんわりと酒独特の辛みがやってきた。

「美味《おい》しい」

「そうか。女性に人気だと店主が言っていたが、買っておいてよかった」

「うん。ありがと」

ギルの気遣いにじんわりと胸が温かくなる。新菜は、ほおっと息をついた。

気の抜けた笑顔を向けると、ギルは満足そうに頷いた。

「俺が回復魔法を使えればよかったんだがな……」

野営の準備を終えたギルが、新菜の隣に座りながらそう呟《つぶや》いた。

「え、ギルは魔法を使えるの？」

新菜は今朝旅立ったリヒシュタットの街の様子を思い出す。

あの街には至る所に魔法が溢《あふ》れていた。火を熾《お》すのも、水を出すのも、全て魔法だ。いや、正確には魔術だったか。

魔法士が直接起こすのが魔法。魔術師が刻んだ魔法陣を使って魔法を発動させるのが魔術らしい。魔法士は才能のある者しかなれない。そして一部の才能のある者にしか使えなかった魔法を研究、開発し生活の基盤にしたのが魔術師であるらしい。

魔術は魔法を発動させる魔力さえあれば誰にでも起こせるのだそうだ。

ギルが魔術を使っているところは見たことがあったが、魔法を使うところは一度も見ていない。

「まあ、使えないこともないんだがな」

そう言ってギルは指先を弾いた。するとそこから火花が散る。それは無数に広がって、新菜の視界を覆《おお》った。

「凄い！　花火みたい！」

「ハナビ？」

「私の世界にある夏の風物詩よ。色とりどりの火薬を詰めた玉に火を点けて空に飛ばすの！　火薬が爆発した時、空に花のような形を描くから花火。何よギル、凄い魔法使えるんじゃない！」

「……昔は、これよりもっと凄い魔法が使えたんだがな」

そんな風に言う彼の顔が少し苦しげに見えた。新菜はそれに気付かない振りをして、笑いながら彼の顔を覗《のぞ》き込む。

「そうなの？　でも、綺麗だわ。私、この魔法大好きよ」

「そうか。それならよかった」

ふっと笑うギルの顔がどこか切なげに見えて、新菜は彼の手を掴《つか》んだ。

「私は今のままのギルも十分凄いと思うわよ。サリーにも乗れるし、優しいし、かっこいいし、素敵だわ」

ギルは苦笑して「ありがとう」と言った。

「でも今のままじゃ、俺はお前の傷も治せない。回復魔法は上級魔法だ。今の俺は、傷を塞《ふさ》ぐだけの中級魔法すら使えない。情けない限りだ」

「ねえ、その言い方だと昔は使えたってことでしょう？」

「あぁ、昔は死にかけた奴でも、息さえしていれば大体回復できた」

「じゃあ、なんで使えなくなったの？」

「………………」

急に口をつぐんだギルの顔を覗《のぞ》き見る。新菜と目が合ったギルは視線でそれ以上聞くなと言っているようだった。

「ギル。その小刀貸して」

「これか？　ん。気を付けろよ」

先程まで干し肉を切っていた小刀を受け取ると、新菜はそれで自《みずか》らの手の甲を切りつけた。

「はい。試しに治してみて」

手の甲にできた小さな傷口を、ギルに向かって差し出す。

「っお前、いったい何を考えてるんだ！　貸せっ！」

ギルは新菜の手を引っ掴《つか》むとその傷の上から水をかけた。そして、洗い終わった傷を丁寧に布で拭《ふ》く。

「ギルっ、痛い！」

「当たり前だろう！　傷が残ったらどうするんだ！」

非難めいた新菜の言葉にギルは声を荒らげた。眉を寄せて、布を持つ手が白むまで握り締めている。そんなギルに新菜は口を尖《とが》らせて反論をした。

「これくらい大丈夫よ。それに傷が残っても、別に死なないし」

「お前は女だろう？　もっと自分を大切にしろ！」

ぴしゃりとそう言われて、新菜もさすがにばつが悪くなった。それでもめげずにギルに傷を差し出す。

「……じゃあ、ギルが治してよ」

「それができたら苦労はしない！」

初めて本気で怒鳴られた新菜は、びっくりして目を丸くする。しかしすぐにギルに詰め寄った。

「やってみなくっちゃわからないじゃない。ギルが使えないって思っているだけで、使えるかもしれないわよ。最近は試してもいないんでしょう？」

新菜の剣幕に、ギルが戸惑ったように頷く。

「まぁ、それはそうだが……」

「ほら。物は試しよ！　別に魔法が使えなくたって落胆したりしないわ。でも使えるようになっていたらギルは嬉しいでしょう？　試してみて損はないんじゃないの？」

そう言って、新菜はじっとギルを見つめた。

少し躊躇《ためら》った後、ギルは仕方ないといった顔で新菜の手を掴《つか》んだ。そして小さく何かを呟《つぶや》いた後、更に新菜の手をぎゅっと握り締める。

次の瞬間、新菜の手の甲とギルの手のひらの間から光が溢《あふ》れた。

「……嘘だろう」

ギルが驚いたように掴《つか》んでいた新菜の手を離す。新菜の手の甲の傷は跡形もなかった。

「わぁ！　凄い！　使えたじゃないギル！」

驚きながら傷のあった場所を眺めていた新菜は、ギルに笑顔を向ける。

ギルは、呆然とした顔で新菜を見つめていた。

「まさか……お前が、俺の『器《うつわ》』？」

そう零《こぼ》したギルの言葉は新菜の耳には届かなかった。


「話がある」

そうギルが切り出したのは、王都を目前にしたサリーの背中の上だった。

それは誰にも聞かれないようにとギルが配慮した結果だ。

新菜はいつもより真剣味を帯びたその声に驚きつつも、後ろのギルを振り返った。

「何？」

「お前の聖女としての能力についてだ」

「聖女としての能力？」

今のところ、新菜ができることは『快感を得ることで魔力を溜め、誰とでも意思疎通する』ことしかない。正直、これで国が救えるとは思えないので、ギルの言うようにこれから能力が発現するのだと思っていたのだが。

「お前の能力は、おそらく『魔力の器《うつわ》』だ。お前はその身に膨大な魔力を溜めることができて、更にそれを他者に受け渡すことができる。俺がお前の傷を治せたのも、おそらくそのせいだろう。あの時、俺は無意識にお前の魔力を使って魔法を発動したんだ」

「は？」

突然の話に頭がついていかない。目を白黒させている新菜をよそに、ギルの話は続く。

「お前の能力を使えば、どんな魔法も使いたい放題だろう。魔力を多く使う古代魔法でも、自由自在に打てるはずだ」

「えっと、つまり、私の聖女の能力は、かなり危険なものってこと？」

「そうだ。そして、お前の力が他国に渡ればこの世界のバランスは一気に崩れる」

（世界のバランスが崩れる……!?）

なんだか壮大になってきたギルの話に、新菜はぽかんと口を開けて固まってしまった。

「……ニーナ、約束してくれ」

「な、何を？」

「俺以外の人間に魔力を渡すことは絶対にしないでくれ。それと、魔力を得るための行為も……」

ギルの視線はまっすぐに新菜を射抜いた。彼は唇を引き結んで、じっと新菜の答えを待つ。

そのいつになく真剣なギルの表情に、新菜は思わず頷いていた。


王都・エルグルント。

ゲンハーフェン王国最大の都市は、周囲を堅牢《けんろう》な石壁に囲まれている。外から見る限り、まるで人を寄せ付けない様相を呈しているように感じた。

しかし城壁の中に入ると、そこは活気ある人の声で溢《あふ》れ、花が舞い、大道芸人が踊る、お祭りをしているみたいに賑《にぎ》やかな都市だった。

その様子から、『喝采《かっさい》のエルグルント』と呼ばれているらしい。

「うわぁ。凄い活気ね！」

「そうだろう？」

何故か自信満々に胸を反らすギル。彼の頭はいつもの燃えるような赤色ではない。この都市に入る前、彼は新菜の魔力を使い、自分の髪と目の色を変えていた。

この街にいる知り合いに見つかりたくないので変装すると言っていたが、真偽は定かではない。同じ理由で、サリーも街の外でお留守番《るすばん》している。小さくなれるのだから肩に乗せて一緒に連れて来ればいいと言ったのだが、ギルはどうしてもついてきて欲しくない理由があるらしかった。

彼には何か隠しことがある。

そのことになんとなく新菜も気付いている。だが、彼にそれを尋ねるのは憚《はばか》られた。

王宮に着いたら、おそらくギルとは別れることになる。もういなくなる女にそんな突っ込んだことを聞かれても、彼は困るだろう。新菜はギルと気持ちよく別れたかった。

（笑顔でお別れが言えるかな……）

もしかしたら言えないかもしれない。たった一週間だが、ギルにはとても良くしてもらった。こんな右も左もわからない世界にやって来て、最初に出会ったのが彼で本当に良かったと思っている。できることならこれからも一緒にいてほしいが、彼は何か目的があって旅をしていると言っていた。引き留めるのは難しいだろう。

胸に込み上げてきた寂しさを打ち消すように、新菜はまっすぐ前を向いた。

人混みの中、新菜は遅れないようにギルの後をついて歩く。気を抜くとすぐにはぐれてしまいそうな人混みに新菜が戸惑っていると、何も言わずギルに手を繋《つな》がれた。

新菜は彼のさりげない優しさに頬を染める。それと同時に切なさが募《つの》った。

「ニーナ、今から城に向かうが、俺とした約束はちゃんと覚えているか？」

「ギル以外の人間に魔力を渡すな、魔力を溜めようとするな、ってやつ？　一応覚えているけど、それって、けっこう守るのが難しい約束じゃない？　魔力は日々なくなっていくんだし、王宮に着いたら〝聖女〟として何をさせられるかわからないんだし……」

「いいから、ちゃんと守っていろ」

「はーい」

新菜は気のない返事をする。どうせ守れない約束だ。

ここに来る前、ギルと散々キスをしてきたので小瓶の中の魔力は満杯だが、一日に消費する魔力はおおよそ小瓶の三分の一。三日と経たずになくなってしまう計算だ。

城に着いてしまったら、国々を放浪しているギルと三日に一度なんて会えるはずはない。だから、この返事は彼を納得させるための返事だった。

それから二人は無言で歩き、白石でできた堆《うずたか》い城の前までやって来る。石の城と言っても、綺麗に磨き上げられた石は象牙《ぞうげ》のようで、ヨーロッパの城と遜色《そんしょく》ない程外観も美しい。絢爛《けんらん》というよりは、秀麗という言葉がぴったりと当てはまる佇《たたず》まいの城だ。城の側には、ひときわ高くそびえる塔があり、側面に大きな時計のようなものが嵌《は》まっていた。

「ここまでだ。ニーナ、これを」

城門まであと数百メートルと迫った地点でギルが立ち止まり、新菜に筒状の書類を手渡してきた。

「これは？」

「お前がちゃんと城に入れるための書類だ。俺の名と共に門番へ渡せば通してもらえるだろう」

「ギルは城門まで付いてきてくれないの？」

「俺は今から別の用事がある」

「そっか……」

別れを惜しむ様子のまるでないギルに、新菜の胸は少し痛む。けれど、この別れは最初から決まっていたことだ。ギルは神を信じる者の義務として、聖女を王宮に送り届けただけなのだから。

「また、どこかで会えるかな？　ここまで案内してくれたお礼もしたいし」

思わず、立ち去ろうとするギルを引き留める。不安いっぱいにギルを見上げると、彼は嬉しそうに微笑んだ。

「もちろんだ。またすぐ会える」

「うん、ありがとう」

新菜はギルに微笑み返し、心を込めてお礼を言った。そして目の前に立つギルを見上げた。

名残《なごり》惜しいが、本当にこれが最後だ。

いつか帰るにしても、当面は生きるために〝聖女〟の役目を果たさなくてはならない。新菜が〝聖女〟をやっている間、彼に会うことはないだろう。

だから新菜はこんな風に別れの挨拶《あいさつ》を口にした。

「聖女としての仕事が終わったら、またサリーに乗せて欲しいな」

もう一度会いたいと、暗に伝えれば、彼は微笑みながら頷いた。

「何度でも」

「ありがとう。じゃぁ、またね」

「あぁ、また」

その会話を最後に、新菜は思いを断ち切るように踵《きびす》を返す。

『魔力の器《うつわ》』。ギルは新菜の能力をそう言った。

結局、国の危機とやらが何かは教えてもらえなかったが、新菜が聖女としてこの国に呼ばれた以上、遠からず聖女の力を使う日がやって来るだろう。

新菜の聖女の力は、誰かからひたすら快楽を与えられ、溜めた魔力を他に流すこと。

(なにが聖女よ。ほんと馬鹿みたい……)

元の世界に戻りたいかと聞かれれば、新菜の答えはもちろんイエスだ。

突然、こんなよくわからない世界に聖女として召喚《しょうかん》されて、更に能力が『快感を得て魔力を溜める、魔力の器《うつわ》』なんて最低なもので……

それでも、この世界に来たからこそギルと出会えたのだ。凄いセクハラ魔人だが、優しくて、誠実で、一緒にいて飽きない、とても楽しい人だった。

彼氏に浮気されたばっかりの新菜が、この一週間、一瞬でも元彼のことで悲しむことがなかったのは、ひとえに彼のお陰だと思う。

自分が聖女として国の危機を救うことができれば、間接的にギルを助けることに繋《つな》がるかもしれない。そう思ったら、この理不尽な運命も受け入れられる。

新菜は大きく息を吐き出し、まっすぐ城門へ向かったのだった。

そうして数時間後、新菜は思いがけない形でギルと再会した。

彼は別人のような姿で王の隣に立っていた。無精ひげは綺麗に剃《そ》られ、燃えるような赤い髪を後ろに撫でつけ精悍《せいかん》な顔が露《あら》わになっている。彼は、軍服のような詰め襟の儀礼服を着て、面白そうに新菜を見つめていた。

呆然として言葉も出ない新菜に、王はギルを指して更に驚くべきことを口にする。

「我が弟のギルベルトだ。ニーナ殿、貴女にこやつの魔力の器《うつわ》を務めてもらいたい」

その言葉に、新菜の開いた口は塞《ふさ》がらなかった。

第三章

ギルベルト・フォン・ゲンハーフェン。

ゲンハーフェン王国の王弟である彼は、三年前の戦争で壊れた自分の魔力の器《うつわ》を治すべく、国を出て放浪生活を続けていた。

いつものように偽の情報を掴《つか》まされたギルベルトことギルは、苛々した気持ちのまま竜を駆る。

空はどこまでも澄み切っているのに、ギルの心は晴れないまま、焦りだけが胸に広がっていた。

『早く己の器《うつわ》を取り戻せ。さもなくばこの国は再び戦火に包まれるだろう』

兄王の言葉を思い出す。自分だって焦ってはいるのだ。探し求めているのだ。しかし、そんな方法、どこを探しても見つからないのが現状だった。


三年前、このゲンハーフェン王国と隣にあるマルクロット帝国が大きな戦争をした。

歴史の浅い国とはいえ武力も魔法力も上の帝国にゲンハーフェンは苦戦を強《し》いられた。

森は燃え、空には灰が広がり、地面には無数の兵士の死体が重なった。それでも戦をやめないのは、帝国の支配下に置かれた国がどうなるのか知っていたからだ。

王族は女子供関係なく晒《さら》し首にされ、民はみな奴隷となり街には孤児が溢《あふ》れる――

この国をそうさせてはならない。大切な民が戦争の被害を被《こうむ》るなんてことはあってはならない。

そんな気持ちで王は立ち上がり、その気持ちを汲《く》んで兵士も士気を高めた。そうして、一進一退の戦況を変えたのが王弟であるギルだった。

ギルは、生まれた時から精霊に愛され、幼い頃から普通の人が使えないレベルの魔法が使えた。火の精霊であるサラマンダーを従え、魔力の最大値は優に人の百倍とまで言われていた。蓄《たくわ》えた知識と相まって、この国では無敵の戦士だった。

彼の通った後には敵の死体が並び、彼が現れただけで蜘蛛《くも》の子を散らしたように敵兵が逃げて行った。まさに一騎当千《いっきとうせん》。

彼の登場で帝国は一気に危機的状況に立たされた。そして、敗れることを恐れた帝国がやぶれかぶれに放ったのは、魔法士や魔術師三十人がかりで発動させる帝国最大の魔法だった。

ギルはそれを受け止め、倍の力で跳ね返した。

それによって、帝国は壊滅的な損害を負い、戦争は終結した。

ギルの圧倒的な力は近隣諸国への戦争抑止として働き、兵士達は戦争を終わらせたギルを、敬意や畏怖《いふ》を込めて『竜騎士殿下』と呼んだ。

そこまでは良かったのだ。

彼の身に異変が起きたのは戦争終結から一ヶ月も経たない頃だった。

ギルは急に魔法が使えなくなったのだ。簡単な魔法ならなんとか使える。しかし、それ以上になるとまったく使うことができないのだ。

すぐに王族お抱えの医者に診断されたギルは、体内にある魔力を溜める器《うつわ》が壊れていると知らされたのだった。

戦争で無理をしすぎたためにギルの魔力の器《うつわ》は壊れ、今は常人の半分も魔力が溜められなくなってしまったのだという。しかも魔力の器《うつわ》の自然治癒は難しいらしい。

このことが他国に、それも帝国に知られてしまったら、再び戦争が起きてしまう。それだけはなんとしても防がなくてはいけない。

そうしてギルは王命を受け、秘密裏に城を出た。自分の器《うつわ》を治せる者を探しに……

それから三年。ギルは未だに己の器《うつわ》を治す手だてを見つけられずにいた。

「疲れた」

なんの手がかりもないまま三年だ。ギルは内心もう己の器《うつわ》は治らないのではないかと思っていた。

だが決して諦めるわけにはいかない。彼の肩にはこの国の未来がかかっているのだから。

そんな時、空から彼女が降ってきたのだった。

この国では珍しい黒髪の女だった。見たこともない異国の服を纏《まと》った彼女は悲鳴を上げて、とんでもない上空から落下してくる。

「サリーっ！」

ギルは咄嗟《とっさ》に相方に声をかけた。その声に待ってましたとばかりにサリーが鳴いて、地上に叩きつけられる前に彼女を助けた。

滅多に見ない黒檀《こくたん》のような髪と瞳の色。

その姿を見て、おとぎ話のような伝説を思い出す。国の危機に現れるという聖女の話。

（そんな馬鹿な話があるか……）

ギルは自分の滑稽《こっけい》な思考を一笑に付した。

だが……彼女の話を聞けば聞く程、頭の中をその滑稽《こっけい》な思考がよぎる。

異世界から来たという珍しい容姿の女が、精霊と心を通わし、魔法でも魔術でも上がれないような上空から落ちてきた。

ギルのもとに……

ギルは痛くなりそうな頭を押さえながら、目の前で起きていることを事実として受け入れた。

（この女は、〝聖女〟だ）

聖女は国の危機に現れるという。ならば、今がまさしくその時だろう。

（もしかして、この女が俺の器《うつわ》を治してくれるのか？）

そんな期待が胸の中で膨らんでいく。しかし、彼女は聖女としての力をまだ発露《はつろ》していなかった。

ニーナと名乗った彼女は、しっかりして見えるが、気付けばため息ばかりついている。無理もない。突然、見知らぬ世界に跳ばされてきたのだから不安に思って当然だ。親や友人、もしかしたら喧嘩別れしてきたという恋人に未練があるのかもしれない。

彼女はこの国のために、その辛さに耐えている健気《けなげ》な女性なのだ。優しくせねば。

そう思って、ギルは彼女の頬に挨拶《あいさつ》のキスを落とした。

次の瞬間、強烈な平手がギルの頬を張っていた。

ニーナがただの健気《けなげ》な女じゃないと判明して、ギルはなんとも楽しくなった。

ギルは結婚適齢期の王族だ。見合いの話は山程来るし、ギルを目当てに城に訪れる女も少なくない。旅に出てからは、多少は数が減ったが、それでも登城すれば城門の前に女の人だかりができるくらいには女性にモテた。

もちろん女性は嫌いではない。嫌いではないが、こうも群がられると萎《な》えてくるものがある。しかも彼女達は、彼自身ではなく、彼の外見や背後にある地位に惚れているのが明らかだった。

そうした女性達は皆、ギルにしな垂れかかりながら自分の弱さを売りにするのだ。

貴方の全てでもって私を守ってくれと、猫なで声を出す者ばかり。

ギルとて男だ。弱い者には庇護欲《ひごよく》が掻き立てられるし、好きな女は全力で守ってやろうと思う。

しかし、自分は弱いのだから守ってほしいとすり寄ってくるのは違うと思うのだ。

そんなことも一人でできないのか。自分で何かしようと思わないのか。自分の身を自分で守ろうとは思わないのか……ギルはそんな女性達を見ていつもそう感じる。

だから、ニーナがそんな女じゃなくてギルはとても嬉しかった。

いきなり頬を張られたのも、性的な嫌がらせを受けたのだと思ったらしい。自己防衛のために男を殴ったと思ったら、もう笑いが止まらなかった。ずいぶんと気が強い聖女様のようだ。

彼女が聖女を勤め上げて異世界に帰るまで、ギルとは短くない付き合いになるだろう。

「聖女がニーナのような女でよかったな」

散々笑った後で、ギルはそう呟《つぶや》いた。


思いがけない事態が起こったのは、それからしばらくしてのことだった。

彼女が持つ小瓶によって意思疎通が可能になっている。その中の魔力を溜めるためには快楽が必要である。そんな仮定について話し合っている時だ。

「あの、これから実験しようと思うんだけど、ギルは何もしないで！　動かないで！　……でも、嫌なら押し返してもいいから」

そう一方的に宣言したニーナはギルの首に腕を回し、唇を合わせてきた。

あまりの出来事にギルは身体をびくつかせる。そのまま立ち尽くし彼女にされるがままとなった。

動かないのではなく、動けない。状況に頭がついていかないのだ。

ゲンハーフェン王国の女性は基本大人しく、夫の支えであれという風潮が強い。なので、夜の情事の際も普通は男性がリードする。女性から行動を起こすのは、娼婦以外あり得ない。

だが、ギルは彼女からの行為に、かつてない興奮を感じていた。

「ぁふ……」

彼女が気持ち良さそうな声を出す度に、押し倒してその身を存分にまさぐりたい衝動に駆られる。

ギルは、自然と荒くなる鼻息を、今にも動き出しそうになる舌を、掻き抱きたくなる腕を、理性を総動員して必死に押さえ込んだ。

口腔《こうこう》内をニーナの可愛らしい舌で弄《いじ》られている間中、何度も襲ってくる衝動を懸命に堪《こら》えた。

理性よりは本能で生きてきたギルが、こんなにも耐えるというのは非常に珍しい。

ここで本能のままに押し倒してしまえば、彼女の自分に対する信用は地に落ちてしまうかもしれない。この先、信用されず警戒されたまま一緒に過ごすというのはなんともやるせない気がした。

行為の間、必死に衝動を我慢したギルに、彼女は少し寂しそうな顔で「ごめんなさい」と言った。

不思議に思って聞くと、どうやら彼女にはギルが行為を嫌がっているように見えたらしい。

むしろ興奮して仕方なかったのだが、それは当然のごとく言えなかった。しかし……

「魔力を溜めるの手伝って欲しい」

ニーナにそう言われた瞬間、苦さと共に嬉しさが胸一杯に広がった。男娼の代わりにされるのは嫌だったが、それでもニーナが自分を求めていると知った時の喜びはたとえようがない。

他の誰でもなく、自分を頼って欲しい——強くそう思う。

少しの誤解から、路上で男漁《あさ》りをしようとしたニーナを止めて、ギルは彼女に迫った。

(俺が抱いても、いいんだよな……?)

魔力を溜めるのに快感が必要なら、側にいる自分がニーナを抱くのは当然のことだ。それを彼女も求めている。その証《あかし》に、彼女は自《みずか》らの唇を指さしてキスを強請《ねだ》った。

ギルの胸に熱いものが込み上げる。

ニーナを満足させたい。過去に彼女を抱いた男達とは比べものにならない快感を、彼女に刻みつけたい。そんな溢《あふ》れんばかりの欲望を胸に彼女を襲えば、何故か腹を蹴られる事態になった。

多少の誤解はあったものの、それからは本当に笑いが絶えない日々だった。夜は同じ布団で眠り、朝を迎えれば熱いキスを交わす。男が初めてというわけではないだろうに、いつも初々《ういうい》しく頬を染める彼女は本当に可愛らしかった。少しからかってやれば想像した倍の勢いで噛みついてくるし、次の瞬間にはからりと笑っている。

そうしているうちに旅立つ日が来て、ギルは彼女が自分のために遣わされた聖女なのだと知った。ギルの魔力の器《うつわ》を治すのではなく、彼女自身が魔力の器《うつわ》だったのだ。ギルはそのことが堪《たま》らなく嬉しかった。単に魔力の器《うつわ》が見つかったからではない。彼女が自分の魔力の器《うつわ》ならば城に着いても彼女と長く一緒にいられると思ったからだ。

城を目前にして、ギルは別れの挨拶《あいさつ》を口にした。その挨拶《あいさつ》はもちろん偽りだったが、その言葉にしょんぼりと肩を落とす新菜が愛おしかった。

謁見《えっけん》の間での再会を済ませ、ギルは着替えるために自室に戻った。今すぐ彼女の部屋を訪れて、嘘をついていたことを謝らないといけない。そんな思いで扉を開けたギルが見たものは、大量の書類の山と彼を逃がさないとばかりに笑う宰相の姿だった。

第四章

ギルベルト・フォン・ゲンハーフェン。

それが彼の本名だと聞かされてから三日が過ぎた。

ギルはこのゲンハーフェン王国の王弟で、王族だったのだ。更に言えば子供のいない王に次ぐ、王位継承権を持つ非常に尊《とうと》ばれる身分の一人だったらしい。

その事実を聞いた時の新菜の驚きは筆舌《ひつぜつ》に尽くし難《がた》い。

彼の話によると、三年前の帝国との戦争によって壊れた自分の器《うつわ》を治すために、今まで旅をしていたらしい。器《うつわ》が壊れる前のギルの魔力は他国に対する戦争抑止になるぐらい絶大で、それ故にこのことは国の存続に関わる重要機密だった。

彼は全てを秘密にしたまま、器《うつわ》を治せる者を探し求め、自分の器《うつわ》になりうる聖女——新菜を見つけたのだそうだ。

ギル本人から聞く彼の真実に、新菜は驚き、そして落胆した。

（結局、私が〝聖女〟だから、優しくしてただけか……）

自分に必要な器《うつわ》だから、ギルは新菜に優しくし、良くしてくれたのだろう。彼の立場を考えれば当たり前のことなのに、その真実が新菜の胸を締め付ける。

その痛みは三日間経っても変わらず、新菜の胸を苛《さいな》んでいた。

新菜は城に与えられた一室で、ペンを片手に地図を眺めてうんうん唸《うな》っていた。その隣には妙齢の女性が立っている。彼女は新菜に付けられた専属の家庭教師、アンである。

長い茶色の髪を頭のてっぺんでまとめた彼女は銀縁の眼鏡を押し上げ、机に向かう新菜をじっと見ていた。

「ちょっと待って、ここが山岳地帯で、鉱石の採掘が盛んなフィノイフェルス地方で、ここが多数の部落が集まるアーケルンハム地方？」

「アーケルンハイム地方です。聖女様」

眼鏡の奥を光らせてアンが厳しく指摘する。その様子に新菜がブルリと背筋を震わせると、アンはにっこりと綺麗に微笑んだ。

「間違えたので、今日は宿題を倍に増やしましょうね」

「えぇ！　やめてください、アン先生！」

「やめませんよ。一ヶ月後にある帝国との会談までに、貴女を立派なレディにすることが私の仕事です。まずは急いで一般常識を覚えましょうね？　マナーも引き続きがんばりますよ」

「は、はい……」

新菜は涙目で頷いた。アンの言っていることは正しい。この国の一般常識を早く身に付けないと困るのは新菜だ。王から聞いた話では来月に帝国の使者がこの国にやって来る予定らしい。

帝国側は三年前の戦争から断絶していた国交を復活させるための会談と言っているが、公《おおやけ》にゲンハーフェンの内情を偵察するつもりだろう。

そのため王は、会談の場で帝国に聖女である新菜の存在をアピールするそうだ。戦争の英雄であるギルの存在と、神の加護を受けた聖女の存在。その両方を見せつけ、帝国を牽制《けんせい》したいらしい。

新菜は、そこで国の重役と話す機会があるかもしれないのだ。

新菜が困らないようアンという家庭教師をつけたのは王の配慮だろう。

(覚えてなくて恥をかくのは私だもんね……)

新菜がそう思いながらため息をつくと、アンは「少し休憩しましょうか」と微笑んだ。

勉強している時は厳しいが、普段のはアンは凄く優しい。先生と生徒の間柄ではあるものの、年齢が近いこともあって二人はすぐに仲良くなった。

アンが侍女に声をかけると瞬《またた》く間に部屋にティーセットが用意される。時刻は午後三時を回ったところで、ティータイムにはちょうどいい時間だ。

偶然なのかなんなのか、この世界も一日が二十四時間なのがありがたい。おかげですぐに時間感覚になじむことができた。

二人は向かい合って席に座り、香りのいい紅茶を啜《すす》る。

「それにしても、私が生きている間に聖女様にお会いできるとは思わなかったですわ。しかも、家庭教師になれるなんて本当に光栄です。精一杯努めますので、たくさん吸収してくださいね」

「お手柔らかにお願いします……」

「ところで、武運の聖女様というのは具体的にどういう力を持っているのですか？」

「あー。こう、武運を上げて強くなります的な？　魔法が強化、されたりします」

新菜はしどろもどろになりながらアンに嘘をつく。

ギルの事情については、国の最重要機密だ。なのでそれに関わる新菜の能力も必然的に秘密となった。

新菜の聖女の能力は表向き、『武運』というふわっとしたものになっている。

新菜の説明で納得がいったというように、アンが手を叩いた。

「あぁ、だから英雄であるギルベルト殿下付きの聖女なのですね！　それなら帝国に攻め入られる可能性は万に一つもなくなりますものね！」

「はぁ、まぁ、そういうことです」

「そういえば、ギルベルト殿下はこちらにはまだ一度もお見えになりませんね」

「……そうですね」

国王に謁見《えっけん》した日から、新菜はギルに会えていなかった。

立場上、仕方がない部分があったにしても、やっぱり嘘をつかれていたことには腹が立つ。一言くらい文句を言ってやりたい新菜は、ギルはどこにいるのかといろんな人に聞いて回った。

しかし、返ってくる言葉は皆同じ。

『お教えできません』

王族ならば当然かもしれない。新菜もそれは納得した。ならばせめて、会いに来て欲しいと手紙を渡してもらっても、彼からはなんの音沙汰もない。

そうして結局、今日まで彼が新菜に会いに来ることはなかった。

「もう会う必要がないからかもしれませんね」

小さな声で呟《つぶや》いた言葉はアンの耳には届かなかったようだ。

城に入った時点で、新菜がギルのために力を使うことは確約された。だからもう、ギルが新菜のご機嫌を取る必要はない。

ギルにとって、新菜は所詮ただの〝聖女〟という名の器《うつわ》でしかなかったということだろう。

そんな風に思ってしまう自分は、卑屈だろうか。

新菜は真一文字に唇を結び、強張《こわば》った顔を隠すように下を向いた。

そういえば、と今更ながらに思い出す。

新菜とギルが初めてキスをした日。ギルは明らかに行為を嫌がっていた。それが、新菜が快感を受けることで魔力が溜まると知ったら、急に乗り気にならなかったか？　もしかしたら、あの時からギルは新菜の能力に気付いていたのかもしれない。

(自分の魔力として使えるんだから、意に染まぬキスにも耐えられるわよね)

そう考えると全ての辻褄《つじつま》が合いそうで、新菜は胸が苦しくなった。

ギルに〝聖女〟としてしか扱われていないことが、もしかしたらキスもしたくない程嫌がられていることが、どうしてこんなにも嫌なのか。実のところ、新菜自身にもよくわからない。

よくわからないが、嫌なのだ。

ギルに〝聖女〟ではなく、〝新菜〟として見てほしい。そんな願望がむくむくと頭をもたげる。

（好き、なのかな……。気になってる？）

自分自身にそう問いかけても、当然、答えは返ってこない。それでも、その言葉は妙にしっくりと新菜の胸に嵌《は》まった気がした。

落ち込んだ気持ちのまま、首から下げた小瓶を眺める。一杯だった魔力は、もう少ししか残っていない。それもそうだろう。補充したのは王都に来る前だ。今までよく持った方だといえる。

この小瓶の中身がなくなったらギルはどうするのだろうか。魔力を補充しに来てくれるのだろうか。それとも新菜の能力が必要となる時まで放って置かれるのだろうか……。

新菜はため息を押し殺し、小瓶を強く握り締める。

そんな時、控えめにドアをノックする音が部屋に響いた。

新菜より早くアンが動き扉を開けた。何気なくそちらを見た新菜は、扉の向こうに立っていた人物に目を丸くして思わず立ち上がる。

「ギル!?」

軽く手を上げ笑みを浮かべるのは、燃えるような赤髪を持つこの国の英雄、ギルベルト・フォン・ゲンハーフェン、その人だった。

無精ひげの生《は》えていない顔に、撫でつけられた髪の毛は謁見《えっけん》の間で会った時の彼のままだ。しかし、彼の服装は儀礼服のような畏《かしこ》まったものではない。城仕えの兵士が着る簡素な制服を着崩している。

「今いいか？　アン、ニーナと話がしたい。少し外してくれ」

「え、それは……」

年頃の女性を王弟といえど男性と二人っきりにさせることに抵抗を感じたのだろう。渋る様子のアンにギルは困った顔をした。

「残るのならそれでも構わないんだが……」

ギルは新菜の側につかつかと歩み寄ってきて、その右手を取った。そして、そのままの勢いでニーナの唇に自分のそれを押しつける。

「んんっ！」

「え!?」

面食らったのはアンだけではなく、新菜もだ。ぐっと腰を引き寄せられ、互いの身体をぴったりと密着させられる。ギルは新菜の唇を貪《むさぼ》るように味わい、ドレスのスカートをめくり上げて、太股に手を伸ばしてきた。

「で、殿下っ！」

「まだ見ているか？　俺は構わないが、ニーナが困るだろう？　なぁ？」

ギルは太腿《ふともも》を撫で上げながら、新菜にだけわかるように片眉を上げた。

「――――!!」

新菜はハッとして喉に手を当てる。固まったようにまったく声が出ない。どうやらあの瞬間にギルから魔法をかけられたようだ。

「恥ずかしすぎて言葉も出ないらしい。久しぶりの逢瀬《おうせ》で、俺も周りを気遣う余裕がない。それでもここにいると言うなら止めないが……」

「し、失礼いたしました！」

顔を真っ赤にしたアンがくるっと踵《きびす》を返す。そのまま勢いよく扉から出て行ってしまった。いつもなら行儀よく閉めるはずの扉を、乱暴に閉めていったところに、彼女の動揺が表れている。

アンが出て行くとギルが新菜から離れた。そしてかけた魔法を解いてくれる。

「悪いなニーナ、待たせたか？」

「…………」

「ニーナ？」

「……こんの、腐《くさ》れセクハラオヤジがぁ!!　明日から先生にどんな顔して会えって言うんじゃボケェ!!」

ギルの端整な顔に新菜は渾身《こんしん》の一撃をお見舞いしたのだった。

静かな部屋の中、ギルは大理石を敷き詰めた冷たい床の上に正座していた。先程殴られた鼻の頭は赤くなっており、その精悍《せいかん》な顔は痛みと恐怖で歪《ゆが》んでいる。

仁王立《におうだ》ちで、冷たく彼を見下ろしているのはもちろん新菜だ。

眉間に深い皺《しわ》を寄せ、背後には不機嫌オーラが滲《にじ》み出ている。そのオーラを一身に受けるこの国の英雄は、ぶるりと背筋を震わせすくみ上がった。

「私に何か言うことはないですか？　殿下」

わざと丁寧な言葉遣いで、新菜はギルに低く問いかけた。

般若《はんにゃ》の顔もかくやという新菜の様子にそっと目線を逸《そ》らしたギルは怖々と言葉を紡《つむ》いだ。

「アンを遠ざけるためとは言え、お前の気持ちも考えず不埒《ふらち》なことをしてすまなかった。それと、俺の身分のことや、国の危機について何も説明しなくて悪かった」

「……」

「だが、俺としても言えない事情があってだな。許してくれとは言わないが、理解して欲しい」

「……それだけですか？」

「他にも、何かあったか？」

「なんですぐに会いに来てくれなかったの？」

「それは……」

気まずそうに言葉を濁《にご》されて、新菜は燻《くすぶ》っていた気持ちが膨れ上がるのを感じた。それをなんとか理性で押し留め、言葉を選んでゆっくりと口を開く。

「私の所に来る必要がなくなったから？　わざわざ機嫌を取らなくてもよくなったから？」

「は？」

「もう〝聖女〟の役目から逃げようなんて思ってないし、この国やギルに力を貸す気でいるけど、こういうあからさまなのは……少し、傷付く」

「ニーナ？」

「それでも、こうして魔力を補充しに来てくれたことはありがたいって思ってる。ありがとう」

素直な気持ちを言葉にしたつもりだったが、最後の方はしゅんとしてしまい、下を向いてぼそと呟《つぶや》く形になってしまった。

「お前、何か勘違いしていないか？」

その言葉に新菜が顔を上げると、困惑した表情で新菜を見上げているギルと目が合う。

「俺がお前に会いに来なかったのは城に帰ったばかりで忙しかったのと、怒っているだろうお前と会うのが気まずかったからだ。会いたがっていると知っていたらすぐにでも駆けつけていた」

「でも、手紙だって渡したのに……」

「は？　そんな手紙受け取ってないぞ⁉　誰だニーナの手紙を止めた奴は！　どんな奴に渡したか覚えているか⁉」

「え、覚えてない。廊下で会ったなんとなく偉そうな人」

いきなり怒り始めたギルの勢いに気圧される。ギルは正座したまま腰を上げた。

「とにかくっ、手紙を受け取れなかったのは悪かった。だが、お前のその言い草はなんだ！　まるで俺がお前を道具扱いしているみたいじゃないか⁉」

「え、違うの？」

「ふざけるなっ！　っと、わぁあぁ！」

「きゃあぁっ！」

勢いよく立ち上がったギルが、がくんとバランスを崩して新菜に向かって倒れ込んできた。受け止めきれず新菜はそのままギルに押し倒される。咄嗟《とっさ》にギルが新菜の頭を抱え込み、重たい音と共に二人は床に転がった。

「悪い、足がしびれた。どこか怪我《けが》していないか？」

「だ、大丈夫。そんなことより、近いっ……」

新菜はこれでもかと頬を染めて、自分にのし掛かるギルの胸板をぐいぐいと押しやった。しかし、彼は新菜の上から動く気配がない。それどころか、唇を近付け新菜の額《ひたい》にキスをする。

「ギル？」

「俺は、道具扱いしている奴にこんなことはしない」

「じ、自分の魔力になるからじゃないの？　だって、最初のキスは嫌がっていたじゃない」

「嫌がってない。何度言えばわかるんだ」

「何度も言ってもらってないわよ」

「じゃぁ、お前が納得するまで何度だって言ってやる。俺は一度だってお前と触れ合うことを嫌だと思ったことはない」

直後、耳元でリップ音が聞こえて新菜はぎゅっと目を瞑《つぶ》る。すると、耳を噛まれて新菜の背筋がぞくりと震えた。

「ちょうどいい。このまま魔力を補充しとくぞ」

「や、やだっ！」

身の危険を感じた新菜が身を捩《よじ》って震えた声を出す。ギルは新菜の頬を撫でて、「安心しろ」と微笑んだ。

「お前が嫌がることはしない。嫌だったら、いつものように俺の頬を張ればいいさ」

「っ！」

「俺は最近自分が被虐主義者《ひぎゃくしゅぎしゃ》じゃないかと悩む時があるよ、ニーナ」

そう言いながらも、ギルの顔は完全に肉食獣のそれだ。捕らわれた草食獣のように身動き一つできない新菜の上に、目の前の肉食獣はキスの雨を降らせたのだった。

最初は唇同士を合わせるだけのキスだった。新菜はいつもより軽いキスを抵抗せずに受け入れる。戯《たわむ》れのようなキスは鼻頭や額《ひたい》にも落とされ、新菜はくすぐったくて笑ってしまった。

しかし、笑っていられたのもそれまでだった。舌をねじ込まれ、歯列をなぞられ始めてからはもう何も考えられなくなる。身体がじりじりと熱を持ち、目が潤《うる》んだ。身体は酸素を取り入れようと必死で荒い呼吸を繰り返す。

そんな彼女を抱き上げて、ギルはテーブルの上に優しく座らせた。何故椅子の上ではないのだろうと疑問に思う間もなく、突然膝が割られ、間に彼が侵入してくる。さすがの新菜もこれには驚いて、呆《ほう》けた頭を叩き起こした。

「ちょっ、何してるのよっ！」

「なんだと思う？」

ギルは小首を傾《かし》げ、とても楽しそうな笑みを浮かべている。新菜は顔を真っ赤にして、彼を押し戻そうと肩を押すが、まったく動かなかった。

床に膝をついて机の上に座る新菜の足の間に陣取ったギルは、まるで邪魔なものを払うかのようにスカートをたくし上げた。

「きゃっ！　み、見えるっ！　それ以上スカート上げると下着が見えちゃうから！」

「見るためにに上げてるんだ。問題ない」

「も、もんだいあるっ！」

新菜は必死にスカートを押さえながら、彼を追い出すために膝を閉じた。しかし、すでに膝の内側に入り込んでいたギルの頭は、膝を閉じるのと同時にぐっと新菜の下着に近付いてしまう。

「ひゃぁっ！」

「なんだ。意外にノリノリなんだな」

「ちがうって！　んゃぁあぁっ！」

ギルは指の先で新菜の下着を軽くひっかいた。新菜は堪《たま》らずギルを足の間にぎゅうぎゅうと挟み込んでしまう。

「こら、さすがに苦しい。力を抜いていろ。悪いようにはしないから」

まるで幼子《おさなご》を叱るようにそう言って、ギルは両手で新菜の太腿《ふともも》を広げた。

「やだぁぁっ！」

両手で下着を隠すように手をやると、ギルはやれやれと肩を竦《すく》める。

「何も怖い事はしないと言ってるだろう？」

「怖いんじゃなくて、恥ずかしいのっ！　馬鹿ギル!!　離して！」

恥ずかしさと憤《いきどお》りで新菜は顔を真っ赤に染める。けれどギルは、そんな新菜の首の後ろに手を回し、自分にぐっと引き寄せて唇を合わせてきた。

「んふっ……」

舌を絡《から》ませて先を吸われれば、あまりにも甘い刺激に頭が馬鹿になっていく。呆《ほう》けてきた頭と身体は再び熱を持ち始め、ゆるゆると力が抜けていった。口の中全てが性感帯になったかのような刺激に、下半身がじわりと蜜を零《こぼ》しだす。互いの舌を擦り合わせて唾液を交換する頃には、もうまともに考え事ができなくなっていた。

キスだけなのになんでこんなに気持ちがいいのだろうかと毎回思う。どうしようもないぐらいに頭も身体も熱くなっていうことを聞かなくなるのだ。

「恥ずかしくなくなっただろう？」

ギルは新菜の唇を解放してそう言った。湿った口元を親指で拭《ぬぐ》う彼の姿は最高に官能的に映る。

新菜が蕩《とろ》けた瞳で彼を見下ろすと、微笑んだ彼に下着を抜き取られた。

「や、ぎるっ！」

「直《じか》で見たいと思ってな」

そう言ってギルは床に下着を落とした。

「ひゃっ、ちょ……っ、あ」

新菜の白い足の最奥《さいおう》にある茂みを隠すものは何もない。

彼の目には、何もつけていない新菜のそこが丸見えになっているはずだ。それだけでも恥ずかしいのに、彼は触れるでもなくただ茂みを眺め、時折息を吹きかけては彼女の反応を楽しんでいる。

「みな、いでぇっ……！」

「目の前にあるものを見るなとは、お前も酷なことを言うな。何も触っているわけじゃない。こうして息を吹きかけているだけだ」

そうしてギルは、ふぅ、と、優しくそこに息を吹きかける。

「ひゃぁあっ!!」

新菜は、目尻に涙を溜めてビクンと跳び上がる。その瞬間、テーブルの上でガチャリと音が鳴った。新菜が腰かけているテーブルの上には、紅茶やクッキーが並んだままだ。

「ほら、あまり動くと紅茶が零《こぼ》れるぞ」

「そ、そんなこと言われても……っ！　んぁっ！」

ギルは露《あら》わになっている彼女の太腿《ふともも》に唇を寄せた。チュッと音を立てて吸って、赤い花びらを散らしていく。ギルはその赤い痕《あと》を愛おしそうに舐《な》め上げた。

「ひぅ……っ！」

新菜が小さく悲鳴を上げて、身体を仰《の》け反《ぞ》らせる。その拍子《ひょうし》にテーブルの上に置かれていた三段重ねのアフタヌーンティースタンドに身体が当たった。ガチャッと金属同士がぶつかる音がして、新菜に向かってクッキーやシュークリームが落ちてくる。その中の一つが、新菜の太腿《ふともも》に当たった。

「わぁっ！」

落ちた衝撃で中のクリームが零《こぼ》れ出し、新菜の腿《もも》の上を流れる。

「こんなところにクリームをつけて……新菜は行儀が悪いな？」

「ばかっ！　変なこと言ってないで、何か拭《ふ》くものをっ、ん、ひぁ……っ!!」

「こうすれば必要ないだろう？」

そう言って、ギルは新菜の太腿《ふともも》についたクリームを丹念に舐《な》め上げる。

ざらざらとした舌の感触が新菜を再び震え上がらせた。咄嗟《とっさ》に膝を閉じようと試《こころ》みるが、足の間にいるギルに阻《はば》まれてしまう。

腿《もも》からどんどん上へ進んでくるギルの舌に、新菜はただならぬ危機感を覚えた。

「あぁ、ここにもクリームがついているな」

「そ、そんな所にはついてないっ!!」

ギルが舌先を伸ばしたのは足の付け根だ。必死に閉じようとする新菜の足を大きく開かせ、ギルはその間に顔を埋《うず》めた。

「やだっ！　やだやだやだ!!　ギルやめてぇっ！」

涙目で首を振る新菜にギルは口の端を上げてそっと意地悪な笑みを浮かべる。

「零《こぼ》れたクリームを取ってやるだけだ。安心しろ」

「絶対そんなところにクリームなんかついてないっ！」

その言葉に何か閃《ひらめ》いたのか、ギルは片眉を上げた。

「ついていればいいのか？」

そう言うや否《いな》や、ギルは新菜の服についていたクリームを指先で掬《すく》い取り、それを太腿《ふともも》の付け根につけた。ギルがこれからしようとしている行為に新菜は身を固くする。だが、それ以上に快感を引き出すギルの指先に足を痙攣《けいれん》させた。

「ひうぅっ！」

新菜の反応に笑みを浮かべたギルが、再び足の間に顔を埋《うず》めてきた。

くちぃ、という音を響かせて、ギルが自分でつけたクリームを舌で舐《な》め取る。ギルの吐息が新菜の敏感な淫花に触れ、どうしようもなく身体を疼《うず》かせた。

「それ、以上は、だ、め……」

「それ以上とはなんだ？　俺は零《こぼ》れたクリームを取っているだけだぞ」

「ちが、自分で、つけ…」

「あれは、クリームが奥に飛んでいないと、お前が疑ったからだろう？　ああ、クリームだけじゃなく紅茶も零《こぼ》したのか？　そそっかしい奴め」

そう言ってギルは、足の間に顔を埋《うず》め茂みの上から薄肉を舐《な》め上げた。

「ふひゃあぁあ――っ！」

新菜がその刺激に飛び上がると、また後ろでカチャカチャとカップが鳴る。紅茶を零《こぼ》すまいと身を固くするが、それが余計にギルに薄肉を差し出してしまう結果となった。

「なんだこの紅茶は、凄く粘着質だな。それに凄くいい匂いがする……」

「やめ……」

恐怖と期待に身を震わせながら新菜は赤い顔で必死に首を振る。しかし、彼は彼女の茂みに顔を近付け舌先でチロチロと蜜を舐《な》め取った。新菜は声を上げずに身を固くしたままその刺激に耐える。

「それにとっても美味《うま》い」

「や……」

もうやめてくれと訴えるような瞳で見つめても、彼は止まらない。

「もっと呑ませてくれ」

テーブルクロスにシミを作る程溢《あふ》れた愛液をギルは躊躇《ちゅうちょ》なくじゅっと吸い上げた。その瞬間、新菜は喘《あえ》ぎ声を上げながら、全身をがくがくと震えさせる。

「んんんゃぁあぁぁっ――――!!」

目の前がフラッシュをたいたみたいにチカチカする。全身の筋肉がきゅっと縮んだかと思うと、一気に弛緩《しかん》した。新菜はギルの頭にしがみついて必死に快感をやり過ごす。

荒い呼吸を繰り返す新菜を抱き締め、ギルは優しく彼女の背中や頭を撫でた。

「ニーナ」

「な、なによ」

少し掠《かす》れた声を尖《とが》らせて新菜はギルを睨《にら》みつけた。しかし、彼はまったく意に介していないようで、嬉しそうな顔を上げて、目を細めている。

「もう一回、イくところが見たい」

「へ？」

凄《すさ》まじい色気を滲《にじ》ませて、ギルがそう言った。

目に宿る欲望の炎を認めた新菜は、咄嗟《とっさ》に逃げようと身を捩《よじ》る。ギルはそんな新菜を軽々と捕まえて、あっという間に寝台へと連れて行った。

そうして、散々イかされた新菜は、満足そうに微笑むギルに怒りの鉄拳《てっけん》をお見舞いしたのだった。

◆◇◆

「研究塔？」

「そうだ。ここは本来ただの時計塔なんだが、アイツが住みついて研究を始めてから、そんな通り名が付いてしまった」

魔力を十分に補充された後、新菜はギルに連れられて石作りの長い階段を登っていた。

所々に火が灯《とも》してあるが、中は薄暗く足下には苔が生《は》えている。じっとりと湿った空気が塔の薄気味悪さを増しているようで、新菜は寒くもないのに背筋を震わせた。

二人が居るのは城のすぐ横に立っている高い塔の中だ。最上階へ通じる階段は、人が一人通れるぐらいの狭い螺旋《らせん》階段。新菜はその階段をもう十分以上のぼり続けている。

「んで、私はここに住み着いた〝アイツ〟さんに診《み》てもらえばいいの？」

息を切らしながら新菜が尋ねると、前を歩くギルが頷いた。

「あぁ、お前も自分の聖女としての力をちゃんと把握しておいた方がいいだろう？　俺に魔法を教えてくれた方の息子なんだが、魔道具と魔法の研究に関してはこの国でアイツの右に出る者はいない。そして、口の堅さもとびっきりだ。なんせアイツの頭には研究のことしかないからな」

そう言ってギルは更に上を目指す。新菜はもうすでに息も絶え絶えだが、呼吸を整え、それについていった。

しばらく上ると目の前に木の扉が現れる。腐《くさ》りかけの木の板に鉄の金具がついた、城にあるには似つかわしくない貧相な扉だ。なんの躊躇《ちゅうちょ》もなくギルはその扉を開ける。目の前に広がったのは本棚に囲まれた石造りの部屋だった。申し訳程度についている窓はわずかに日の光を感じるだけで、部屋の中は暗い。日中にもかかわらず所々に魔法で明かりが灯《とも》っていた。

「ヨルン！　居るんだろう、出てこい！」

ギルの声が部屋に響くが返答はない。ギルは少し苛立ったように声を張った。

「おい、ヨルン！　今日行くことは伝えていたはずだぞ。出てこい！」

「……ヨルンは只今外出中ですー」

直後、間の抜けた声が本棚の方から聞こえてきた。ギルは肩を怒らせて声のした方向へ歩いていく。そこには不自然に埃《ほこり》が溜まっていた。本棚と天井《てんじょう》の間に、灰色の大きな塊《かたまり》が見える。表面の毛羽《けば》だったそれは、どこからどう見ても埃《ほこり》そのものだ。

「お前が外出だと⁉　ふざけるな、この万年引き籠もり野郎が！　大体、そんな場所で寝るなといつも言っているだろうが！　いつか本当に身体を壊すぞ！」

「ギル兄《にい》には関係ないだろう？　何？　その子が聖女さま？」

「ひゃっ！」

その埃《ほこり》から不機嫌な顔がひょっこり出てきて、新菜は思わず後ずさった。伸びきった灰色の髪の毛に、薄い青色の瞳。綺麗な色をした目の下には濃い隈《くま》が見て取れる。

顔の造り自体は整っているのに、不健康さが全面に表れた雰囲気がそれを台なしにしていた。幼さはないが、成熟してるとも言い切れない顔つきだ。年齢は新菜より少し下ぐらいだろう。

「いいから降りてこい。誰が研究費を出してると思ってるんだ？」

「あー、それを出されると弱いんだよなぁ」

顔だけ出した埃《ほこり》の塊《かたまり》は、ぶつくさ言いながら、ひらりと軽やかに新菜の前へ飛び降りてきた。身体に纏《まと》っていた灰色の毛布がマントにでもなったような美しい身のこなしだ。

顎《あご》に手をやった彼は新菜のことを値踏みするように見回して、面白そうに呟《つぶや》いた。

「へー。これが聖女さま」

「あ、あの……」

「とりあえず挨拶《あいさつ》をしろ、ヨルン！」

「はーい。初めまして聖女さま。貴女を調べさせてもらうことになりました、ヨルン・サーシャレンです。ギル兄には小さい頃からいろいろお世話になってます。今も研究費の援助をしてもらったりとか。以後お見知りおきを……」

ヨルンは、埃《ほこり》だらけの外見には似つかわしくない優雅な礼を取った。

「この小瓶は単なる鏡だね」

ヨルンは新菜の小瓶をランプの光に透《す》かしながらそう言った。

部屋の中心にある、それなりに広い年季物の机の上には、ぶ厚い本と大量の手書きのメモが堆《うずたか》く積まれている。それを端に押しやってヨルンは無理やり目の前にスペースを作り、正面に座るギルと新菜に向き合った。

新菜の能力とこの国の危機についてはギルが前もってヨルンに伝えていたようで、なんの説明をしなくても彼はサクサクと話を進めていく。

「鏡？」

「そう、これ自体が力を持っているんじゃない。この小瓶が光っているように見えても、実際は聖女さまの魔力が作用しているだけなんだ。力はあくまでも聖女さまが持っていて、これは聖女さまの状況を表しているだけだね。ここに描かれている魔法陣も聖女さまに刻まれているものだよ」

「え？　でもどこにもそんな魔法陣は……」

「一般的な魔法陣は可視化できるものなんだけど、これは神さまが刻んだものだからね。見えなくても不思議じゃない。……ちょっと失礼するよ」

ヨルンは新菜に近付きその傍《かたわ》らに膝をついた。そしておもむろに新菜の腹部へ手を当ててそっと瞳を閉じる。その瞬間、新菜の腹部が熱を持ち、服の上からでもわかるぐらいに光を発した。

「わわっ！」

「うん。予想した通りだね。臍《へそ》は人体の中心だ。こういった常用型の魔法陣を刻むなら絶対にここだと思ったよ」

納得したように呟《つぶや》いて、ヨルンは手を離した。そして、正面の椅子に戻って座り直す。

「今ちょっと診《み》てみたんだけど、聖女さまの魔力の許容量ってとてつもなく大きいね」

「大きいってどのくらい？」

「はっきり言って無限に近いと思うよ。もっと時間をかけて調べてみないとわからないけれど、きっとどんなに快楽を与えられても、聖女さまの魔力の器《うつわ》が満杯になることはないと思う。この小瓶の魔力が満タンになっても、聖女さまの魔力が満タンになったってわけじゃないからね。本気になって溜めれば、この瓶底の魔法陣が消費する魔力の一年分だろうが二年分だろうが余裕で溜められると思うよ」

ほほう、と感心したように頷く新菜にヨルンはにっこりと微笑みかけた。

「で、ここからが本題なんだけど、とりあえず触ってもいい？」

「は!?」

先に反応したのは新菜の隣に座るギルだ。新菜はただビックリして目を丸くする。

そんな二人の反応を気にせず、ヨルンは心底嬉しそうに顔を綻《ほころ》ばせた。

「いやー、『快楽が魔力に変わる聖女様』ってホント研究のしがいがありそう！　こんな変わった能力を持った聖女さまなんて初めてだよ！　どれぐらいの快楽でどのぐらいの魔力が溜まるのか、感情は関係あるのか、魔力の質は快楽とどう関係があるのか。あー調べたい！　調べさせて！　お願い！　ちょっとだけ、ちょっとだけでいいから！」

まるで恋をしているかのように熱く語り始めたヨルンは、机の向こう側からぐっと新菜に身を乗り出してくる。そんなヨルンに、新菜はどん引きである。

ギルはといえば、ヨルンに対して焦ったように声を荒らげた。

「ふ、ふざけるな！　そんなこと俺が許すと思ってるのか⁉」

「えー。ギル兄には関係ないよね。俺は聖女さまと話してるんだから」

「関係なくはない！　そんな羨《うらや》ま、じゃなかった、ふしだらなことさせるわけにはいかない！」

「けちー、いいじゃんか一発や二発ぐらい。別に減るもんじゃないし。むしろ魔力が増えていいことばっかりだし。それに、どうせギル兄と、もう何十発もしてるんでしょ？」

何気なく発したヨルンの言葉に、二人が口を閉じる。

「え？　なんでそこで黙るの二人とも……」

ヨルンはびっくりした顔をして、身を乗り出し交互に二人の顔を覗《のぞ》き込んできた。

「まさか、だよね？　え？　あのギル兄が、もしかしてまだ……？」

「まだも何も、そういう予定はありません……！」

いいかげん気まずくなった新菜が、ヨルンに向かってそう断言する。

それを聞いたヨルンは大げさにおののいて見せた。

「ええーっ⁉　皆の憧れ、千人切りのギル兄が⁉」

「おいっ！」

「へー……」

突然焦り出すギルを新菜は半眼で眺める。

責めるような新菜の視線に、ギルは背中に冷や汗が流れるのを感じた。

「千人切り。ふーん、凄いですねー、英雄様は。女も選《よ》り取り見どりですかー。へー」

「千人は言い過ぎだ！　千人は！　それに最近はそういうことは控えていてだな！」

ギルは慌てて否定するが新菜の視線は更に冷たさを増す。

「私に言い訳しなくてもいいんじゃないですかー。別に私、ギルの恋人じゃないんだし」

「――っ！　じゃあ、なんでそんな風に怒ってるんだ!?」

立ち上がったギルに新菜は氷の微笑みを向けた。そしてトドメの一言を言い放つ。

「女の敵って最低だなぁって思って」

「うっ……」

ぐうの音《ね》も出ないと言うのはまさにこのこと。ギルは何か反論をしようと試《こころ》みるが、結局何も言えずに小さく唸《うな》るだけだった。新菜はギルと目を合わさないように顎《あご》を反らしてそっぽを向く。

ヨルンはそんな二人を交互に眺めて、からりと笑った。

「じゃぁ、ギル兄がヤった後でいいから、俺ともよろしくね、聖女さま」

「「させるか!!」」

そう叫んだのはほとんど二人同時だった。

それから新菜は今までわからなかった自分自身の能力や、この世界の魔法や魔術について、ヨルンにいろいろ教えてもらった。その中でも特に彼は、魔道具について目を輝かせて熱弁を振るう。

「これなんか自信作でさ、定められた一定区間の魔力を霧散《むさん》させて一時的に魔法が使えない空間を作り上げることができるんだー！」

そう言って彼が取り出したのはなんの変哲もない真っ黒な立方体だった。石ともプラスチックともいえない不思議な感触の立方体は、新菜の片手にすっぽりと収まるサイズだ。

「もちろん霧散《むさん》させる魔力にも上限はあるし、長時間発動できるわけじゃないけどねー。……それと、あ、これは物の転送を可能にする魔道具で、あっちのが一定範囲の重力を自由に操ることができる魔道具。魔力使用量が多いのが難点で、なかなか通常使用できなくてー……」

「なんかわからないけど、ヨルンって凄いのね……」

次々と出てくる魔道具に新菜が目を丸くする。ヨルンはそんな彼女の反応に気を良くしたのか、自信満々に胸を反らした。

「『なんかわからないけど』は余計だけどねー。聖女さまも何か貸してほしいものがあったら、いつでも言ってね。あ、でも、その前に、魔力の注《そそ》ぎ方を身体で覚えないとだめだよね。なんなら、暇な時に教えてあげよっか？　そしたら魔術ぐらいは発動できるようになるだろうし、素養があれば魔法陣も刻めるようになるかも」

「ほんと!?　ありがとう！　嬉しい！」

ヨルンのその申し出に新菜は飛び上がって身を乗り出す。ヨルンはそんな彼女の両手を掴《つか》んでキラキラの笑みを向けた。

「じゃぁ、その対価に俺と……」

「ダメに決まっているだろうがっ！」

ギルの怒声にヨルンは「冗談だよー」と笑いながら手を離し、頬杖をついた。その冗談か本気かわからない飄々《ひょうひょう》とした顔に、ギルは苦虫を噛みつぶしたような顔をする。

それからしばらくヨルンの講義を聞き、二人は研究塔を後にした。

空の端には藍色《あいいろ》が伸びて、頭上には一番星が輝いている。新菜はギルと並んで歩きながら、先程聞いたヨルンの言葉を思い出していた。

『ゲンハーフェン王国の神様はね、人の願いを具現化する力に長《た》けているらしいんだ。だから、聖女さまの能力も聖女さまが心から願ったことがベースになっているはずだよ』

新菜はその言葉に思い当たることがあった。

（願っていたことって、たぶんアレのことよね……）

『私を愛してくれる人が現れますように……』

そう願ったのは確かこの世界に来る直前だったと思う。

神様がどこまで人の想いや言葉を正しく理解できるのかわからないが、新菜の能力は明らかに神様が『愛してくれる人』を曲解した結果のように思われた。

（誰も『身体で愛して欲しい』なんて願ってないじゃない！　神様っ！）

流れ星に願いを……なんて、らしくないことをしたのがいけなかったのだろうか。

新菜は自分の不運を呪い、少しだけ泣きたくなった。そんな新菜の気配を感じ取ったのか、ギルが横から顔を覗《のぞ》き込んでくる。

「大丈夫か？　緊張してるのか？」

「大丈夫。少し感傷的になっているだけ。ところで、緊張って何？」

「何って、お前聞いていないのか？　今夜はこれから晩餐会《ばんさんかい》が開かれるんだぞ」

「あー。確かそんなことを、朝に誰かが言ってた気がする……」

今朝、新菜を起こしに来てくれた侍女の言葉をぼんやりと思い出す。

今日は晩餐会《ばんさんかい》があるから絶対に早めに部屋に戻ってくるようにと、彼女は何度も新菜に言っていた。ドレスに着替えるのに時間がかかるのだとか、身体を綺麗にするのに時間がかかるのだとか、いろいろ言っていた彼女の顔を思い出して、新菜はじわじわと眉を寄せる。

「あー、めんどくさい。私パスで」

「そういうわけにはいかないだろう⁉　今日は城の者に聖女のお前をお披露目するのが目的なんだぞ。主役のお前が欠席できるわけないじゃないか。ドレスと装飾品一式は、すでにお前の部屋へ届けさせている。さっさと着替えて顔だけでも見せに来い」

「えー」

主役だと言われたら行かざるを得ないが、同時に気の重さが三倍になった。

アンによるマナー講習はまだ三日しか受けていないのだ。どう振る舞えば失礼にならないのか、どう振る舞えば印象がいいのか、今の新菜にはいまいち判断がつかない。

新菜が緊張と不安と不満でいっぱいになっていると、ギルに優しく微笑まれた。

「大丈夫だ。今日の晩餐《ばんさん》は俺がエスコートする。全て俺に任しておけ」

「……よろしくお願いします」

頼りになる笑みを浮かべるギルに、新菜は不承不承《ふしょうぶしょう》頭を下げる。そんな新菜を見て、ギルは可笑《おか》しそうに噴き出し、彼女の頭をぐりぐりと撫で回したのだった。

第五章

「聖女様、とってもお綺麗ですよ」

「はぁ」

侍女の上機嫌な声に新菜は生返事をする。目の前の鏡に映るお姫様のような格好の自分に未だ驚きを隠せない。

新菜が着ているのは濃い紫と青を足したような藍錆《あいさび》色のドレスだった。胸元やスカート部分にふんだんにレースが使用されている、豪華ながら上品さも備えた美しいドレスである。

首元に光るチョーカーには、ギルの髪と同じ色の赤い宝石が埋め込まれていた。

肩より少し長い髪の毛は綺麗に結い上げられ、ユリに似た花で飾られている。

今の新菜は、どこからどう見ても物語の中のお姫様そのものだった。

「さすが、殿下のお見立てですわね。聖女様にとてもよくお似合いですわ」

「これ、ギルが？」

鏡の前でくるりと回って自分の姿を確かめていた新菜は、侍女の言葉に口をぽかんと開けた。

そういえば、先程ギルは『ドレスと装飾品一式は、すでにお前の部屋へ届けさせている』と言っていた。新菜は、改めて自分の姿をまじまじと眺める。

「なんか、嬉しいかも……」

新菜がふっと笑みを零《こぼ》した時、扉が控えめに叩かれた。

侍女の開けてくれた扉を振り返った新菜は、そこに居た人物の姿に息を呑んだ。

「ギル……」

ギルは王宮で再会した日と同じ、詰め襟の儀礼服を着ている。長身でがっしりした体格の彼には、軍服に似たその儀礼服はとてもよく似合っていた。

今日は前髪を後ろに撫でつけ、彼の男らしい切れ長の目や通った鼻梁《びりょう》が露《あら》わになっている。彫りの深さと相まって、いつもの数倍かっこよく見えた。

新菜は、彼の礼服の左胸に新菜のチョーカーと同じ宝石が付いているのに気付く。

並ぶと二人がお揃いの宝石を付けているとすぐわかるだろう。

新菜は急に落ち着かなくなって思わず視線をさまよわせる。対するギルも、新菜を見たまま固まっていた。

不思議な沈黙がしばらく続いた後、ギルがふっと相好《そうごう》を崩した。

「ニーナ、綺麗だよ。見違えたな」

「……な、何よ、馬子《まご》にも衣装って言いたいの？」

褒《ほ》められた恥ずかしさから、新菜は口を尖《とが》らせてそっぽを向く。そんな新菜にギルは首を振って、砂糖をまぶしたような声で言った。

「いや、いつもは可愛いが、今日は凄く綺麗だ」

「――――っ！」

火が付いたように新菜の頬が赤くなる。ギルは精悍《せいかん》な顔に甘い笑みを浮かべてそっと右手を差し出した。新菜がおずおずとその手を取ると、ぐっと引き寄せられて腰に手を回される。

「ひゃっ！」

「今日の俺は役得だな。こんなに綺麗な聖女様をエスコートできるんだから」

「……あ、ありがと」

新菜が照れながらすぐ横にいるギルを見上げれば、彼も嬉しそうににっこりと微笑んでみせる。

「ドレス、ありがとう。嬉しかった」

「いや、こんなに綺麗なお前が見られるのなら何着だって贈りたい気分だ。……今日は楽しい晩餐《ばんさん》会《かい》になりそうだな」

そう言って笑うギルと一緒に、新菜は部屋を後にした。

すっかり日が落ちて空に星と二つの月が姿を現した頃、晩餐会《ばんさんかい》は開かれた。

聖女を城の者に紹介する簡単な晩餐《ばんさん》だと聞いていた新菜は、会場に着いて唖然《あぜん》とする。

会場は王宮の大広間だった。巨大な金色のシャンデリアがいくつも吊り下げられ、天井《てんじょう》には宗教画のような壮大な絵が描かれている。

広間の大きさは二十五メートルプールが縦に軽く二つは入りそうだし、ピカピカに磨き上げられた大理石の床は鏡みたいにシャンデリアの光を映していた。

更にその豪華でだだっ広い広間に集まった人達は、皆会場に負けないくらい煌《きら》びやかな衣装を纏《まと》っている。ギルの説明では、招待されているのは城に勤める者だと言っていたが、おそらくその家族も来ているのではなかろうか。幅広い年代の男女が歓談しているのが目に入る。

「何度も言ったが、ニーナは綺麗だぞ」

どうやら、着飾った人達を前に新菜が尻込みをしていると思ったようだ。フォローの内容は間違っているが、ギルの気遣いは純粋に嬉しい。

新菜ははにかみながら「ありがとう」と彼だけに聞こえる声でお礼を言った。

新菜はギルと腕を組んで会場の中心に歩を進める。

二人に気付いた周囲から、徐々にざわめきが起こり始めた。王弟にエスコートされ、会場の中心に立った見慣れぬ女性が聖女だと会場の者達はすぐに理解したようだった。

広間の中心で一段高くなっている所に王が立つ。すると、ざわめきは一瞬にして静まった。

ギルは王に向かって腰を折り、臣下の礼を取る。新菜もその隣で膝を曲げて、アンに教えられたように頭を下げた。

「王の名において宣言する。ここにいる女性、ニーナ・タチバナを聖女として認め、あらゆる権利、自由を保障するものである。彼女が我らの神と共にある限り、この宣言は絶対である」

王が威厳のある低い声でそう言うと、会場から拍手と同時に、あちこちでざわめきが広がった。

それもそうだろう、聖女とは国の危機を救うために現れる存在だ。ギルの不調を知らない者にとっては、戦争の終わった平安の中、何故聖女が降りてきたのかわからないのだろう。

そんな彼らの疑問に答えるように、太った官職の男が王と入れ替わって新菜の前に立った。

「世は平安を取り戻したと言えど、またいつ戦争が起こるかわからない。現に、帝国は虎視眈々《こしたんたん》と再び我が国に侵攻する機会を狙っている。彼女はこれから来る未知の危機を回避するために遣わされた。聖女とは、この国の繁栄と安寧を願い神が遣わされる尊《とうと》き方。皆、彼女を敬い、その力の及ばぬところは支え、お守りするように」

その説明で、三年前の戦争を思い出したのだろう、会場にいるほとんどの人間は納得したようだった。大勢の人から注目されている新菜は、ぐっと前を見据える。

慣れない状況に、手足は震え、表情が強張《こわば》っていく。

そんな彼女の背中に大きな手が添えられた。ギルは、新菜を落ち着かせるようにゆっくりと背中を叩いてくる。その手に新菜はだんだんと落ち着きを取り戻していった。

そして、アンに教えられた通りの完璧な淑女の礼を取る。

顔を上げ新菜がほっと胸を撫で下ろすと、会場からは拍手が沸き起こった。

挨拶《あいさつ》を終え会場の中心から離れると、新菜とギルは一瞬にして人に囲まれる。聖女である彼女に挨拶《あいさつ》をしたい者達が我先にと壁を築いていった。皆一様に笑顔を張り付けているが、内心で何を思っているのかは窺《うかが》い知れない。

「初めまして、聖女様。私この城で事務次官をしております。ダーフラム・ランドルフと申します。爵位は……」

「初めまして、私はアントリヒ・エーレオンと言いまして、この城では……」

「レーメンスという。レーメンス・リートマー、伯爵の位を……」

新菜が圧倒されている間に集まった人達はどんどん自己紹介をしていく。入れ替り立ち替りやって来る人々に新菜は目を白黒させる。すると、ギルが新菜と人々との間に立って、距離を作ってくれた。

「まだ聖女様はこちらに来て日が浅い。一度に押しかけてきたら驚かせてしまうだろう？　何も挨《あい》拶《さつ》は今日でなくてはいけないということはないのだからな」

その言葉に落ち着きを取り戻した人の壁はゆっくりと崩れていった。それでも残った者と新菜は挨拶《あいさつ》の言葉を交わし、壁が消えた頃にはぐったりとギルの腕に縋《すが》りついていた。

「大丈夫か？」

「あぁ、うん。なんとか……。誰一人として顔と名前を覚えてないけど、大丈夫」

「まぁ、一度にあんな人数を相手にしたら誰だってそうなるな」

ははっとギルは笑って、褒《ほ》めるように彼女の頭をぽんぽんと叩いた。

「まぁ、この後はただの立食パーティーだ。何か取ってくるからここで待っていろ」

「ありがと。でも、私も行けるから大丈夫」

その気遣いに感謝しながら新菜はギルと連れ立って移動しようとした。その時、甲高い声が二人の耳朶《じだ》を打つ。

「ギルベルト殿下、お久しぶりでございます！」

二人が声のした方へ視線を向けると、従者を引き連れた一人の女性が色っぽく腰をくねらせながら歩み寄ってきた。

肩を出した大胆なドレスに身を包んだ女性は、大きな二つの膨らみをこれでもかと見せつけてくる。身体にぴったりとした黄色いドレスは彼女のメリハリのある美しいプロポーションを見事に強調していた。

彼女は新菜とギルの間に割り込み、ギルの腕に絡《から》ませていた新菜の腕をやんわりとほどいた。そして、色気いっぱいに胸元を強調しながら猫なで声を出す。

「カーリア・オルギットでございます。覚えておられるでしょうか？　何時《いつ》ぞやの夜会ではとても楽しいひと時をありがとうございました」

「あ、あぁ……」

女性の勢いに圧倒されたギルがたじろいでいると、カーリアはギルに花のような笑みを向けて、「嬉しいですわ！」と大げさに喜んで見せた。

「殿下に覚えていただいて嬉しいですわ！　殿下は今日もとっても素敵で……私、殿下の魅力にくらくらしてしまいそう」

「あの……ギル、この人……」

「聖女様ですわね。初めまして。私、カーリア・オルギットと申します。オルギット子爵の長女ですわ！」

新菜の言葉に被せるようにして、カーリアが挨拶《あいさつ》してきた。だがその言葉は、何故か爵位を強調したものだった。

新菜は「よろしくお願いします」と無難に返す。彼女はさりげなくギルの腕に自分の腕を絡《から》め、こちらを値踏みするみたいに見てくる。上から下までゆっくりと眺めた後、カーリアは勝ち誇ったようにふんと鼻で笑った。しかもそれをギルに見えないようにやるものだから、さすがに新菜もカチンとくる。

「ちょっとっ!!」

「ねぇ、ギルベルト殿下。今日もいろいろな国のお話を聞かせてくださいませんか？　私、ヴァルツヴァルデ地方のお話が聞きたいんですの」

またもや新菜の言葉に被せてきたカーリアは、その豊満な胸をギルに押し付けて上目遣いでおねだりする。そのあからさまな態度に新菜は青筋を立てて両手を握り締めた。

「カーリア嬢、すまないが今日は彼女のエスコート役として来ているんだ。その話はまた今度……」

「殿下、カーリア様とばかりずるいですわ！　私ともお話ししてください！」

「私もぜひに！」

ギルが断りの文句を言い終わる前に、あちらこちらからわらわらと女性達が集まってくる。

半ば無理やり輪の外に追いやられた新菜は、その光景に唖然《あぜん》とした。

かっこいいとは思っていたけれど、ここまで女性にモテるとは正直予想外である。

「ニーナ！」

人だかりの向こうからギルが新菜に声をかける。直後、女性達の鋭い視線が新菜に突き刺さった。

「私あっちで待っているから、行ってきていいわよ。後で迎えに来て」

仕方なくそう言って新菜が手を振ると、それを合図に女性達がギルを少し離れた空きスペースに連れて行った。ギルは新菜と離れることに抵抗していたようだが、結局最後は諦めたように女性達に腕を引かれていく。

「聖女様、こちらに……」

連れ去られていくギルを眺めていると、一人の男性が新菜に声をかけてきた。そっと腰に手を添えられ、壁際までエスコートされる。たくさんの料理が立ち並ぶテーブルの横に案内された新菜は、そこで自分をエスコートしてくれた人物を見た。

「あなたは、カーリアさんの？」

「従者をしております」

恭《うやうや》しく頭を下げるのは、赤茶の髪に深い緑色の瞳をした人の良さそうな男性だ。にっこりと笑った顔がとてもさわやかだった。そんな彼の右顎《みぎあご》にある古傷が妙に印象に残った。

「喉は渇いていませんか？　よろしければこちらを」

そう言って差し出されたグラスを受け取る。

グラスに揺蕩《たゆた》う透明の液体からは果実のいい匂いがした。

「ありがとうございます」

「いえ、食事も何か取ってまいりましょうか？」

「そ、それは大丈夫です！　自分でできます！」

空いている方の腕をぶんぶんと振り、新菜はその申し出を断った。さすがに、そんなことまでしてもらうのは気が引ける。彼は新菜に小さく頷いて踵《きびす》を返した。

一人になった新菜は、時折挨拶《あいさつ》してくる人に挨拶《あいさつ》を返しながら、壁の花に徹する。そして、視線の先の光景に小さく悪態《あくたい》をついた。

「ギルの節操なし」

視線の先にいるのは、たくさんの女性に囲まれた万年モテ期のギルベルト王弟殿下である。

彼は女性達に微笑みを返しながら、なにやら楽しそうに歓談していた。

楽しそうなギルの姿に、新菜はグラスの酒を呷《あお》ってため息をつく。

(確かに『行ってきていい』とは言ったけど、こんなに放っておくことないじゃない……)

かれこれ三十分近く一人で壁の花に徹している。新菜の我慢もそろそろ限界だった。

「もう一人で帰っていいかなぁ」

果実酒を飲みながらそうぼやく。目の前では相変わらずギルと女性達が楽しそうにお喋《しゃべ》りをしている。

「だめだよね。普通」

「そうよね。一応、主役らしいし、最後まで居るのが普通よね」

「まぁ、どうしても途中退場する場合は、ギル兄とじゃないとおかしなことになっちゃうよね」

「でも、肝心のギルがあの調子……え？」

パッと横を向くと、右手を上げてにこやかに挨拶《あいさつ》をしてくる灰色の髪の美青年。

「や、聖女さま。来ちゃった」

「ヨルン!?」

新菜はいつの間にか自分の横に立っていたヨルンに、ひっくり返った声を出す。

彼は長い前髪を綺麗に横に流してまとめ、薄い蒼色の瞳を細めて楽しそうに微笑んでいる。服装も先程の着崩しただらしないものから、短いマントを肩から下げた黒いシンプルな盛装に着替えていた。見違えるような彼の姿に唖然《あぜん》とする。

「いいじゃん。聖女さま綺麗だよ」

ヨルンは新菜を上から下まで眺めてそう言った。

「あ、ありがとう。というか、どうしてここに？　貴方、滅多に時計塔から出てこないって……」

「んー。聖女さまの能力に興味津々《きょうみしんしん》な俺としては、この場で何か起こることを期待してきたんだけど……何も起こらなくてちょっぴり残念な気分？」

「えー」

「帝国のスパイとかがこの機会に襲撃してきたら、ギル兄も聖女さまの力を使わざるを得ないでしょー。そんな場面を見たかったんだけど、当てが外れたなー」

「なんて物騒なことを……」

そう呟《つぶや》きながら、新菜は研究塔でのことを思い出す。

全ての診断を終えたヨルンは、最後にギルに力の受け渡しをしてみせて欲しいと言った。

ギルはそれを頑《かたく》なに拒み、どうしても見たがったヨルンが自分で試そうとしようものなら、鬼の形相《ぎょうそう》で止めていた。結局ギルが根負けし新菜の魔力で低級魔法を発動したのだが、その後、貪《むさぼ》るようなキスをされたのは記憶に新しい。

「もう少し大きな魔法が見てみたかったんだけど、今日は難しそうだなぁ。ギル兄は反動を怖がってるみたいだし」

「反動？　何それ……私、聞いていないんだけど？」

「うーん。ごめんね、聖女さま。それ言ったらギル兄に殺されちゃう」

そう言って笑うヨルンからは、どう頑張っても教えてもらえる気がしない。新菜は反動について聞くのを諦め、再び視線をギルの方へと戻した。

ヨルンも新菜に合わせてギルの方へと視線を向ける。

「今日はどの娘をお持ち帰りかなー」

「は？」

ヨルンが何気なく発した言葉に、新菜は思わず固まってしまう。口をあんぐり開けて、ヨルンを見つめる新菜に、彼はさも当然とばかりに次の言葉を口にした。

「ギル兄だよ。俺は晩餐会《ばんさんかい》や夜会にはほとんど出席しないんだけど、水鏡でいつも見てるからね。こういう時、ギル兄はいつも大体一人か二人はお持ち帰りしてるんだよ。胸とお尻の大きい子が好きみたいだから、今日はあの黄色いドレスの子あたりかな？」

「……ふーん」

我ながら低い声が出た。新菜はギルの右腕にずっとしな垂れかかる黄色いドレスの女性――カーリアを見る。彼女はギルの腕にこれでもかと自分の胸を押し付けていた。

新菜は自分のまな板のような胸を見下ろして、唇を噛んだ。

(ギルの嘘つき)

彼は以前、胸の大きさは気にしないと言っていた。あれはきっと、新菜に対する気遣いだったのだろう。そう思うと、なんだか気を遣わせてしまった申し訳なさと、嘘を吐かれた憤《いきどお》りと、カーリアに対する苛立ちで新菜の頭はいっぱいになった。

(ちょっと夜風に当たってこよう……)

少し冷静になりたかった。別に、ギルがどんな女性と寝ようが、仲良くしようが新菜にはまったく関係のない話だ。こんな風に、ムカムカ、モヤモヤする方が間違っている。

新菜は開け放たれた扉からバルコニーに出て、その下に広がる中庭へ目を向けた。気を遣ってくれたのか、ヨルンは少し離れて付いてきてくれている。

「ギルは、今日も女の子をお持ち帰りするのかな？」

「どうかな。今までのギル兄なら、そういうことが多かったけどね。嫌なら止めてくれれば？　たぶ

ん聖女さまの言うことなら聞いてくれるよ」

「私には……そんな権利ないもの」

新菜はギルの恋人じゃない。更に言うならば、ギルの側にいるのは新菜が聖女だからだ。

そんな自分が彼の異性関係に対して何か言うのはお門違《かどちが》いな気がした。

「そりゃ、私が頼んだらやめてくれるだろうし、あそこから抜け出して来てくれるかもしれない。だけど、そんな風に〝聖女〟って肩書き使って言うこときいてもらっても嬉しくないし！」

「……ん？　意味がわからない」

ヨルンが新菜の言葉の意味を計りかねたように小首を傾《かし》げる。新菜は唇を尖《とが》らせて持っていた果実酒を呷《あお》った。目線でお前も飲めと促《うなが》す新菜に、ヨルンはため息をついて持っていた果実酒を飲む。

新菜はグラスを片手に手すりにもたれかかり、夜空を見上げた。

「ギルは〝聖女様〟の頼みならなんでも聞いてくれるってこと。だって、私の気分を損ねて力を貸してもらえなくなったら困るもんねー。ばーか、ばーか」

「ギル兄が聖女さまを〝聖女〟としてしか見てないってこと？」

「私がギルの側にいられるのは、彼の魔力の器《うつわ》である〝聖女様〟だからだもん。もし私に力がなくなったらお払い箱だわ！」

ははは、と乾いた笑い声が口から漏《も》れた。我ながら自虐的過ぎると、冷静な自分が呆れたようにため息をつく。新菜は手の中にあるグラスを傾け、揺蕩《たゆた》う液体に自分を映した。そして、胸の中にある消せない不安を軽い調子で口にする。

「〝聖女〟の能力を差し引いた私なんて、ギルにとってはなんの価値もないってわかってる。ちゃんとそれぐらい理解してる。あの様子じゃ夜の相手にも困ってないだろうし、恋人だって選びたい放題じゃない。仕事を手伝おうにも、私はこの世界の知識はないに等しいしさー。私が側にいられる理由って、ほんと聖女であること以外にないんだよねー」

「聖女さまはギル兄の恋人になりたいの？」

「バカでしょ？　そんなこと望んでないわ！　ただ……」

「ただ？」

「〝新菜〟としてでも少しぐらいは必要とされたいだけよ……」

そう言った新菜に、ヨルンは気遣うような視線を向けてきた。その表情に新菜は思わずふっと笑ってしまう。年下になんて気を遣わせているのだろう。

「よし！　ヨルン、付き合って！」

いつもの通りの元気な声で新菜が言えば、ヨルンもまた彼らしい飄々《ひょうひょう》とした声を出す。

「何？　俺達恋人同士になるの？　ギル兄に殺されそうだけど、研究は進みそうだね！　もちろん、よろこんでー」

「馬鹿でしょ⁉　違う、違う、なんだか飲みたい気分だからさ。お酒付き合ってよ」

そう新菜が言うと、ヨルンの顔は途端に曇る。

「えー。やだー。俺、お酒飲んでも酔わないんだよねー。聖女さまが気持ち良く酔っぱらって、俺がその介抱をしないといけないとか、わりと地獄なんだけど……」

「いいじゃない。聖女様からのお願いだと思って！　ね？　お願い！　一人酒はしたくないのよ」

手を合わせて頼み込むと、ヨルンは渋々頷いてくれた。

「えー。んー。そこまで言うなら付き合うけど、潰れないでよー。はぁ、俺、酔えるかなぁ……」

先程までの憂《うれ》いを取り払うように新菜はヨルンに向かってにっこりと微笑んだ。

「任せて！　おねぇさんがヨルンを潰してあげようじゃないの！」

◆◇◆

「ねぇ、ギルベルト殿下。少し酔ってしまったみたいなの。どこかで介抱してくださらない？」

「飢《う》えた狼の前でそんなことを言ってはいけないよ、姫。私が貴女のような素敵な人の前でいつまでも理性的であるとは思わない方がいい」

腕に胸を押しつけてくる女をそう言いってあしらえば、次は背中に寄り添う女が猫なで声を出す。

「殿下、星が見たいですわ。中庭に連れて行ってくださらないかしら」

「わざわざ星を見に行く必要なんてないでしょう。星より綺麗な貴女がここにいるのだから」

そう言ってギルが微笑めば、黄色い声が会場に溢《あふ》れる。

実のところギルは心底辟易《へきえき》していた。笑顔の裏でどうやってここから抜け出すかを考えている。

ここにいる令嬢達は城に勤める者の親族だ。あまり無下《むげ》にするわけにもいかない。しかし、新菜のエスコート役を買って出た以上、いつまでも彼女達に付き合っているわけにはいかない。

そんな板挟みの感情を抱えて、ギルは笑顔を張り付け女達に対応する。

「ギルベルト様」

「ギル殿下」

彼に群がってくる女達は皆同じような言葉を吐いて、身体をすり寄せてくる。

しかしながら、彼にとってみればそれはアピールでもなんでもない。ただの発情行動だ。

それが今日は、とても鬱陶《うっとう》しく感じた。これまでもそう感じることはあったが、これ程までに鬱《うっ》陶《とう》しいと感じたのは未だかつてない。

何故こんな風に感じるのか、理由を探ってみてもまったく心当たりがなかった。

ただ、以前と違うことといったら、〝彼女〟が側にいることだろう。ギルはそんなことを考えながら、勝手に甘い言葉を吐く唇をそのままに、視線だけ壁の花に徹する新菜に向けた。

(待たせてしまっているな……)

女に囲まれた時、快《こころよ》く送り出してくれた彼女の気遣いはありがたかった。しかし、同時に胸に広がったのは彼女に対する苛立ちの気持ちだ。

(俺が女に囲まれていても、ニーナはなんとも思わないのか)

少しの嫉妬《しっと》も見せない彼女の態度に、ギルは内心ため息をつく。

別に嫉妬《しっと》されたり、怒って欲しいわけじゃない。けれど、女性から好意を向けられるのが当たり前だったギルにしてみれば、新菜の態度は少し珍しく映ったのだ。同時に、新菜にとっての自分の価値がそれ程でもないと思って、何故か落胆した。

会話の合間に何度も新菜に視線をやって、その様子を確認する。いつ見ても、彼女は無表情で果実酒を口にしていた。とても機嫌が良くは見えないが、それはエスコート役のギルが新菜を一人にさせているからだろう。ギルと女達に嫉妬《しっと》してというわけじゃなさそうなのが、なんとも複雑だ。いい加減本気で引き上げないとダメだと、ギルが焦り始めたその時、その人物が現れた。

(ヨルン!?)

灰色の髪の毛を横に流し、いつもの様子からは考えられないぐらいきちんとした身なりをしている。そんな彼が、新菜に向かって何やら話しかけていた。それに応《こた》えてる新菜の表情が、嬉しそうに見えるのは話し相手ができたからだと信じたい。

ギルは無意識に垂れ流していた甘い言葉をとめて、じっと二人を見つめる。

「ギルベルト様？」

「殿下？」

「ギル殿下？」

いきなり黙り込んだギルを不審に思ったのか、女性達が口々に名を呼ぶ。そして、その視線の先にいる新菜に気付き、途端にさえずり出した。

「あら、聖女様はずいぶんと男性がお好きみたいですわね。殿下という立派なエスコート役がいながら、他の男性と親しく談笑しているなんて……」

誰が言い出したのか、女達はキッと新菜を睨《にら》み非難を口にする。それに焦ったのはギルだ。元はといえば、この女達のせいで彼女を一人にさせているのだという苛立ちをぐっと呑み込み、取りなすように甘い声を出した。

「聖女様のエスコートは私がぜひにと頼んだことだ。それに今話している男は彼女の良き相談相手となるよう私が紹介した者だよ。私が側にいられないから、話し相手になってくれているんだろう」

そう言った後、トドメとばかりにギルはにっこりと微笑んだ。

「私のことを心配してくれるのは嬉しいが、君達の麗《うるわ》しい顔が暗く沈むのを私は見たくないな」

途端に上がる黄色い歓声にギルは内心で深くため息をつく。

視界の端では新菜がヨルンと一緒にバルコニーに出て行くのが見て取れた。


なんとか女達の輪から逃れて、ギルは必死に新菜を探す。

新菜がヨルンと共に消えてからもうずいぶん経っていた。何もないとは思うが、もし何かあったらと、いてもたってもいられない。広すぎる会場を人を縫うように進んでいると、誰かに袖を引かれて後ろに倒れそうになった。

「誰だっ！」

焦《じ》れったく思いながら振り返り、ギルは目を見開く。

「ヨルン!?」

「ギル兄、ちょっと……」

そのまま袖を引かれて連れて行かれたのは、大広間の隣にある小さな控え室だった。部屋のソフアーの上で寝ている人物を見て、ギルは思わず駆け寄った。

「ニーナ！」

「聖女さまに飲み比べしようって持ちかけられてさー。俺は止めたんだけど……」

「飲み比べって、お前ザルだろう!?　どうして了承なんかしたんだ！」

「どうしてもって言われて。でも、聖女さまが一杯飲む間に俺が五杯飲むって感じの飲み比べだったから、俺も負けるかなぁって思ってたんだけどね。というか、元を正せばギル兄が聖女さまを一人にしたのがいけないのに、俺が怒られる意味がわかんない」

「それは……」

「聖女さま寂しそうだったよ。普通エスコートした女性を放って他の女漁《あさ》る？　ギル兄の女好きは知ってたけど、ここまで常識がないなんて思わなかったよ」

「なっ……誤解だ！」

真面目に窘《たしな》められて、ギルは咄嗟《とっさ》に反論する。だが、ヨルンの言うことは正しい。

今まで来る者拒まずの姿勢を取っていたギルのせいで、彼女を一人にさせてしまったのだ。

「聖女さまのこと好きなら、ちゃんとしないとダメなんじゃない？」

ヨルンの思いがけない言葉に、深く反省していたギルは目を剥《む》いた。

「は？　すき？」

言葉が上手《うま》く呑み込めない。もちろんギルは新菜のことが好きだ。好きか嫌いかで言えば当然好ましいと考えている。しかし、今ヨルンが言った『好き』はそういう意味じゃないだろう。

固まっているギルに、ヨルンは呆れた様子で大げさなため息をつく。

それがなんとなく腹立たしかった。

「まあ、ギル兄は好意を向けられることには慣れてるけど、好意を向けることには慣れてないもんねー。愛され上手の愛し下手《べた》ってやつかな？」

「おいっ！」

「まぁ、いいや。その辺は自分で考えて、俺も暇じゃないからさ。……じゃ、後はよろしくねー」

「ヨルンっ！」

ひらひらと手を振りながら部屋を出て行くヨルンを思わず呼び止めた。

ヨルンは不機嫌丸出しの顔で口を尖《とが》らせる。

「何？　俺、これから研究あるから忙しいんだけどー。まだ俺に何かしろって？　ギル兄が来るまで聖女さまの相手してただけでも十分でしょ。それとも何？　俺が聖女さまを部屋まで送って行ってもいいの？　俺、送り狼になっちゃうよー。がおー」

「――っ！　早く帰れ！」

ふざけるように両手を上げて手のひらをわきわきと動かすヨルンを部屋から追い出した。

ため息をついたギルは、眠ったままの新菜の側にそっと膝をつく。

「おい、ニーナ。起きろ。こんなところで寝ると風邪を引くぞ」

ギルは新菜の肩を軽く揺さぶる。その刺激で新菜は小さく呻《うめ》いて、瞼《まぶた》をゆっくりと開けた。大粒の黒真珠のような瞳がギルを映して微《かす》かに揺れる。

「……ギル？」

「気が付いたか？　まったく、どれだけ飲んだんだ。水はいるか？　必要なら薬も用意させるが？」

「大丈夫」

ソファーから身体を起こした新菜は、目を擦りながら辺りを見渡す。

「あれ、ヨルンは？　迷惑かけちゃったから謝らないと……」

「俺にお前を押しつけて研究塔に戻っていったぞ」

「そっか、ギルも災難だったわね。ごめん」

少し充血した目を細めて新菜は苦笑いを浮かべる。そして、ギルが制止するのも聞かず、ソファーから立ち上がり、皺《しわ》の付いたドレスのスカートを手で伸ばした。

「災難ついでに、会場から出るまで付き合ってくれない？　部屋に帰りたいの。こういうのって一人で出たらダメなんでしょ？」

「それは構わないが……」

新菜のその口振りは、まるでギルが部屋まで送らないと思っているようだ。

ギルは当然新菜を部屋まで送るつもりでいるし、新菜の介抱だって買って出るつもりでいた。なのに、彼女はギルがそうするとは露程《つゆほど》にも思っていないらしい。

「会場から出たらまた戻ってもいいからさ」

「お前が戻るなら、俺が会場に残る理由なんてないぞ」

「理由がないなんて……。あ、もしかしてもうお持ち帰りした後？　すでに部屋で待たせてるの？

それなら尚更悪いことしちゃったわね」

「おい、一体なんの話だ？」

「え、女の子の話」

「………………」

新菜が何をどんな風に勘違いしているのか今の言葉で理解した。

先程、ヨルンにも『女漁《あさ》り』と言われたのを思い出す。過去のことは否定できないが、今日に限って言えば、まったくの誤解だ。むしろ早く女達から解放されたくて仕方なかった。

勘違いされていることに焦り、そして、平然と『女が待っているんでしょう？』と言う新菜に腹が立つ。

「俺の部屋に女は待っていない」

「じゃあ、別の所で？　それとも無収穫？　あ、それはないか」

そう言ってからりと笑う彼女に憤《いきどお》りが強くなる。だからか、ギルはいつもより硬い声で責めるように新菜に言う。

「今日の俺はお前のエスコート役だろうが」

今日の俺の相手はお前だろう？　そういうつもりで言ったのに、何故か目を伏せた新菜に、ごめんと謝られた。

「今度からは違う人を寄越してもいいよ。私は相手がギルで安心できたけど、ギルは私のせいで楽しめなかったね。ほんとごめん」

「そういう意味じゃない！」

気が付けばそう声を荒らげていた。新菜は目を見開いて驚いた表情をしている。

「俺は別に女を漁《あさ》ってなどいない。女達に囲まれてなかなかお前のところに戻れなかったのは謝るが、変な勘違いはするな」

「……ごめん」

「だから、謝るな。お前は俺の頬を張っているぐらいがちょうどいいんだ！」

「何それ」

ギルの言葉に、新菜は堪《こら》えきれないといったようにクスクスと笑い始める。ギルは新菜のその表情に強張《こわば》っていた顔の筋肉を少し緩《ゆる》めた。

それから二人は会場を出て、新菜の部屋を目指す。蝋燭《ろうそく》が灯《とも》る暗い廊下を進み、新菜の部屋の前で二人は手を離して向き合った。

「ギル、今日はありがと」

「いや……」

「おやすみなさい」

「ニーナ」

新菜が部屋に入ろうと背を向けたところで、ギルは思わず彼女の袖を引いた。力が強すぎたのか、後ろに倒れそうになった新菜をギルが支える。彼女は天井《てんじょう》を仰いだまま目線だけギルに向けるという変な格好で目を瞬《またた》かせた。

「え？　なに？」

「お前は『部屋で休んでいきませんか？』とは言わないんだな」

「それって『私と寝ませんか？』って意味でしょう？　言わないわよ」

「俺の周りにいた女達は皆そう言うぞ」

「……俺はモテるぞ、って自慢？　知ってるけど。今日だってモテモテだったじゃない」

「そうじゃなくて、だな。お前にとって、俺は魅力的じゃないか？」

「ん？　魅力的なんじゃない？　一般的には」

「………………」

「……顔怖い」

いつの間にか顔をしかめていたらしい。新菜は顔を引きつらせてギルから距離を取る。

「ねぇ、結局何が言いたいの？」

「……動きやすい格好に着替えてこい」

「は？」

「久しぶりにサリーに乗ろう。星の海を見せてやる」

ギルがぶっきらぼうにそう言うと、新菜の顔がみるみる綻《ほころ》び、いそいそと部屋へ戻って行った。

すぐに、髪を下ろしいつものワンピースに着替えて現れた新菜は、廊下で待っていたギルを部屋に通す。期待に満ちた彼女の目の前でサリーを呼び出し、窓の外で大きな竜の姿へと戻した。

躊躇《ためら》う新菜を抱え上げ、ギルは窓からサリーに飛び乗る。そのまま、二人と一匹は星の海へと旅立った。

「うわぁ！　綺麗！」

頭上に広がる星の海に、新菜は感嘆の声を上げる。ギルは新菜の様子に満足し、ふっと微笑む。

「お前はこういうのが好きか？」

「綺麗なものが嫌いな女ってなかなかいないわよ」

ギルが発した言葉に、新菜は空に目を向けたまま嬉しそうにそう答える。大きな黒い瞳に星が映ってキラキラ輝く。ギルは新菜の身体を支える腕に力を入れ、自分へ引き寄せた。そして、女性なら誰もが喜ぶであろう甘ったるい声で囁《ささや》く。

「お前が望むなら、いつでも見せてやるぞ」

「ふふ、ありがと」

嬉しそうにそう言われるが、ギルはそれでは足りない。耳に唇が触れるぐらいの至近距離で、再び女性達をうっとりさせてきた声を出す。

「……俺は魅力的だろう？」

その破壊力は絶大のはずなのに新菜は頬を染めるどころか、びっくりしたように目を瞬《またた》かせてギルを振り返る。

「さっきからどうしたの？　魅力的だと思うって言ったじゃない」

「……なんでもない」

思いのほか低く出た声に、ギルは眉間に皺《しわ》を作った。新菜の反応に、どうしてこんなにも苛々するのかわからない。こうして新菜は喜んでくれているのに、一体何が不満なのだろうか。

喉に引っかかった小骨みたいに、先程の新菜の言葉が脳裏をよぎる。

『魅力的なんじゃない？　一般的には』

『一般的に魅力的』というのは誉め言葉だ。それはわかる。

しかしギルは、どうしても彼女の言葉から『一般的に』を取りたかった。

この強い感情がどこから来るのかわからず、ギルは深いため息をつく。そうして、新菜を更に強く抱き寄せた。

「はぁ、私のいた世界でも星は見えていたけど、こんなに綺麗じゃなかったなぁ」

その時、腕の中の新菜がしみじみとそう言った。その言葉に、ギルはハッとした。

新菜は生まれ育った世界に家族や友人を置いてこの世界に召喚《しょうかん》されたのだ。もしかしたら望郷の念に駆られているのかもしれない。

「やはりお前も、他の聖女と同じように、元の世界に帰りたいと思うか？」

「へ？」

「この世界に来てから、お前は一度も元の世界に帰りたいと弱音を吐いたことがない。だから忘れていたんだが、お前の世界はここじゃないものな。帰りたいと思うのも当然か……」

「うーん」

すると、新菜が少し考えるような声を出す。

ギルは新菜の言葉を待ちながら気持ちが萎《しお》れていくのを感じた。

新菜は〝聖女〟だ。この世界でやるべきことを終えたら、元の世界に戻っていくのだろう。それが自然であり、元の世界に戻ったら二度と会えなくなるのは、当然の帰結だ。

今更ながらにその事実を実感したギルの心臓がドクリと嫌な音を立てる。

そんな時、目の前の新菜が小さく笑った。

「実はそうでもないんだよねー。この世界の皆は優しいいし、待遇も悪くないしさ。聖女としての力だけがネックだけど、それ以外は快適に過ごせちゃっているのよねぇ」

「でも、おまえを待っている奴もいるんだろう？」

あまりにもあっけらかんと言う彼女に苛立ち、ギルは少し乱暴にそう口にした。

そんなことを言っても、どうせいつかは戻ってしまうのだろう？　そんな身勝手な言葉ばかりが頭に浮かぶ。そんなギルの気持ちを知ってか知らずか、新菜はからからと笑う。

「隆二のこと？　もう私のことなんか忘れて他の女と仲良くやっているんじゃない？　大体、浮気性でニートのヒモ野郎とか最悪よね。元の世界に戻ってもこっちから願い下げだわ」

「前の恋人の話なんて聞いてない！　もっと他にいるだろう」

「もう、何を怒ってるのよ。友達のこと？　私だけが友達ってわけじゃないんだから大丈夫でしょ。そりゃ、少しぐらいは悲しんでくれてると思うけどね。あとは……職場？　それこそ無断欠勤をこれだけ続けてたら、当然今頃クビになってるわね」

「俺は、両親とか、家族の話をしているんだ！　お前がいなくなって心配しているだろうし、お前も会いたいだろう？」

「あー……それね……」

痺《しび》れを切らしたギルがそう口にした瞬間、新菜の空気が変わった気がした。

彼女は、気まずそうに頬を掻きながら、どうしよっかなぁ、と小さな声で呟《つぶや》く。そうしてしばらく悩むようにした後、新菜は少し緊張した声を出した。

「私さ、施設育ちなんだよね。孤児ってやつ？　兄弟同然に育った仲間はいるけど、両親や家族はいなくってさ」

その言葉を聞いたギルは、直前までの自分の言動を後悔した。

なんてことを言わせてしまったのだろうかと頭を抱えたくなる。かける言葉も見つけられないギルに向かって、彼女は明るく笑いかけた。

「ごめんね。引いちゃった？　言わない方が良かったかな？　でも、まぁ、だからギルの心配するようなことはないんだ。元彼に未練でもあれば戻りたいって思うかもしれないけど、未練なんてぜんぜんないしさ。だから大丈夫。心配してくれてありがと。あと、引くようなこと言ってごめん」

「謝るな。謝るのは俺の方だ。辛いことを言わせた。すまない」

問題ないと首を振る彼女を見ながら、ギルは新菜の勝ち気で頼り下手《べた》な性格の正体を知った気がした。彼女の周りには、庇護者《ひごしゃ》が少なかったのかもしれない。だから強気でいなくてはいけなかったし、人への頼り方もわからないのだろう。

そして、そんな彼女の性格を好ましく思っている自分に、ギルは少しの罪悪感を覚えた。

彼女の強さは、弱さの裏返しだ。

一人で寂しかったのだろうか、辛かったのだろうか。もしかしたら、誰にも言えずに泣いた日もあったかもしれない。その全てがギルの想像でしかないことはわかっている。

それでも、ギルの中で新菜に対する庇護欲《ひごよく》が大きくなったのは確かだった。

何かしてやりたいと思う。しかし、何をしてやれば彼女のためになるのか、喜んでくれるのかが、わからない。こんな時、今までギルの周りにいた女性達は、放っておいても自《みずか》らしてほしいことを強請《ねだ》ってきた。だが、新菜は絶対に言わないだろう。

ギルは自分に頼ろうとしない彼女の姿勢が、ひどく恨めしく思えた。

思考の海に沈んでいたギルに、新菜が明るく声をかけてきた。

「でもさ、そう考えるとこの世界に召喚されたのが私で良かったって思うよね」

「……何故だ？」

「だって、悲しむ人が少なくてすむじゃない」

そんな寂しいことをあっけらかんと言う新菜が、ギルの目には逆に悲しく映った。

「じゃあ、ずっとこっちの世界にいればいい……」

思わず出た呟《つぶや》きに自分自身が一番驚いた。だが、その呟《つぶや》きは小さすぎて新菜に届かなかったらしい。新菜は、あんなに寂しいことを言った唇で、再び星空に感嘆の声を上げている。

彼女にとっては、それぐらい当たり前の事実なのだろう。それがまた悲しかった。

「ニーナ」

今度は聞こえるように呼びかければ、彼女はいつもの笑顔で振り向いた。その頬を一撫でして、ギルは新菜の腹部に回していた腕を肩へ回しぐっと引き寄せる。

「ギル？」

「いつか俺の前で泣いてもらうからな」

「え？　なんで？」

新菜はよくわからないと首を傾《かし》げるが、ギルはそれ以上は何も言わなかった。

彼女が安心して甘えられる存在になろう。自分は、彼女がいつでも泣ける場所になろう。

ギルはそんな強い思いを胸に灯《とも》らせた。

身を守るのは当然だが、彼女の心まで守れる存在でありたい。他人にそんな感情を持ったのは人生で初めてのことだったが、何故か妙にしっくりくる感情だった。

第六章

窓から朝日が差し込み、小鳥が甲高い声で鳴く。

雲一つない澄みきった空が、顔を出したばかりの太陽によって白み、美しいグラデーションを描いていった。昨晩、帰ってきたまま開け放っていた窓から、早朝の清々しい空気が入ってくる。

新菜はそんなさわやかな朝の風景に似合わない、重々しい雰囲気を纏《まと》って掛布団を持ち上げた。

「――――いっ！」

身体を起こした拍子《ひょうし》に激しい頭痛がして、そのまま布団に顔を埋《うず》める。頭痛と一緒に吐き気が込み上げてきて、新菜の目尻にジワリと涙が浮かんだ。完全に二日酔いである。

「ほんと最悪……」

そうして思い出すのは、昨晩のこと。

お酒に付き合ってくれたヨルンに散々愚痴《ぐち》を零《こぼ》したあげく、介抱までさせてしまった。更には、ギルに施設育ちだと告白して気を遣わせてしまったのだ。

当然、新菜は同情してほしくて言ったわけではない。しかし、端《はた》から見れば、同情がほしいだけの寂しい女の発言になっていたと思う。その事実が苦々しく新菜の胸に広がる。

(なんであんなこと言っちゃったんだろ……)

誤魔化そうと思えばいくらでもできたはずだ。でも、そうしなかったのは、きっとギルが本気で新菜を心配していたからだろう。そんな彼に、新菜は嘘をつきたくなかった。

けれど、結果として彼に気まずい思いをさせてしまったのは、後悔してもしきれない。

新菜が二日酔いの頭で、そんな後悔を繰り返していると、控えめに部屋の扉が叩かれた。

頭を押さえた新菜がなんとか返事をすると、きっちりした格好のアンが扉から顔を出す。

「聖女様？　いつもの時間に部屋に来られないから心配で迎えに来たのですが……」

「あっ！　ごめんなさい！　完全に寝坊――いっ！」

「聖女様っ!?」

再び襲いかかってきた頭痛に新菜が頭を抱えると、青い顔をしたアンに駆け寄られる。寝台の傍《かたわ》らに膝をつき、心配そうに新菜の顔を覗《のぞ》き込んできた。

「もしかして体調がお悪いのですか？」

「いや、ただの二日酔……」

「寝ていてください聖女様！　すぐにお医者様を連れてまいります。昨夜は晩餐会《ばんさんかい》があったと聞きましたし、疲れが溜まっているのかもしれません！」

肩を掴《つか》まれて、新菜はぐいぐいと寝台に押し込まれる。ただの二日酔いなので、新菜が抵抗すると、更に強い力で寝台に寝かしつけられた。

「先生、大丈夫です！　すぐに支度しますから、授業をしましょう！」

「いいえ、今日はお休みにします！　貴女はこの国にとって大事な存在なのですよ！　ご自分の身体のことを第一に考えてください！」

ぴしゃりと言われて、新菜は思わず首を縦に振ってしまったのだった。


アンの言いつけを守ってしばらく横になっていた新菜だったが、頭痛も収まり吐き気も幾分ましになった昼頃、散歩がてら外に出ることにした。

こんなにいい天気なのに部屋の中でずっと寝ているのは、やっぱりもったいない。

今日は雲一つない青空だ。真上に昇った太陽は燦々《さんさん》と輝いている。汗ばむぐらいの陽射しを受けながら、新菜は王宮の庭をゆっくりと歩く。

アンの授業がなくなり、今日は他に用事もない。新菜は久々にのんびり羽を伸ばすつもりでいた。

「いい天気ー！　暑いぐらい！」

ぐぐっと背伸びをして、新菜は一人そう呟《つぶや》いた。目の前にはキラキラと光を反射させながら水を溢《あふ》れさせている噴水が見える。その涼しげな様子に誘われて近くまで歩いていった。その時——

「じゃあ、涼しくしてあげましょうか？」

突然背後からかけられた声と共に、新菜は背中を強く押された。バランスを崩した新菜は、顔から噴水へと身を躍《おど》らせる。

直後、バシャーンと大きな水飛沫《みずしぶき》が上がった。新菜は全身ずぶ濡れで、呆然と噴水の中に座り込む。

「は？」

何が起こったのかわからなくて新菜は気の抜けた声を出す。すると、背後でクスクスと女性の笑い声がした。ゆっくりと新菜が振り返ると、噴水の前に三人の女性が立っていた。

彼女達は互いに顔を寄せ合い新菜を見て笑っている。そのあからさまな嘲笑に、新菜は自分の背中を押した犯人を知る。

「カーリア……」

子爵令嬢のカーリアは、馬鹿にした表情で新菜を見下ろす。そして、口元に広げた扇《おうぎ》を優雅に動かしながらふふっと楽しそうに笑った。

「どうです？　少しは涼しくなりましたか？　聖女様」

「……いきなり何すんのよ」

自然と低い声になった新菜は、相手を睨《にら》みつける。

「あら、暑いと仰《おっしゃ》るので、よかれと思いまして……あなたには噴水の水で十分でしょ？　これに懲《こ》りたら、身分を弁《わきま》えて、殿下に近付かないようにしたらよろしいんじゃないかしら？」

「はぁ!?」

その言葉で新菜はこの嫌がらせの理由を知った。カーリア以外の二人の顔を見ると、案の定どちらも昨日ギルの周りに引っ付いていた女性達だ。

新菜の怒りを感じ取ったのか、カーリアはさっと身を翻《ひるがえ》す。

「高貴な血が流れている私達と違って、貴女は聖女と言っても所詮どこの馬の骨とも知れない身。お優しい殿下は立場上、貴女の相手をしてくださるでしょうけど、あまり期待しない方がご自分のためでしてよ」

「はぁあぁ!?」

新菜はびしょびしょになったドレスを重そうに持ち上げて、その場で立ち上がった。

薄い緑色だった生地《きじ》は濡れたために深緑色に変わっている。

「嫉妬《しっと》!?　お門違《かどちが》いもいいところだわっ！　馬鹿じゃないの!?」

新菜が怒りのままドスの利いた声でカーリア達を一喝《いっかつ》する。彼女達はそれを嘲笑うかのように身を翻《ひるがえ》して去っていった。

「やるならこんな卑怯《ひきょう》な真似してないで、正面から堂々とかかってきなさいよ!!」

三人の後ろ姿に悪態《あくたい》を浴びせて、新菜は忌々《いまいま》しげにドレスのスカートを絞り上げる。

「私とギルはそんなんじゃないってーの！　いい迷惑だわ、ったく！」

噴水から出て、再びスカートを絞る。ぼたぼたと落ちた滴《しずく》が地面にシミを作っていく。髪を掻き上げると、額《ひたい》に水が伝った。頭の先までびっしょりだ。

「はあー、帰ろ」

この場にいない相手に怒り続けるのもばからしくなって、新菜は来た道を戻る。

「これって、やっぱり続くのよね……」

新菜が聖女でいる限り、ギルとは一緒にいることになるだろう。彼女達の目的がギルの隣にいる新菜の排除ならば、この嫌がらせはこれからも続く可能性が高い。

長い戦いになりそうだ。新菜は気を引き締めるように自《みずか》らの頬をパンと叩いた。

心境的には、バッチコーイ！　というやつである。昔から負けるのは好きじゃないのだ。びしょ濡れにされたお礼もあることだし、次に仕掛けられたら迎え撃って、そのまま撃沈させてやる。

「ブラック企業に勤めてたＯＬ舐《な》めんなよ。庶民の底力見せてやろうじゃないのっ！」

新菜が鼻息荒く、どうしてやろうか考えていると後ろから聞き覚えのある声がした。

「何をしているんだ？　ニーナ」

「あ、ギル」

「お前なんて格好してるんだっ！」

びしょ濡れになっている新菜を見て、ギルが慌てたように駆け寄ってくる。

そんな彼に新菜は、滑《すべ》って噴水に落ちちゃった、と笑って誤魔化した。

もちろん新菜はギルに彼女達のことを言うつもりはない。何故ならこれは、新菜自身の問題だからだ。ましてや、彼女達に『アイツは殿下に泣きついた』などと思われるのは我慢ならない。

ギルは新菜に自分の上着をかけながら、心配そうに覗《のぞ》き込んでくる。

「ねえ、上着濡れちゃうよ？」

「上着なんていくら濡らしても大丈夫だ！　まったくそそっかしいやつだな。身体は大丈夫なのか？　怪我《けが》は？」

あちこち触りながらどこにも異状がないか確認してくるギルに新菜は少し笑ってしまう。

「そんなに心配しなくても大丈夫だってー」

「お前の大丈夫は信用できないっ！」

そうはっきりと告げられ、新菜はびっくりしたように目を瞬《またた》かせた。なんとも言えない嬉しさと照れくささから、そっぽを向いて頬を掻く。

ギルの心配そうな顔が新菜の胸をじんわりと温かくした。

「んー。身体は平気なんだけど、ドレスがさー」

新菜が濡れそぼったドレスを持ち上げると、ギルの眉間にくっきりと皺《しわ》が寄った。

「そんなものは乾かせばいいっ！」

「ひゃっ！」

急に身体を持ち上げられて、新菜の口から素《す》っ頓狂《とんきょう》な声が出る。

咄嗟《とっさ》にバランスを保とうとギルの首に腕を回した。自然と身体が密着し、新菜の濡れそぼったドレスがギルの服を濡らしていく。

「ここからならお前の部屋の方が近いな」

「ちょっと、ギル下ろして！」

新菜が足をばたつかせて抵抗する。ギルはその抵抗をものともせず、抱きかかえる腕の力を強めた。ぐっと近くなった二人の顔の距離に、新菜はわずかに息を呑む。

「こら、暴れるな。どこを怪我《けが》しているのかわからないんだから、無闇に歩き回らない方がいいだろうが！」

「本当に私は大丈夫だから！　ギルが濡れちゃうって！」

「俺のことは気にするな」

そう言ったギルの表情はあまり機嫌が良くなさそうだ。まるで、抵抗する新菜が気に入らないとでもいうみたいである。

「気にするわ！　って、話聞いてよっ！　第一、帰る時どうするのよ。他に用事があるんじゃないの？　遅れるわよ」

「俺の予定も気にしなくていい。服も濡れたままで構わないから大人しくしていろ」

「ギルっ！」

淡々とそう答えるギルに、新菜が焦《じ》れたようにその名を呼ぶ。

怒ったような彼と目が合って一瞬呼吸が止まりそうになった。その表情は瞬《まばた》き一つで消えたが、真一文字に結ばれた唇が彼の感情を新菜に伝えてくる。

「いいから、少しぐらいは俺に頼ってくれ」

珍しく真顔でそう言われて、新菜は何も言えなくなる。

そうして新菜は、ギルに抱かれたまま城の中へと戻るはめになったのであった。


部屋に戻った新菜は、衝立《ついたて》を背にして濡れた服を脱ぐ。その衝立《ついたて》の向こうには、側を離れるのを断固拒否したギルが、濡れた服のままソファーに座っていた。

ギルの濡れた服が気になって、新菜は衝立《ついたて》から顔だけ出して申し訳なさそうな声を出す。

「こうさ、ぱぱーと服を乾燥させることができる魔法とかないの？」

「まあ、あることはあるが……」

「私はいいからさ、ギルはその魔法使って服乾かしなよ。今日も忙しいんでしょ？　魔力が必要なら受け渡しもするしさ」

そう申し出ると、ギルは少し眉を寄せて渋ったような声を出す。

「……アレは魔力の消費量が多いんだ。火を出さずに熱風だけ起こし、同時に服以外の場所に防御魔法をかけるんだ。簡単な魔法に見えて実は要素が複雑だから、その分魔力も多く使う」

「でも、ほら、ヨルンが言うには私の魔力の上限って無限って話だし、少しくらい魔力の使用が多くても大丈夫よ」

軽い気持ちでそう言った新菜に、ギルはあからさまに眉を寄せて嫌な顔をする。

「お前が大丈夫でも、俺が大丈夫じゃない」

「なんで？　あ、もしかして、魔法の『反動』ってやつ？」

新菜が思いついてそう言えば、ギルの肩がビクリと跳ねた。その顔は苦虫でも噛み潰したかのように苦々しい。

「ねえ、反動ってそんなに辛いの？　というか、そもそも反動って……」

「聞くな。とにかく、俺のことは気にしなくていい」

ヨルンもギルも、何故か新菜に反動について教えてくれない。新菜の魔力を使って起こることなら、自分にとっても他人事《ひとごと》ではないというのにだ。

「まぁ、ギルが嫌だって言うなら無理強《じ》いはしないけどさ。せっかく便利な魔法があるんなら、使ったらいいじゃない」

釈然としないものを感じながら、『もし、使いたいならどうぞ』という意味で、新菜は衝立《ついたて》の上から腕を伸ばした。

魔力の受け渡しをするにはお互いの身体のどこかが触れていないといけないらしい。

「それに、減った分の魔力はギルが溜めてくれるんでしょ？」

自分で言っておいて、新菜の頬が熱くなる。着替えるために全裸になった身体を衝立《ついたて》で隠しながら腕を伸ばしている新菜に、ギルはぐっと一瞬固まった。

「いい眺めだな」

「え？　なんの話？」

「お前だ」

「へ？」

新菜が首を傾《かし》げると、彼の雰囲気が一変した。

何か悪戯《いたずら》を思いついたような笑みを浮かべてソファーから立ち上がる。

「魔法、お前の言う通り使わせてもらおう。魔力もありがたく受け取る」

「う、うん。はいどーぞ」

不穏なものを感じつつも、新菜はギルに腕を伸ばす。

次の瞬間、新菜の腕を掴《つか》んだギルに、思いっきり引き寄せられた。

「んぎゃ！」

衝立《ついたて》の布に張り付く形になった新菜は、潰れたカエルのような声を出してしまう。その間に、新菜の腕を掴《つか》むギルの手のひらにぐっと力が入り一瞬にして身体から湿り気が霧散《むさん》するのを感じた。

「何これ、凄い！」

先程説明されたようなことをこんな一瞬でやってのけたギルに、素直に感心する。だが——

「あの……ギル、なんでか身体が動かないんですけど……」

新菜はギルに向かって怪訝《けげん》な声を出した。指ぐらいなら動かせる。呼吸も問題ない。ただ身体の大きな関節がまったく動かないのだ。

目を瞬《またた》かせる新菜に、ギルがにやりと笑った。

「ギル！」

「あまり無防備すぎるのも問題だな。男として見られていないようで腹が立つ……」

『腹が立つ』と言った唇が楽しそうに弧を描く。意地悪く微笑むギルの姿に戦慄《せんりつ》し、新菜は息を呑んだ。やばいスイッチを押してしまったと、本能が叫ぶ。

「ひゃっ！」

おもむろに衝立《ついたて》越しに胸を撫でられ、新菜はひっくり返った声を出した。

ギルが撫でたのは正確には衝立《ついたて》の麻布で、新菜の胸には直接触れていない。しかし、麻布のざらざらとした感触が新菜の肌を刺激する。

「どうだ？　魔力が溜まっている感じはするか？」

「そ、そんなのっ、わかるわけないでしょ！　ゃあっ」

ギルが手の平で新菜の胸のある所をゴリゴリと押す。それにより、徐々に主張し始めた胸の先端が麻布を押し上げた。

「これだとどうだ？」

そう言って、ギルは二つの硬くなった先端を布の上から摘《つま》み上げる。

「んひゃぁっ!!」

新菜は赤い顔のまま小さな悲鳴を上げた。

「や、やだ！　こんなところで！」

衝立《ついたて》に張り付いたまま新菜は涙目でギルに訴える。しかし、彼はなにも言わずにやりと口元を歪《ゆが》ませるだけだった。

「ギル！　魔法を解いて！　んぁっ！」

「魔力が十分に溜まったらな。ほら、そろそろ瓶の上限は越えたんじゃないか？　お前の感覚だけが頼りだぞ。……これならどうだ？」

「だからわからないんだって……ひゃぁあんっ！」

耳を甘噛みしたギルが、麻布越しに太股を撫でる。ゾワゾワした刺激に新菜が喘《あえ》ぐと、形のいい唇を持ち上げて楽しそうに笑われた。

彼はそのまま新菜の胸元に顔を寄せ、麻布越しに胸の先端を舐《な》め上げる。思わず甲高い声を出して身体をびくつかせる新菜に、ギルは舌の先端を尖《とが》らせて執拗《しつよう》にそこを刺激してきた。

ギルの唾液が布に染み込み、胸の頂点まで湿り気を帯びてくる。

「いやだ、ギル離して！」

「可愛いよ、ニーナ」

「人の話を聞け！　やめっ……ギル、んぁっ。お願いっ！　お願いだからぁっぁ」

「お前の魔力の上限を確かめているだけだ」

「無限だって言われたじゃないの！　ばかっ！　意地悪！　んふぅ……」

急に唇を塞《ふさ》がれ、キスをされる。新菜が必死にそれに応《こた》えると、ギルが嬉しそうに喉の奥で笑った。強引に入ってきた舌で、口腔《こうこう》内を容赦なく攻められる。

「まずいな……」

キスをしながら新菜の身体を弄《まさぐ》っていたギルが掠《かす》れた声を漏《も》らす。

「な、にがよっ……」

「直接触りたくなってきた」

「この変態っ！」

「なんとでも言ってくれ」

ギルは愛撫をやめ、腰から儀礼用の短剣を抜き取る。そして先端を新菜の足の間の布に当ててゆっくりと切り裂いた。これから起こるだろうことを予想して、新菜はぐっと身を硬くする。

「あ、あ、」

「後で侍女には詫びておかないとな」

「やだ、ギル！　本当に、そこまでされたら、私……」

「大丈夫だ。責任はきっちり取ってやる」

そう優しく言ってギルは布の切れ目から、新菜の足の付け根に手を伸ばした。そこにはギルの手を阻《はば》む物は何もない。

「なんだ、下着も脱いでいたのか？」

「だって、濡れちゃったから、替えようと思って……」

「それはおかしいな、まだ濡れているぞ」

「ひゃぁっ」

先程までの愛撫で、ぐっしょりと濡れたそこをギルの大きな手のひらが撫でる。直接与えられた刺激に新菜の身体は跳ね上がり、瞳に涙が浮かんだ。

「気持ちいいか？」

茂みを撫でるように愛撫しながら、ギルは新菜に聞く。新菜がコクコクと首を縦に振れば、彼は目に情欲の色を滲《にじ》ませ微笑んだ。

「ニーナ、どうしてほしい？」

「やだ……」

「正直に言え、ニーナ」

「………」

「ニーナ」

「もっと……」

思わず強請《ねだ》ってしまった唇に、新菜はハッと口を閉じる。しかし、全ては後の祭りだ。

ギルは新菜の願いに応《こた》えて、中指を熱く潤《うる》んだ淵《ふち》に差し入れてきた。

「んふ……」

「少しだけ魔法を緩《ゆる》めてやろう」

そう言われた瞬間、新菜の身体の拘束が少し緩《ゆる》んだ。それでも逃げられないぐらいには身体は強《こわ》張《ば》っていて、新菜は目に涙を浮かべてギルを見上げる。

「ニーナ」

「あっ……」

甘ったるいギルの声と共に指が新菜の割れ目を撫でる。クチュリ、クチュリ、と音を立てて行き来する指に、新菜は焦《じ》れったそうな声を上げた。

「あっ、あっ、あっ……」

「自分で腰を動かして、可愛い奴だな」

「う、ごかして……ないっ！」

「自分ではわからないだけだ。こんなに濡らして、感じてないとは言わせないからな」

先程よりも粘着質な音が下半身から聞こえてきて、新菜は顔を真っ赤にさせた。

ギルはそんな新菜の顎《あご》を掴《つか》んで、チュッとキスを落とす。その瞬間、新菜の下半身はまた蜜を溢《あふ》れさせた。途端に、下半身から聞こえる音が、くちゅくちゅ、というかわいらしい音から、ぐちゅぐちゅ、といういやらしい音に変わる。

「ニーナ、キスで感じたのか？」

「ぎるぅ……っはんっ……んんっ」

「そんな顔をして、誘っているのか？」

「んぁはぁ……」

「その口で、俺以外の名を呼んでみろ。許さないからな」

優しく恫喝《どうかつ》しながら、ギルは荒い呼吸を繰り返す新菜の唇に親指を押し当てた。ゆっくりと唇をなぞっていく指を新菜は咥《くわ》える。すると、これでもかと色香を含んだ表情でギルが微笑んだ。

それはとても優しい微笑みだったが、彼の視線は優しさとは正反対の獰猛《どうもう》さを孕《はら》んでいる。今にも食いちぎられそうなその視線に、新菜はごくりと喉を鳴らした。

もう十分だろう。もう十分耐えた。

彼にむちゃくちゃにされたい――！

そんな考えが頭に浮かんできて、新菜は無意識にもっと欲しいと強請《ねだ》るように、咥《くわ》えたギルの指をチロチロと舐《な》めた。新菜の行動に息を呑んだギルが、熱く掠《かす》れた声を出す。

「ニーナ、抱きたい」

「ばかっ……」

そう言う新菜の声は、まるで迫力に欠けていた。

ギルは熱い吐息を零《こぼ》しつつ、更に激しく新菜の下半身を嬲《なぶ》る。溢《あふ》れた蜜でギルの手がぐちゃぐちゃになるまで入り口を愛撫され、新菜はもう限界だった。何も考えられず、ただ喘《あえ》ぎ声を上げる。

そんな時、ギルの中指が新菜の中にずちゅ、と音を立てて侵入した。

「あ、あ、あ、ぁ……」

「ニーナのナカは欲しがりだな」

無意識にぎゅうぎゅうと指を締め上げる内壁を、彼はゆっくりと擦《こす》り上げる。中で指を動かされる度に新菜は喘《あえ》ぎ、あっという間に床にシミができる程、蜜を溢《あふ》れさせた。

「んぁあぁっ!!」

一気に中の指を三本に増やされた。

「本当に可愛い顔をする」

上手《うま》く呼吸ができなくて、はくはくと金魚のように口を動かす。その間も、ギルの指が新菜の中をぐちゅぐちゅと動き回る。三本ともばらばらに動かされて新菜は思わず腰を震わせた。

「んあぁあぁぁっ！」

「啼《な》く声まで可愛い」

びくつく身体から抜いた指を、見せつけるようにギルが舐《な》める。その扇情的《せんじょうてき》な光景に新菜は真っ赤な顔をして眉を寄せた。

「きた、ない！」

「汚くない」

「ギルの馬鹿！」

「可愛いよ、ニーナ」

噛み合っているようで噛み合わない言い合いを繰り返しているうちに、新菜は身体が軽くなるのを感じた。魔法が解かれたのだと気が付いたけれど、散々弄《もてあそ》ばれた身体はがくんと膝を折って崩れ落ちる。その身体を支えたギルは、彼女の耳元に砂糖菓子のような甘い声を響かせた。

「抱かせてくれ」

「ばか！」

「だめか？」

「ばかばか！」

新菜は涙目になりながらギルの胸板を叩く。可愛い攻撃にギルは微笑み、新菜を強く抱き締めた。

「しないか？」

「……ギルは……」

「ん？」

「ギルはどうして私を抱きたいの」

「それは……」

一瞬、言葉に詰まったギルに、新菜の鼓動は高まった。

別に『好きだ』とか『愛している』なんて甘い言葉は期待していない。

だけど、それでも……彼が必要とするのが、聖女としての自分だけじゃないと思いたかった。

新菜は緊張しながらギルの言葉を待つ。

ギルは一瞬固まった後、口元に手をやり視線を泳がせた。何かを言いかけては止めるという動作を繰り返し、耳まで赤く染めたその顔をふいっと逸《そ》らした。そして——

「それは……魔力を溜めるためだろう？」

その瞬間、新菜の呼吸が止まった。

やっぱり自分は彼にとって〝聖女〟でしかないのだ。

「——っ」

鼻の奥がツンと痛む。突きつけられた現実に、身体を支配していた熱が急激に冷えていく。

いつの間にかギルの首に巻き付けていた腕を、新菜はゆっくりと下ろした。

新菜の変化に気付いたギルが、焦ったように言葉を口にする。

「ニ、ニーナ、あのな……」

「ギルなんてっ！」

それ以上の言葉を聞きたくなくて、新菜は彼の言葉を遮《さえぎ》った。

苦しくて、切なく痛む胸の分だけギルを強く睨《にら》めば、ひどく混乱している彼と目が合った。

その顔はまるで、なんでそんなに怒っているのかわからないと言っているみたいで、新菜の涙腺が決壊する。

「ギルなんて、だいっきらい！」

「ニーナっ⁉」

「出て行って‼」

怒るのは筋違いだとわかっていても、気持ちは到底収まらない。新菜はギルを部屋から追い出して、勢いよく扉を閉めた。

ガチャリと鍵を施錠《せじょう》する音がやけに耳に残った。

◆　◇　◆

『ギルはどうして私を抱きたいの』

突然のそんな問いかけに思わずギルは口ごもってしまった。

感情がなくても身体は反応する。それは今まで関係を持った女達で実証済みだ。

なら自分が新菜を抱きたいと思うのは、単なる身体の欲求なのか……

そこまで考えて、ギルは即座に「違う」と判断した。

そして不意に蘇《よみがえ》ってきたのは、晩餐会《ばんさんかい》でヨルンに受けた忠告だ。

『聖女さまのこと好きなら、ちゃんとしないとダメなんじゃない？』

あの時は、ぴんとこなかった『好き』という言葉を、今度はしっかりと受け止める。

(俺が、ニーナを？)

自分の気持ちの正体を理解したギルは、思わず口元を手で覆《おお》う。

それはギルにとって、実に初めての感情だった。

女性に欲情しても、それは興奮による一時的なもので夜を跨《また》げば何も感じなくなる。

しかし、新菜に対する気持ちは違った。

声が嗄《か》れるまで喘《あえ》がせたいと思うし、骨の髄《ずい》まで蕩《とろ》けさせて自分のことしか考えられなくしてやりたい。同時に、泣いていたら抱き締めて慰《なぐさ》めたいと思うし、笑うなら一緒に笑い合いたい。

そんな風に思ったのは新菜が初めてで、つまりは初恋だった。

三十を過ぎたいい大人が、初恋だなんて恥ずかしいにも程がある。

だからギルは、咄嗟《とっさ》に自分の感情を隠して新菜の質問に答えた。

『それは……魔力を溜めるためだろう？』

答えを間違えたと気付いた時には、すでに部屋から追い出されていた。

「で、今日まで聖女さまに無視され続けているの？」

「あぁ」

「馬鹿じゃん」

「言うな……」

昼でも薄暗い研究塔で、ギルは力なく椅子に腰かけている。その向かいでは、ヨルンが分厚い本を片手に何かを書き取っていた。目線は本に向けたまま、ギルの話に付き合っている。

「んで、無視されて今日で何日目？」

「三日目だ」

「ますます馬鹿じゃん」

「わかっている……」

ギルは深くため息をついた。あの時、どうしてあんなことを言ってしまったのだろうと後悔の念が消えない。

そんなギルの様子をちらりと見て、ヨルンはぼさぼさの長い前髪を鬱陶《うっとう》しそうに掻き上げた。

「だから聖女さま、ここ最近元気がなかったんだ」

「お前！　ニーナに会ったのか!?」

「んー、会っていると言うよりは、向こうが一方的に会いに来るんだけどね。魔術教えて欲しいって。聖女さま、凄く呑み込みが早いよー」

のんびりとした声でそう返すヨルンにギルは奥歯を噛みしめた。

自分は会いたくても会えない上、無視までされているのに、ヨルンには新菜が自ら《みずか》会いに来ているのだ。羨《うらや》ましいにも程がある。

「えー。俺に妬《や》かないでよ。避けられているのも無視されているのも自業自得じゃん」

「わかっている。妬《や》いてない」

「おーこわい、こわい」

大げさに身震いして、ヨルンは再び本に目線を戻した。

「こんなところでもたもたしてないで、早く謝ってきなよ。聖女さま、気丈に振る舞っているけど、無理しているのがバレバレだったよー」

「俺がこんなところでもたついているのは、お前が報告書を上げないからだろうが！　早く書き上げろ！　取りに行ってくれと懇願される俺の身にもなれ！」

「はいはい、がんばるよー。でも、報告書を書いている俺を邪魔しているのはギル兄だけどね」

「ぐっ……」

痛いところを突かれてギルが思わず黙ると、まるで狙ったように追撃がきた。

「聖女さまかわいそうだったなー。あんなに目を腫《は》らして、たぶん一人で泣いてたんだなー」

「…………」

「早く謝らないと、聖女さま、ギル兄に愛想尽かしちゃうかも」

「……わかっている」

「何？　許してもらえないの？」

「……いや……謝っても、怒った理由もわからないのに謝りにくるな、と取り合ってくれないんだ」

「へ？」

「俺が魔力を溜めたいから抱きたいと言ったことに怒っているのはわかるんだ。だが、新菜がなんであれ程怒っているのか、その理由がわからない」

眉を寄せてギルは本気で考え込む。

「そこで『ニーナも俺のことを!?』ってならないのが、ギル兄だよねー」

ため息まじりにヨルンが零《こぼ》す。

「それはあまりにも、自分に都合のいい解釈すぎるだろう？」

「馬鹿だねー。でも、そこがギル兄のいいところだと思うよ。なんにしても、二人が仲悪いと、ほんとにこの国の危機だからね。早く仲直りしなよ。……はい、報告書」

手渡された分厚い書類を受け取り、ギルは椅子から立ち上がる。

「……許してくれるまで、謝ってくる」

「うん。行ってらっしゃい」

ギルの背中を押すようにヨルンが笑顔でそう口にする。

扉に向かうギルの頭に浮かぶのは別れ際の新菜の顔だ。

彼女を泣かせるつもりはなかった。もし、許してもらえたら、今度は恥ずかしさなど捨てて、はっきりと自分の想いを口にしようと心に決める。

その上で、彼女に好きになってもらえるよう努力しよう。彼女の身も心も守れる恋人として、彼女と共にありたい。そして、ゆくゆくは伴侶として……ギルの気持ちはそこまで高まっていた。

気持ちと共に、幾分軽くなった足取りで、ギルは研究塔を後にしたのだった。

◆　◇　◆

ギルがそんな決意のもと、一歩前へ踏み出した頃、新菜は王宮の庭で修羅場の真っただ中にいた。

日は高く、いつもなら昼食を食べ終えたくらいの頃合いだ。

「目には目を、歯には歯を、水攻めには水攻めを！」

新菜は地を這《は》うような声で、壁際に追いつめられガタガタと震える令嬢達を高圧的に見下ろした。

だが、追いつめている新菜の姿も、頭から水を被ったようなひどい状態だ。

顔に濡《ぬ》れた髪を貼り付け、新菜は令嬢達に向かって酷薄な笑みを浮かべる。そしてあらかじめ壁に仕掛けておいた魔法陣に魔力を通した。

「天誅《てんちゅう》！」

新菜の言葉と共に、大量の水が令嬢達の頭に降り注《そそ》いだ。

水を被った三人は甲高い悲鳴を上げる。だが、凄味のある微笑みを浮かべて近付いてくる新菜を見て、真っ青になって逃げ出した。

「ちょ、待ちなさい！　あんた達にも突然植木鉢が落ちてくる恐怖を味わわせてやるから！」

「「「きゃぁああぁ!!」」」

令嬢達は、びしょ濡れの姿のまま一目散に駆け去って行く。

「……ったく、やり返される覚悟もないなら最初からやるなっつーの」

新菜は呆れたように言いながら濡れた髪を掻き上げた。

「残るは、あと二人ね」

そう口にしてニヤリと笑う新菜の顔は、さながら悪魔のようだった。

嫌がらせが始まって早四日。新菜は嫌がらせをしてくる令嬢達に力業《ちからわざ》で対処していた。

令嬢達は大抵、新菜が一人でいる時を狙って嫌がらせをしてくる。二階の窓からバケツで水をかけたり、道に魔法陣を仕掛けて水を浴びせかけたり……馬鹿の一つ覚えのように新菜に水をかけてきた。

その嫌がらせの中心となっているのはカーリアである。

彼女はこの国では珍しい魔法士の素質を持っているらしく、水とは別に風の魔法を使った嫌がらせもしてきた。

しかし新菜は、そうした嫌がらせをことごとく受けて立った。わざと一人で出歩き、彼女達をおびき寄せては、罠に嵌《は》めて返り討ちにする。

だが、そんな新菜の態度がカーリアを逆上させたらしい。嫌がらせは回を追うごとにエスカレートしていき、ついには植木鉢が頭に落ちてきた。もちろん直撃させるつもりはなかったようだが、新菜はその時、早々に彼女達を潰してやろうと心に決めた。

嫌がらせをしてきた人数は全部で六人。まず最初の一人を、水を浴びせかけられた瞬間、返り討ちにする。そして続く三人を水浸《びた》しにして撃退した。残るは二人である。

彼女達は日によって人数も構成も違う。だから、この嫌がらせを止めるためには、中心になっているカーリアを完膚《かんぷ》なきまで叩き潰す必要があった。

新菜は濡れた服を絞って、雲隠れしてしまった彼女を探しに出る。

(カーリアめ！　一体どこに行ったのよ)

濡れたドレスの裾を上手《うま》く纏《まと》めて、新菜は大股でずんずんと歩く。左右を見渡しながら歩を進めると、建物から出てきた見知った顔と目が合った。

「ニーナさん！　こんなところにいた！」

「アン先生？」

パタパタと息を切らして走ってくるのは、新菜の家庭教師を務めているアンだ。

『聖女様』は堅苦しいからやめて欲しいと新菜が懇願したところ、現在の呼び名は『ニーナさん』に落ち着いており、それに伴って今ではだいぶ砕けた話ができる仲になっていた。

「またそんなびしょびしょになって！　早く戻りましょう！　着替えないと風邪を引きます！」

アンが焦った様子でそう言う。新菜の右腕を取りながら心配そうな瞳を向けた。

そんなアンの手をやんわりと振りほどきながら、新菜は前を見据える。

「いえ、まだ将を射てないので。今日こそ捕まえられそうな気がするんです！」

「もう殿下に報告しましょう！　聖女である貴女がこんな嫌がらせを受けていると知れば、すぐに対処してくださいます！」

アンの言葉に新菜はゆっくりと首を振る。そして、決意を込めた瞳でアンを見下ろし、少し硬い声を出した。

「これは私の問題なので殿下に報告する必要はありません。売られた喧嘩を買ったのは私なので！」

「ニーナさん！」

「アン先生、とばっちりを食らってはいけないので、早く城の中に戻ってください」

そう告げた瞬間、異質な風が頬を撫でる。ハッとした新菜が頭上を振り仰ぐと、眼前に丸太のようなものが迫ってきていた。

「ニーナさん！」

「――いっ！」

アンが悲鳴じみた声を上げる。新菜の頭を狙って落ちてきたそれを、咄嗟《とっさ》に上げた腕で防ぐ。それは新菜の腕より太い木の枝だった。それなりに重量のある枝が直撃し、新菜の腕には、ざらざらとした木の表面で無数のひっかき傷ができた。白い肌にじんわりと血が滲《にじ》む。

新菜を傷付けようとするあからさまな攻撃に、さすがにキレた。

「ふっざけんじゃないわよ！」

走って逃げる後ろ姿に吠えて、新菜はその後を追う。アンはといえば、青い顔で新菜とは別方向に走っていった。あの様子はきっと、城の者を呼びに行ったに違いない。

今まで周囲にバレないように動いてきた新菜だが、それも今日までかもしれない。そう思うと、俄然やる気が湧いた。

「絶対、今日中にギャフンと言わせてやるんだから！」

新菜は走る速度を上げて、途中で一人水浸《びた》しにした。そうして、とうとうラスボスであるカーリアと直接対峙する。

追いかけるふりをして袋小路に誘い込み、退路を断った新菜はニヤリと笑った。

「誠心誠意謝るなら、許してあげなくもないわよ」

「なんで私が貴女なんかに！」

そう言って、カーリアが魔法を使おうとする。だが、魔力は溜める先から霧散《むさん》していった。

慌てふためく彼女を眺めながら、新菜は意地の悪い笑みを浮かべる。

「実はこの路地、魔法を使えなくする魔道具が置いてあるのよねー。魔道具の効果は半径三メートル。つまり、ここまで、ね」

新菜が自分の前に足で線を引いた。カーリアは気付いていないが、路地の奥に黒い立方体が転がっている。それは魔力を込めることによって、一定時間周囲の魔力を霧散《むさん》させる魔道具だった。もちろんヨルンに借りたものである。

「そして、そこには私の魔法陣を埋めてるの」

新菜はカーリアの足元を指さす。嫌がらせが始まって以降、新菜は反撃のための魔法陣を至る所に仕掛けていた。そこに令嬢達を追いつめて、一人一人潰していたのである。

カーリアがひぃっと声を上げて、後ろの壁まで後ずさった。

「あ、あんたなんか、〝聖女〟って肩書きがなかったら、殿下に相手にもされないんだから！」

甲高い声でそう叫ばれて、新菜は目を細めた。無言で濡れそぼった髪を掻き上げる。

たったそれぐらいの仕草に、カーリアは怯《おび》えて息を呑んだ。

「……知ってるわよ、そんなこと。それだけ？　もういいの？」

「こ、孤児のくせに、いい気にならないでよ！」

カーリアのその言葉に、新菜は両眉を上げる。すぐに眉間に皺《しわ》を寄せて低い声を響かせた。

「なんであんたがそのこと知ってんのよ」

「ひぃっ！」

新菜に睨《にら》まれてカーリアが青い顔で口を押さえる。新菜は瞬間的な怒りを鎮《しず》めるように息を吐き、無理矢理口の端を上げて笑みを作った。

「天誅《てんちゅう》！」

その言葉と同時に、仕込んだ魔法陣から泥水が噴き上がりカーリアを襲う。全身ずぶ濡れになった彼女は、悲鳴を上げて逃げていった。新菜は濡れそぼった服を絞ってため息をついた。

ラスボスを片付けたというのに気分が晴れないのは、カーリアが最後に放った言葉のせいだろう。

『あんたなんか、〝聖女〟って肩書きがなかったら、殿下に相手にもされないんだから！』

先日思い知らされた事実を改めて突きつけられた気がして、新菜の胸が悲鳴を上げる。

「あんたに言われなくても、それぐらいちゃんと理解しているわ！」

自分でボヤいた言葉に、新菜自身が傷付けられた。

苦しい程の感情が胸を支配している。この感情の正体を、新菜はすでに理解していた。

――これは恋だ。

橘新菜はギルベルト・フォン・ゲンハーフェンに恋をしている。

だが、この恋は、始まる前に終わっていた。

『それは……魔力を溜めるためだろう？』

四日前、どうして自分を抱きたいのかと聞いた新菜にギルが返した言葉。

彼が必要なのは〝聖女〟としての自分だけなのだと、その言葉で思い知った。

そんな相手に、今さら恋心を自覚したところでなんになるというのだろう。それに――

『こ、孤児のくせに、いい気にならないでよ！』

そのことはギルにしか話していない。つまり、カーリアがそれを知っているなら、話したのはギルということになる。

「二人して、私のこと笑ってたのかなー」

新菜を嘲《あざけ》り笑いながらお酒を飲むギルとカーリアの姿が脳裏に浮かんで、新菜は慌てて頭を振った。彼はそんなことをする人じゃない。もし話したとしても、何か事情があったに違いない。新菜のことを彼女に話さなくてはならない事情が……

「どんな事情よ、それ」

自分で考えて、自分で否定した。思わず自嘲の笑みが浮かぶ。

「まぁ、仕方ないか」

自分の望む言葉が返ってこなかったからといって相手を責めるのは筋違いだ。

新菜はそのことを、重々理解していた。自分が望みすぎただけなのだ。欲張って、望んではいけないものを望んでしまった。

『私を愛してくれる人が現れますように……』

この世界に来る直前、新菜が流れ星に願ったこと――あれは新菜の心からの願いだった。

両親に愛されることもなく、付き合っていた恋人は浮気をしていた。思えば、隆二から『好き』や『愛している』といった言葉を、別れ際のあの時まで一度も聞いたことがなかった。

誰かから必要とされている、愛されているという実感のないまま二十五年生きてきて、それでもまだその望みを捨てられないでいる。

その想いを異世界で出会った親切な男に押しつけようとしていたのだ。

本当に自分が嫌になる。

「諦めないとなー」

誰かから必要とされたいと望むのはもうやめよう。ただの〝新菜〟は誰にも必要とされていなくても、〝聖女〟としての私だけで十分ではないか。

(次にギルが謝ってくれたら、私もちゃんと謝ろう)

そう考えながら、自然と乾いた笑みが漏《も》れる。いつの間にか溢《あふ》れていた涙が頬を伝った。

「ニーナっ」

その時、見知った人影が走ってくるのが目に入った。

「ギル!? アン先生!?」

脳裏に浮かべていた人物がいきなり目の前に現れて、新菜は裏返ったような声を出す。

そんな新菜の腕をギルが掴《つか》み、頭からつま先までさっと目を走らせた。そして、ぐっと眉間に皺《しわ》を寄せて渋い顔をする。その表情はもの凄く怒っていて、新菜は思わず一歩身を引いた。

直後、膝の下に手を回され、新菜は悲鳴を上げる間もなく抱き上げられた。

「……行くぞ」

「ちょっと、離して！　……ねぇ、聞いてる!?　ねぇってば！」

突然のことに新菜は身を捩《よじ》って抵抗する。だが、その度に彼の腕の拘束が強くなっていった。

「話は部屋で聞く」

「自分で歩けるからっ！　下ろして！」

「だめだ」

何故か怒っているギルに、これ以上逆らうのはよくない気がして、新菜は渋々彼の首に腕を回す。

そんな二人を、アンは頬を染めながら、手を振って見送るのだった。

庭から城内に入り、ギルは無言で廊下を進む。やがて、新菜に宛てがわれた部屋が見えてきた。

そこで下ろされると思っていたら、ギルは新菜を横抱きにしたまま部屋の前を通り過ぎる。

「ちょ、ちょっとギルどこに向かっているの!?」

「部屋だ」

「私の部屋通り過ぎましたけど!?」

「俺の部屋に行く」

「何故⁉」

その疑問に答えることなく、ギルは新菜を抱えたままずんずんと城の深部へ入っていった。

「ここだ」

短くそう言って、ギルは新菜を片腕で抱え直し扉を開ける。そこは新菜の部屋の三倍はありそうだった。金と白で誂《あつら》えた家具が並び、天井《てんじょう》にはシャンデリアがきらきら光っている。部屋の奥には天蓋《てんがい》のついた広い寝台があった。

正直、煌《きら》びやかすぎて目が痛い。さすが、王族といったところだろうか。

ギルは新菜を寝台に下ろし、腕を掴《つか》んでドレスの袖を捲《まく》り上げた。

「いっ……！」

そこには、落ちてきた木の枝を受け止めた時の擦り傷がある。

顔をしかめて傷の具合を見ていたギルは、無言で治癒の魔法をかけた。途端に傷が塞《ふさ》がっていく。

その様子を見ながら、新菜は恐る恐るギルに声をかけた。

「えっと、ギルさん。何か怒ってます？」

「……怒っていたのはお前の方だろう？　あの時のことは、本当に悪かったと思っている」

「いや、それは後でいいからさ、なんか怒ってるよね？　それともただ不機嫌なだけ？」

ギルは新菜のその言葉に顔を上げる。その表情は少し困っているようにも見えた。

「……アンからここ数日のことを聞いた。お前を害していた奴らには俺から制裁を加えておく。すまなかった。お前に辛い思いをさせた」

そう言って、ギルは新菜に頭を下げた。

「えっ！　いや、別にギルが謝ることじゃ……」

自分が買った喧嘩なのだからギルは関係ないのだと焦って言い募《つの》ろうとするが、その言葉は彼の物言いたげな視線で封じられる。その顔からして決して良いことではないのだろう。

「何？　やり返したのはまずかった？　彼女達の中に……」

お気に入りの人でもいた？　そう言いそうになって、慌てて口をつぐんだ。これでイエスと答えられた日には精神的ショックが大きすぎる。

ギルは新菜の言葉に目を見開き、驚いた顔をした。

「お前、やり返してたのか!?」

「まぁ……。こう、どばーと水浸《びた》しにしたぐらいだけど……」

桶《おけ》をひっくり返すような仕草をしてみせれば、先程までの怒った様子から一変、ギルは可笑《おか》しそうに笑い始めた。

「勝ち気なヤツだとは思っていたが、ここまでとはっ！」

「淑女じゃなくてすみませんでしたねー」

「いや、最高だ！」

「はぁ……」

何故誉められたのかまったくもってわからない。自分は今、怒られるところだったのではないのか。新菜が首を傾《かし》げていると、笑っていたギルの声が急に低くなった。

「しかし、今後もしまたこういうことがあったら、今度は真っ先に俺に言って欲しい」

「あ、やっぱり勝手にやり返したのまずかった？」

「そうじゃない。そうじゃないが、危険だろう⁉　今回はこれくらいの怪我《けが》で済んだが、次はどうなるかわからないじゃないか！」

そう言われて、新菜はなるほどと手を叩いた。

「そっか、それもそうね。もっと違う魔術も使えるようになっておかないとだめかー。次は風とかにしようかな。使い勝手良さそうだったし」

「どうして、そこで俺に頼ろうという発想が浮かばないんだ！　お前は！」

「へ？」

新菜が間抜けな声を出すと、ギルの背後から不穏なオーラが立ち上った。

色でたとえるなら黒だ。真っ黒だ。そしてドロドロだ。今まで経験したことがないぐらいのガチな怒りモードである。新菜はそのオーラに思わず怯《ひる》んだ。

「アンから事情を聞いた時の俺の気持ちがわかるか⁉　ふがいなさと後悔と、お前に何かあったらと焦る気持ちと！　俺はもう二度とあんな気持ちにはなりたくない！」

「はぁ……」

「いいか！　もう絶対に、二度と、危険なことに自分一人だけで突っ込もうとするな！　何かあったら俺に言え！　必ずだ！」

「今回のは、別に危険とかじゃ……」

「返事！」

「へ、へいぃ！」

「……なんだその返事は」

「いや、怖かったのでつい……」

その答えに気が抜けたのか、ギルは相変わらず面白いヤツだなと言って笑う。

その顔を見て、新菜も笑ってしまった。きっとギルはとても心配してくれたのだろう。その気持ちが嬉しく、そして同じくらい切なく心を締め付けた。

（私は、魔力の器《うつわ》だもんね……）

ギルが心配するのは当たり前だ。それでも、新菜はその心配が嬉しかった。

腕の治療を終えたギルは、今度は新菜の髪をタオルで拭《ふ》き始めた。かき混ぜるようにぐちゃぐちゃにされて、あっという間に新菜の頭は鳥の巣状態だ。

「痛いし！　乱暴！　もうぐちゃぐちゃじゃない！　自分でやるからタオル貸して！」

新菜がギルの手からタオルを奪い取ろうとすると、彼は新菜の届かない頭上へタオルを持ち上げた。その顔はなんだかとても上機嫌である。

「ダメだ。これは自分一人で勝手に行動した罰だ」

「何それ」

新菜がぷくっと頬を膨らまして抗議する。すると、彼はその頬の膨らみを指で潰してふっと笑う。

「まぁ、いいじゃないか。黙って世話されていろ」

「じゃぁ、もっと丁寧にやってよ。痛いから！」

「はいはい、仰《おお》せのままに。お姫様」

そう言いながら可笑《おか》しくて仕方がないといった風にギルが笑うから、新菜も思わず相好《そうごう》を崩す。

その後、新菜はギルに、どんな嫌がらせをされたか残らず話せと言われた。

新菜の中で彼女達に対する制裁はもう終わったので、秘密にする必要はない。新菜が洗いざらい吐くと、もう一度ギルに抱き締められた。まるで幼子《おさなご》にするように頭を撫でられる。

「この借りは十倍にして返してやるからな」

そう低く宣言されたので新菜は丁重にお断りした。すでに自分達の間で片はついたのだ。

これでギルが出て行けば、子供の喧嘩に大人が出て行くようなものである。子供の喧嘩は子供達が自分で解決できるうちは放っておけばいいのだ。

そう言うとギルはとても不服そうにしていた。新菜はこの話は終了とばかりに切り出す。

「いい機会なので、次は私が怒っている件を蒸し返します！」

新菜は寝台の上で仁王立《におうだ》ちになると、腕を組んでギルを見下ろす。

ギルは自《みずか》ら動いて床の上に正座をした。

「ギル！　私は怒っています！」

本当はもう吹っ切れているのだが、これは元通りの関係に戻るための一種の儀式だった。

『ごめんなさい』と『許してあげる』は二つセットの魔法の言葉だ。どちらかだけではだめなのだ。

ギルは新菜をまっすぐに見て「すまなかった」と頭を下げる。それを聞いた新菜は「しょうがないから許してあげるよ」と微笑んだ。

あまりにもあっけなくついた決着に、ギルは顔中に疑問符を貼り付けて首を横に折る。

新菜は寝台から下り、床に正座したギルの隣に座って気まずそうに頬を掻いた。

「私もごめんね」

「なんでお前が謝るんだ？」

「んー。欲しい言葉がもらえなかったから怒るとか、ダメダメじゃない？」

「お前は悪くないだろう。俺がお前を傷付けたんだ」

「じゃぁ、今回はそういうことにしておいてもらおう。一つ貸しね」

話は終わったと、新菜が立ち上がってぐぐっと背伸びをする。

そんな新菜に、ギルは緊張した面持《おもも》ちで声をかけた。

「あのな、ニーナ。その、王族が自室に入れるのは家族と、親しい同性の友人だけなんだ」

「何？　なんの話？」

「だから、異性を自室に入れるということは、将来その者と……その……」

しどろもどろに言葉を濁《にご》すギルを不審に思って、新菜は彼の顔を覗《のぞ》き込んだ。

彼の頬はほんのり赤く、揺れ動く瞳はどこか頼りなさげに揺れている。そこには、なんらかの決意を秘めたような光が灯《とも》っているが、どこか不安そうにも見えた。

「ギル？　大丈夫？」

新菜が首をこてんと傾《かし》げれば、その頬をゆっくりとギルに撫でられる。その仕草に、新菜は一瞬、

『まるで告白されるみたいだな』と思って、己の諦めの悪さに嫌気がさした。

（馬鹿だなー。この前傷付いたばかりなのに……）

新菜は自嘲の笑みを浮かべると、頬を撫でるギルの手に己のそれを重ねた。彼の指先はひんやりと冷たくて、少し緊張しているのが伝わってくる。何をそんなに緊張することがあるのだろうと新菜が見上げると、困ったような笑みを返された。

（あぁ、やっぱり……）

「すきだなー」

相手に聞こえないくらいの小さな声で、心の声が漏《も》れる。

叶わない恋なのだから早く諦めなくてはいけない……。そう思う自分とは裏腹に、新菜の気持ちはどんどん彼を求めてしまう。その事実がニーナを更に落ち込ませた。

そんな新菜の気分を急降下させる言葉を、ギルがゆっくりと口にする。

「ニーナ、俺がこの部屋に異性を入れるということは、将来その者と結婚するつもりだという意思表示になるんだ」

「結婚……」

それを聞いた新菜の感想は、最初『誰とするんだろう』で、次が『なんで私に言うのだろう』だった。それこそ自分の知らないところで勝手に決めて、勝手にやってほしいと新菜は思う。

一体どういうつもりなのかとギルを見上げれば、彼は先程よりも赤くなった顔でじっと新菜を見つめていた。

「……結婚、するの？　おめでとう」

なんとか顔に笑みを貼り付け、新菜は祝福の言葉を絞り出した。心臓がぎゅうぎゅうと締め付けられる。あまりの苦しさに新菜は呼吸を忘れてしまいそうだった。

（相手は誰かな。カーリアだったら結構ショックかも……）

俯《うつむ》いてそんなことを考えた新菜は、更にがっくりと肩を落とした。

『いいな』『羨《うらや》ましいな』、そんな思いばかりが頭に浮かんでくる。

彼に愛される人は幸せだと新菜は思う。ずっと大事にしてくれるだろうし、愛してくれるはずだ。女遊びは激しいかもしれないが、誠実な彼のことだ。結婚すれば、きっと脇目も振らず一心に想ってくれるに違いない。

でも、そんな幸せな〝誰か〟に新菜はなれない。

ずっと黙っているギルを不審に思い、新菜はそっと顔を上げる。そこには、今日一番の不機嫌さを全身で表すギルが新菜を睨《にら》んでいた。

「他の奴と結婚なんかするわけないだろうがっ！」

「な、なんで怒ってんのよっ！」

先程までの鬱々《うつうつ》とした気持ちが霧散《むさん》するような怒鳴り声を上げられて、新菜は思わず声を張った。

それに負けじとギルも声を張る。

「なんで、ここまで言ってわからないんだ、お前はっ！　お前に『おめでとう』と言われた俺の気持ちを考えてみろっ！」

「意味わかんない！　それを言うなら、言った私の気持ちだって少しはわかってよっ！」

「わかるわけないだろうが！　わかりたくもない！」

いきなり舌戦《ぜっせん》を始めた二人は、激しく睨《にら》み合う。そうしながら、ギルは新菜の頬に当てていた手で、重ねられていた新菜の手を握った。

二人は手を繋《つな》ぎながら言い争うという不思議な状態になる。

「あぁもうっ！」

焦《じ》れたようにギルが叫び、繋《つな》がった新菜の手を引く。突然引き寄せられた新菜は、そのまま両肩を掴《つか》まれて唇にキスを落とされた。啄《ついば》むような触れるだけのキス。ゆっくりと触れてくる唇に新菜が頬を赤らめると、ギルの不機嫌な声が降ってきた。

「これで、わかっただろう？」

「何が？　魔力ならまだたくさん……」

「……わざとかと疑いたくなる鈍さだな！」

てっきり、先程かけた回復魔法の分の魔力を回復させたのだと思った新菜は、ギルの言葉に首を傾《かし》げる。そんな新菜を熱く見つめながら、ギルは真剣な面持《おもも》ちで口を開いた。

「前にお前は、自分が孤児だと言っていただろう？　俺は、そんなお前の最初の家族になりたいと……」

「あー!!　忘れてた！」

新菜はギルの言葉を遮《さえぎ》って思いっきり叫んだ。ギルは口を開いたまま絶句している。

「あ、ごめん。話の途中に」

「……いや」

慌てたように謝る新菜に、ギルはふっと目を逸《そ》らした。そんなギルの胸元を新菜は拳《こぶし》で叩いた。

口をへの字に曲げて、上目遣いで睨《にら》み付ける。

「まだ一つ怒っていることあったんだった！」

「……何だ？」

視線を戻したギルが新菜を見下ろす。

「ギル！　あのカーリアって女に私のこと話したでしょう⁉」

「なんの話だ？」

「私が施設で育ったってことよ！　もー！　何度思い出しても腹が立つー‼　別に秘密にしてるわけじゃないけど、あんな性悪女に言わなくてもいいじゃない！」

「は？　俺は何も言ってないぞ」

「嘘！　だって私この世界に来てから、ギルにしかこのこと話してないもの！」

新菜は地団駄《じだんだ》を踏むようにして怒った。

すると、みるみるギルの表情が緊迫していく。額《ひたい》に汗が浮かび、眉間には深い溝を刻んでいる。

「……ギル？」

「……まさか！」

ギルは弾かれたように新菜の腕を掴《つか》むと、蹴破るように扉を開けてずんずんと歩き出した。

何が何やらわからない新菜は、ギルに声をかけようとする。

だが、「俺がいいというまで、絶対に口を開くな」と言われて口をつぐんだ。

結局新菜は、なんの説明もないまま、ヨルンのいる研究塔へ連れて行かれたのだった。

◆　◇　◆

「はい、黙ってこれ飲んで。そしたらすぐ解毒できるからねー」

「解毒⁉」

「いいから黙って飲んで」

ヨルンの言葉に新菜はカップの中で揺れる蛍光緑の液体を眺める。

変な色だし、嫌な臭いもぷんぷんするし、普段なら絶対に飲みたくないのだが……

新菜は息を止めて一気に呷《あお》った。スライム状の何かがゆっくりと喉を下りていく感覚が、最高に気持ち悪い。吐き気を堪《こら》えてなんとか全部飲み切り、涙目でこれでいいのかとヨルンに尋ねた。

「ん、大丈夫だよー。じゃ、お腹触らせてねー」

服の上から新菜の腹部を探るように撫でたヨルンは、ほぉっと安心したように息をついた。

「解毒できたよ。聖女さま、もう喋《しゃべ》っても大丈夫だよ」

「毒って何なの⁉」

ようやく許可をもらった新菜は、ヨルンに詰め寄るように質問した。

けれど、新菜に答えたのは目の前のヨルンではなく、ずっと後ろで見守っていたギルだった。

「お前の体内に魔法の効力を溶かした液体があったんだ。おそらく〝遠聴《とおき》きの兎《うさぎ》〟と呼ばれる盗聴を目的とした魔法酒だろう」

「と、盗聴!?」

あまりにびっくりして声が裏返る。そんなもの、一体いつ飲まされたというのだろう。

呆然とする新菜をよそにヨルンがギルと会話を進める。

「ギル兄鋭いねー。聖女さまの中にあったのは、まさに〝遠聴《とおき》きの兎《うさぎ》〟だったよ。やっぱり仕掛けたのは帝国かな？　でもいつ仕掛けられたんだろ。俺が最初に調べた時は聖女さまの身体の中には何もなかったのに……」

「きっと晩餐会《ばんさんかい》の時だろうな。タイミング的に、仕掛けたのは帝国と見て間違いないだろう。〝遠《とお》聴《き》きの兎《うさぎ》〟なんて貴重な魔法酒を、帝国が持っていると思わなかったがな」

「ちょ、ちょっと待って！　なら、晩餐会《ばんさんかい》から今までの会話、全部筒抜けだったってこと!?」

新菜が焦って話に待ったをかける。ギルとヨルンはさも当然と言った感じで頷いた。

その様子に新菜の顔はこれ以上ないくらい青ざめる。

これは……もしかして、とんでもない事態じゃなかろうか。

必死に今までの会話を思い出している新菜に、ギルがそっと声をかけてきた。

「筒抜けと言っても〝遠聴《とおき》きの兎《うさぎ》〟は毒を仕込まれた本人の言葉しか聞き取れない。つまりこの場合、ニーナの言葉だけが盗聴されていたということになる」

「でも……ギルのことがバレちゃってたらどうしよう？」

「……どこまで知られたかはわからない。だが、聖女の力についてはバレた可能性が高いだろうな。必然的に俺の器《うつわ》が壊れていることも知られたと思った方がいい」

「そんな……」

戦争勃発という言葉が頭に浮かび、新菜は今にも倒れそうになる。

すると、ヨルンが笑顔で大丈夫、と肩を叩いてくれた。

「聖女さまの力も同時にバレてるんなら、いきなり戦争って事態にはならないと思うよ。帝国側にしてみたら聖女さまがギル兄の側にいる限り不用意に手は出せないからね。今問題なのは、誰が聖女さまに〝遠聴き《とおき》の兎《うさぎ》〟を飲ませたかということ」

いつになく真剣な表情でヨルンが言う。

「ギル兄、晩餐会《ばんさんかい》の警備は万全だったの？」

「もちろんだ、と、言いたいところだが、まさか魔法酒を使われるとは思ってなかったからな。警備の見直しを図らないといけない」

「それはそっちでがんばって。ただ、魔法酒は体内に入るまでは普通の酒だからねー。事前に見分けろと言うのは難しいかもしれない。俺でも体内で魔法が発動してからじゃないとわからないし」

「やっかいな物を持ち出してきたな」

「そうだね。でも、城で出す飲み物は事前に改められてるんでしょ？　それなのに紛《まぎ》れ込んだってことは、どこかに帝国の内通者がいるかもしれないね」

「ああ。それについては、たぶんニーナが知っているはずだ。さっき俺とニーナしか知らない話を他人から聞かされたと言っていたからな」

「カーリア!?　アイツが!?」

ようやく話が繋《つな》がった新菜が目を剥《む》く。新菜は勢い込んでヨルンにカーリアの特徴を告げた。

彼はサラサラと紙に何かを書いて、採光窓の外で待つ鳥の足にそれを括《くく》り付ける。その鳥が飛び立ったのを見届けて、ヨルンはめんどうくさそうにため息をついた。

「報告だけは俺がしといてあげる。今日はもう遅いからさ、いろいろ調べるのは明日にしよう。ギル兄は聖女さまを送ってあげて」

「で、でも、一刻も早く捕まえないと！」

ギルが安心させるように新菜の肩を叩いた。

「大丈夫だ。兵達の仕事は速い。明日には容疑者は全員捕まっているから、今日は安心して休め」

「そーだよ。もし、聖女さまの力が向こうにバレたなら、これから大変になるのは聖女さまだからね。休める時にしっかり休んどかないと」

「え？」

ヨルンの言葉に何やら不穏なものを感じて、新菜は思わず声を漏《も》らした。するとヨルンは、本当に楽しそうに言葉を発する。

「もし俺が帝国の人間だったら、ギル兄の力を無効化するために、聖女さまを殺すもん」

新菜が絶句していると、まるでトドメとばかりにヨルンが告げた。

「だからね、今から片時もギル兄の側から離れちゃだめだよ？」

「は？」

動揺した新菜が思わず身を引くと、その肩をむんずと掴《つか》まれた。ギルは逃がさないと言うように、にやりと笑って、新菜の指に自分の指を絡《から》ませる。

もの凄く、嫌な予感がする。新菜はごくりと唾を呑み込んだ。

その予感は的中し、ギルは有無を言わさず新菜を自分の部屋に連行したのだった。

◆◇◆

「で、やっぱりこういうことになるよね」

新菜はギルの部屋のソファーに座り、頭を抱えて項垂《うなだ》れていた。背後では従僕達が忙しそうに新菜の部屋から荷物を運び込んでくる。侍女ではなく、従僕が新菜の世話をしているのは、たとえ侍女といえども未婚の王族の部屋に異性を入れないためだとギルが言っていた。

まぁ、そんなことは今の新菜にはどうでもいいことなのだが……

「明日からは、特例として、お前の侍女がこの部屋に入れるようにしておく。何も心配するな」

新菜が頭を抱えていることをどう勘違いしたのか、ギルがそんな風にフォローしてくる。

「いや、別に侍女とかいらないから。掃除や着替えは自分でできるし。あ、洗濯物だけ回収して欲しいけど。っていうか、私が悩んでるのそこじゃない……」

「大丈夫だ。お前を暗殺などさせない。戦争も起こさせない」

「うん、力強い励《はげ》ましをありがとう。それは明日考えることにする。今日は別のことで悩みたい」

「なんだ？　何か不満でもあるのか？」

「不満……はないんだけど……」

新菜は顔を上げて、ギルを見る。自室だからだろうか、初めて会った時のように前髪を無造作に下ろしている。服もいつものきっちりしたものではなく、シャツにスラックスといったラフな格好だ。

数日だが、一緒に暮らした時のような彼の気の抜けた格好に、今更ながらに胸がざわついた。

以前の自分はよくギルと一緒に暮らせていたものだと本気で感心してしまった。

好きになっても報われない人を好きになって、諦めた矢先に一緒の部屋で生活することになるなんて。新菜は本気で神様を呪いたくなった。

それでも心のどこかで一緒にいられることを喜んでいて、新菜は相反する気持ちに頭を抱える。

「……気に入るか？」

「え？　うん」

考えごとをしていた新菜は、よく聞きもしないでギルの言葉に首肯《しゅこう》する。するとと、目の前のギルがぐっと言葉を詰まらせた。そして、照れたように頬を掻く。

「冗談で言ったつもりなんだがな」

「へ、なんのこと？」

「まあ、お前がその気なら、俺としては大歓迎だ」

「何がぁっ⁉　ぎゃっ！」

いきなりギルに抱き上げられた新菜は、慌ててギルの首に腕を回した。

せっせと荷物を運んでいる従僕に構うことなく、ギルは新菜を抱えて寝台の隣にある扉に向かう。

「着替えは寝台の上に用意しておいてくれ」

そう従僕に告げて、ギルはその部屋の扉を開けた。

そこは洗面台と鏡がある広い空間だった。更にその奥にもう一つ扉がある。

そっと床に下ろされた新菜は、辺りをきょろきょろと見回した。

「こ、ここって……ぇぇ⁉」

「どうした？　お前も早く脱げ」

気付けば上半身半裸の色男が目の前にいる。新菜は慌ててギルから距離を取ると、両手を突き出して待ったのポーズを取った。

「もしかして、この先にあるのってお風呂⁉」

「何を今更。さっき『一緒に風呂に入るか？』と聞いただろう？」

(おおおお！　聞いてない‼　聞いてないよ！)

新菜が混乱している間にもギルは躊躇《ためら》いなく服を脱いで、一糸纏《まと》わぬ姿になった。まるでギリシャ彫刻のような見事な筋肉を前にして、新菜の目は思わず釘付けとなる。

「怖《お》じ気《け》付いたなら戻ってもいいぞ」

機嫌良くそう笑いながら、ギルは一人で奥の浴室へと消えていった。

「んー気持ちぃぃー」

「確かに気持ちいいな」

たいして大きくないバスタブの中に、二人は重なるように座って湯に浸《つ》かっていた。

「ちょっと、どこ触ってるのよ！　バカ！」

ギルに背を向けて身を寄せている新菜の腹部を、ギルがやわやわと揉《も》みしだく。

「いや、別の所を揉《も》んでいいなら喜んでそうするが？」

腹部を揉《も》んでいた手は、今度は太腿《ふともも》を撫で回してくる。

「揉《も》まないって選択肢はないの？」

新菜が呆れたようにため息をつくと、ギルはさも当然とばかりに胸を張った。

「それは男として不健康だ」

「そうよね、ギルってそういう奴よね……」

がっくりと項垂《うなだ》れた新菜を、ギルは後ろからぎゅうぎゅう抱き締めてきた。これではまるで抱き枕だ。背中に当たるごつごつとした硬い身体の感触に、新菜の心臓が勝手に早鐘を打ち始める。

「てっきり、来ないと思っていたんだがな」

風呂に、と言う意味だろう。新菜は少し顔を赤くして口を尖《とが》らせた。

「私もお風呂に入りたかったし、……今更恥ずかしがるのもおかしいかなって思って」

「ほぉ」

「そ、それに、もう少しギルと話したかったし……だからこの際、一緒に入ろうと思って……ねぇ、ギル、聞いてる？」

突然黙ってしまったギルに、新菜は声をかける。

「あぁ、聞いてる」

「もー！　突然、黙らないでよね。寝ちゃったのかと思ったじゃない！」

「ニーナ」

「何？」

「キスがしたい」

突然、真剣な声音《こわね》でそう言われて、新菜の心臓がひときわ大きな音を立てた。

キスなんてこれまでに何回もしている。挿《い》れないだけで、それ以上だって経験しているのに、どうして今更、そんなことを真剣に確認してくるのだろう。

躊躇《ためら》いがちに背後を振り返ると、熱い視線と目が合った。新菜の体温が急激に上がっていく。

「ギ、ギル？」

「お前が可愛いことを言うから、キスがしたくなった」

「ま、魔力は十分溜まってるけど……」

「魔力は関係ない。ただ、お前とキスがしたい」

「え？　あ、あの……」

「ニーナ、だめか？」

何がどうなっているのかぜんぜんわからない。

気が付いた時には、向かい合わせでギルの膝の上に座らされ、彼を見下ろしていた。

新菜は内心の狼狽《ろうばい》を隠して、ギルに言った。

「キ、キスだけ……なら」

「あぁ、キスだけだ」

「それ以上は駄目だから！」

「わかった。お前が嫌がることはしない」

「こ、これからも、ギルとはキスしかしないから！」

ここで聖女として暮らしていくなら魔力は必要だ。だけど、するのはキスまでだ。彼とは絶対に、それ以上はしない。そう、新菜は決めた。

ギルに求められれば自然と身体は疼《うず》く。でも、気持ちの伴っていない行為は、虚《むな》しいだけだ。

どんなにギルのことが好きでも、傷付くのは目に見えている。

だから、たとえ一緒に風呂に入ろうとも、ギルとはキスしかしない。そうはっきり宣言した。

しかし、そんな新菜の思いを、ギルは簡単に飛び越えてしまう。

「それは約束できない」

「なっ……」

「魔力を溜めるのとは関係なしに、俺はお前を抱きたい」

新菜を見つめる熱すぎる視線は、女を求める男のそれだ。

「————っ！」

新菜は真っ赤になって息を呑む。あまりの動揺に、瞬《まばた》きさえも忘れてしまう。

彼はどういうつもりで、そんなことを言っているのだろう。

単なる興味だろうか。それとも毛色の違った女を抱いてみたくなった？

新菜は頭の中で様々な可能性を考えながら、ギルを見つめた。

燃えるようなその瞳は、ただまっすぐに彼女を見返してくるばかりだ。

(もしかして、ギルも……)

一瞬浮かんだバカみたいな希望を、新菜は必死に胸の奥深くに押し込んだ。

そんな新菜の両頬を骨ばった手のひらが包み込んでくる。

新菜はビクリと身を震わせた。緊張して、息が上手《うま》くできない。

両頬の熱さが、ギルの手の平のせいか自分のせいなのか、それさえもわからなくなる。

その手の平にゆっくりと力が入って、新菜はギルの方へ顔を引き寄せられた。目の前に迫った赤い瞳に、新菜の口は勝手に悪態《あくたい》をつく。

「目ぐらい瞑《つぶ》ってよ」

「お互い様だろう」

フッと笑ったギルが、ゆっくりと唇を合わせてきた。

何度もしている行為なのに、いつもと違う雰囲気のせいか、やけにドキドキする。

くちゅりと粘着質な音が浴室に響いた。啄《ついば》まれるように、貪《むさぼ》られるように、新菜はギルにキスをされる。息継ぎをするのももどかしく、どちらからともなく何度も唇を合わせた。決して激しい行為ではないのに、ひどく濃密な空気が二人を包んだ。

「ぁんっ」

息も絶え絶えの新菜が、潤《うる》んだ瞳でギルを見下ろす。ギルは熱を秘めた瞳でじっと新菜を見つめていた。まるで愛しいものを見るような彼の視線に、堪《たま》らず熱い吐息が漏《も》れる。

「目、瞑《つぶ》って」

「嫌だ」

一瞬唇が離れた隙に新菜が頼む。だが、即座に断られ、ギルは飽きずに唇を寄せてくる。舌を入れられ互いの唾液を交換するように口腔《こうこう》をかき回された。舌を吸われて彼の口の中で優しく噛まれた時、新菜は言葉にならない声を上げる。

どれだけの間そうしていただろうか。新菜はふいに太腿《ふともも》に当たる硬いものに気が付いた。その正体に思い至った新菜は、思わず身体を強張《こわば》らせる。

新菜の変化に気付いたギルは、その視線の先を追って、あー、と気まずそうな声を上げた。

「仕方ないだろう。俺も男だ。好きな女と触れ合っていたら当然こうなる」

「へ？」

ギルの言葉に新菜は素《す》っ頓狂《とんきょう》な声を上げた。口をぽかんと開けたまま彼を見下ろすと、呆れたような表情を向けられる。

「普通ここまで言ったら気付くだろう？」

「気付くって、何に？」

最初は幻聴かと思った。それか都合のいい聞き違いか。でも何度思い返してみても、その言葉は幻聴でもないし、聞き違いでもない。

新菜は降って湧いた希望を手繰《たぐ》り寄せようと、じっとギルを見つめた。

「まだわからないのか？　ニーナ……俺はお前が好きだ」

彼の言葉に新菜は息を呑んだ。身体が硬直し、息が止まる。

怒涛《どとう》の勢いでやってきた希望に驚嘆し、新菜は何も考えられなくなった。

新菜を見つめるギルが、ふっと苦笑する。

「泣く奴があるか。普通こういう時は笑うものだろう？　それとも泣く程嫌だったのか？」

ギルの言葉で初めて、新菜は自分の頬に涙が伝っていることに気付いた。慌てて拭《ぬぐ》おうとすると、その手をギルに止められてしまう。代わりに優しい手つきで頬を拭《ぬぐ》われ、新菜の胸が熱くなった。

「ニーナ、お前の気持ちを聞かせてくれないか？」

「わ、私は……」

新菜が涙声で紡《つむ》ぐ言葉に、ギルの呼吸が浅くなった。その緊張した面持《おもも》ちが新菜に彼の本気を伝えてくれる。新菜は堪《たま》らなく嬉しくなって、唇が自然と綻《ほころ》んだ。

「聖女じゃない私は、ギルに必要とされてないって思ってた。必要なのは魔力の器《うつわ》である〝聖女〟で〝新菜〟は必要ないんだって……」

「そんなわけ……っ！」

「うん、伝わったよ。ありがとう。私もギルが好き」

そう言った次の瞬間、新菜はギルの腕の中にいた。バスタブの中、互いに互いを抱き締め合う。

「ニーナ、愛してる」

「私も、……愛してる」

どちらからともなく合わさった唇は、今までに感じたことがないぐらい甘かった。


新菜はギルに抱えられて浴室を出た。部屋にはすでに従僕の姿はなく、新菜はホッとした。

ギルは寝台の上に用意されていた着替えをサイドテーブルに放り投げて、新菜を寝台に下ろそうとする。

慌てた新菜はギルの胸を叩いて止めた。

「ギル、ベッドが濡れちゃう！」

すると、ギルは微笑みながら抵抗する新菜をそっと寝台の上に下ろした。

「何も心配しなくていい」

そう言うや否《いな》や、二人を心地いい熱風が包み込む。瞬《また》く間に、二人の身体はさらりと乾いていた。

それがギルの魔法なのは明白で、新菜は心配そうにギルの顔を覗《のぞ》き込む。

「大丈夫？　反動が、あるんじゃないの？」

「ニーナ、さっきも言ったが、今は何も心配しなくていい」

「でも……」

彼は新菜の魔力を使って起こる反動をいつも嫌がっていたのに、今はなんの躊躇《ためら》いもなく魔法を使った。それを疑問に思っていた新菜はギシリとベッドが軋《きし》む音で我に返る。

「この状況で、一体何を考えているんだ？　ずいぶんと余裕だな」

ギルがふっと笑って新菜に覆《おお》い被さってくる。その妙に色香を含んだ笑みに、新菜は思わず身体の前を隠した。これからのことを想像して、体温が上がっていく。

当然覚悟はできているし、新菜だって彼に抱かれたい。けれど、一度感じてしまった羞恥心《しゅうちしん》は新菜の気持ちを裏切って身体を強張《こわば》らせる。

そんな彼女の緊張をほぐすように、ギルは新菜の鼻先にチュッと軽いキスを落とした。そのまま労《いたわ》るように抱き締めてくる。

二人の心臓の音が一つに重なったみたいだ。新菜は自分の腕を、そっとギルの首に回した。

「んっ……」

それが合図になり、ギルは新菜の首元に顔を埋《うず》めてくる。チュッと音を立てて吸い上げられた途端、ピリッとした痛みが新菜を襲う。

首元に咲いた赤い花を見て、ギルが満足そうに笑った。至る所にキスを落としながら、彼はゆっくりと身体を下に移動させていく。新菜の二つの膨らみに顔を埋《うず》め、その間にもキスを落とした。

「ギル、くすぐったいっ」

新菜は笑いながら胸元で揺れる赤い髪を掻き上げる。微《かす》かに顔を上げた彼の、赤い優しい瞳と目が合って、愛おしさに息が詰まった。ギルはキスを落としながら新菜の胸に歯を立てる。まるで所有の証《あかし》みたいに白い肌へ赤い花と歯形をつけていった。

彼はそのまま新菜の胸の頂《いただき》を口に含みじゅっと吸い上げる。

「やあ……っ」

ジワリと目尻に涙が浮かぶ。

舌の先で頂点を押しつぶされて新菜は更に熱い吐息を漏《も》らした。

「ふぁあぁっ……」

「気持ちいいか？」

頂《いただき》を口に含んだままそんな風に聞かれて、新菜は赤くなった顔を両手で隠し頷いた。

そんな彼女を満足そうに眺めて、ギルはもう片方の乳房に吸い付く。胸に吸いついたまま、彼は空いた手を新菜の下腹部に滑《すべ》らせた。

「ひゃぁんっ！」

ちゅくっと小さな水音が響き、新菜は身体を強張《こわば》らせる。ギルの指は新菜の茂みをかき分けて、割れ目に指の腹を当てた。

「濡れているな」

「言わなくて、いいからぁぁっ……」

ギルはぐるぐると円を描くようにして指に愛液を纏《まと》わせると、ゆっくりと新菜の中に侵入させた。

ずぷぷ……と中指を沈めたギルは嬉しそうに微笑む。

「まだきついな。ゆっくりほぐしてやる」

「あっ、そんなに、うごか……さないでぇっ……」

「まだ一本だぞ、音《ね》を上げるには早くないか？」

「だって、ギルの指、きもち……いい、からっ」

新菜の言葉にギルの目がわずかに見開かれ、頬が赤く染まった。何かを堪《こら》えるようにため息をついて、彼は恨めしそうに新菜を見つめる。

「あまり煽《あお》るな、今すぐ入れたくなるだろう？　これでも結構我慢しているんだ」

「ギル？」

「できるだけ大事に抱きたい」

その言葉に新菜の胸は震え、キュンキュンと苦しいくらいに締め付けられる。

涙が出る程嬉しくて、ギルの頭を掴《つか》んでその唇にキスをした。チュッとリップ音をさせて離れた唇に、ギルは少しだけ苦しそうに眉を寄せる。

「だから、あまり煽《あお》るなと言ったばかりだろうが……」

「んあぁぁあぁっ!!」

直後、新菜の中の指が一気に三本に増やされる。ミチミチと内壁が広がり、粘り気のある音を響かせながら容赦なく指が往復を開始した。

「あ、ぁ、あぁ、あ……」

指の動きに合わせて新菜は喘《あえ》ぎ声を漏《も》らす。ギルはそんな新菜を見つめて、何かを堪《こら》えるように熱い吐息を吐き出した。

溢《あふ》れた愛液がシーツにシミを作り、互いの身体に汗の玉が浮かぶ。

ギルはおもむろに新菜の膝を割って、その間に身体を滑《すべ》り込ませた。それが何を意味するのか、新菜もちゃんとわかっている。

「ギル……」

「もう限界だ。散々お預けを食らったんだ。これ以上は、我慢できない……っ」

熱っぽく囁《ささや》く彼の瞳には情欲の炎が見て取れた。

新菜は身を震わせながらも、覚悟を決めて小さく頷く。

「うん。きて」

彼に向かって両手を広げる。それと同時に新菜の蜜口に熱く滾《たぎ》った切っ先が宛てがわれた。その熱さにぎくりとする。まるで熱した鉄の棒を押し付けられたようだ。

「ニーナ、優しくするから」

そんな風に気遣う言葉とは裏腹に、彼は容赦なく新菜の中を押し広げてくる。

「はふわぁあぁ……」

ギルの背中に爪を立てて、新菜はそれを受け止めた。知らず、生理的な涙が頬を伝う。

その涙を唇で拭《ぬぐ》いながらギルは新菜の中にゆっくりと腰を進めた。

「全部、入った、の？」

はぁはぁと肩で息をしながら、新菜は動きを止めたギルに確認した。すでに新菜の中は、これ以上ないくらい熱い塊《かたまり》で満たされている。

しかしギルは首を振り、苦しそうに眉を寄せた。

「ニーナっ、悪い――っ！」

「んあぁぁぁあぁ――――っ!!」

次の瞬間、最奥《さいおう》まで一気に貫くように、ギルが腰を打ち付けてきた。パンッと肌と肌がぶつかる音がして、新菜は人形のように身体を硬直させる。

尾骶骨《びていこつ》から後頭部に向かって電気が走り抜けたみたいだった。

つま先までピンと足を伸ばした新菜は、息を詰めてそのまま達してしまう。

「ぎるのばかぁ……」

ビクビクと身体を痙攣《けいれん》させながら、新菜はギルを睨《にら》んだ。涙でギルの顔がぼやける。

胸もお腹もいっぱいで苦しい。ギルは新菜の涙を拭《ぬぐ》いつつ、ゆるりと腰を動かし始めた。

「悪かった。今からめいっぱい気持ち良くしてやるからな」

「あ、あ、あん、ぁっ」

腰が打ち付けられる度に新菜は甘い声を上げる。

それに気を良くしたギルは、更に激しく腰を動かした。

「ぎるぅ、きも、ち、いいっ！　ぎるも、きもちいい？」

「あぁ、最高だ。お前のナカはこんなにドロドロなのに、もっと、もっとと吸い付いてくるぞ」

「はず、かしぃっ、ひんっ！」

何度も身体を揺さぶられながら、新菜はいやいやと首を振る。そんな彼女の仕草に、ギルはゴクリと喉仏を上下させた。そのまま身を屈《かが》めて、唾液を交換するような熱いキスを交わす。

「うぅんっ……っ！」

膝裏を持たれ、天井《てんじょう》に向けられた陰穴にギルは容赦なく己の欲望を突き入れる。

激しい抽送《ちゅうそう》に愛液が泡立ち、じゅぷじゅぷと淫《みだ》らな水音を響かせた。

熱い塊《かたまり》にこれでもかと内壁が擦られて最高に気持ちがいい。感じるところを何度も何度も突かれて、新菜の意識は今にも飛びそうになる。

彼の腰の動きは激しさを増す一方で、新菜は快感の渦《うず》に呑み込まれていった。

「ぎるぅ、すきよ」

霞《かす》む意識の中で新菜はうわ言みたいに口にする。すると、新菜の中にある彼自身がドクリと脈打ち更に硬さを増したように感じた。

「おお、きくしちゃ、やだ」

「無理を言うな。お前が可愛すぎるのがいけない」

ギルの額《ひたい》から汗が一粒落ちてくる。それを頬に受けた新菜はギルを強く抱き締めた。

「も、限界だ。……いいか？」

熱っぽく囁《ささや》く彼の目は、猛禽《もうきん》のようにギラついている。新菜がコクリと首肯《しゅこう》すると、腰の動きが更に速くなった。終わりを思わせるその動きに、新菜の限界も近付く。

「あぁぁぁぁあぁぁぁぁあ――――っ！」

新菜はあられもない声を上げギルの肩に爪を立てた。同時に、新菜の中が激しく収斂《しゅうれん》し、ギルを締めつける。息を詰めたギルはひときわ強く腰を打ち付け新菜の最奥《さいおう》に熱い白濁を吐き出した。

はぁはぁと荒い呼吸を繰り返しながらギルは新菜に覆《おお》い被さってくる。背中に回された腕が熱くて仕方ない。汗ばんだ身体同士がぴったりとくっついて、まるで一つに溶け合っているような感覚に陥《おちい》る。首筋に沈んだ彼の顔がゆっくりと持ち上がる。そこには笑みが浮かんでいた。

「お前を抱けるなんて夢みたいだ」

その台詞《セリフ》に新菜も笑みを返す。散々喘《あえ》いで掠《かす》れた声でクスクスと笑った。

「モテモテの王弟殿下が大げさね」

「そんなことは無いぞ。こんなに満ち足りた幸せな気持ちになるのは初めてだ」

そんな言葉に新菜は頬を赤らめて、目の前にある彼の胸に頬を擦り寄せた。そこから感じる彼の体温に心が満たされていく。

「うん。私も初めて」

そう言いながらはにかむと、優しく額《ひたい》にキスを落とされた。

第七章

ギルと新菜がひどく濃密な夜を過ごした翌日。二人は連れだってヨルンのいる研究塔を訪れた。

徹夜でもしたのか、目の下に濃い隈《くま》を刻んだヨルンは、新菜の腹部を探りながら魔法酒による異状が残っていないか確認する。

「うん。聖女さまの身体に異状は見られないね。新しい毒の気配もないし、良好良好」

ヨルンは更に新菜の腹部を調べながら嬉しそうな声を出す。

「それに、昨日はずいぶんと激しい夜だったみたいだねー」

「は？」

「貫通おめでとう！　昨日に比べて魔力が結構溜まってるよ。これならどんな魔法も打ち放題だ。いいなぁー、俺も魔力が溜まる様子を観察したかったよー。ギル兄も無事貫通を済ませたことだし、聖女さま、今度俺にも試させて……」

「ダメに決まっているだろうがっ！」

間髪《かんはつ》を容《い》れずにギルが止めに入る。だが、ヨルンはそれを気にすることなくへらへらと笑った。

「あ、やっぱり？　でもいいなぁー。近くで観察したかったなぁー」

ヨルンは心底羨《うらや》ましそうな視線を二人に送る。

新菜は顔を真っ赤に染めて口をぱくぱく動かしている。ギルは少し耳を赤く染めながら気まずげに「それより、昨日の報告をしてくれないか？」と話題を変えた。

ヨルンによると、二人が帰った後、カーリア・オルギット子爵令嬢はすぐに捕まったそうだ。

実は、濡れそぼったドレスでそそくさと城から出て行こうとする所を巡回していた兵士に見咎《みとが》められて、事情を聞かれていたらしい。その後、オルギット子爵を始めとするカーリアの家族も身柄を押さえられそれぞれ事情を聞かれているそうだ。

ギルの事情については極秘のため、取り調べは宰相が細心の注意を払って行《おこな》っているらしい。

「で、その女は何か吐いたのか？」

「んー。どうやら最初はギルに飲ませたかったようだよ。で、秘密を知って、あわよくばギルの奥方の座を射止めるつもりだったらしい。だけど、ギル兄が聖女さまをエスコートして晩餐会《ばんさんかい》に現れたもんだからカーリア嬢は嫉妬《しっと》しちゃったみたい。んで、矛先《ほこさき》を聖女さまに変えて、二人を引き裂かなきゃって思ったんだって」

「……くだらんな。じゃあ、〝遠聴《とおき》きの兎《うさぎ》〟は帝国とはまったくの無関係だったのか？」

「そうでもないみたい。彼女が捕まると同時にいなくなった従者がいるんだ。どうやらその従者が、彼女に〝遠聴《とおき》きの兎《うさぎ》〟を渡したらしい。まぁ、魔法酒、しかも〝遠聴《とおき》きの兎《うさぎ》〟なんて代物は子爵の娘がおいそれと手を出せるモノじゃないしね。ついでに言うと、聖女さまに飲ませたのもその従者だと言っていたよ。」

「あっ！」

「ニーナ、覚えているのか？」

「おぼろ気にならば、……赤茶の髪の毛で、どっちかの顎《あご》に傷があった気がする。でも、ごめん。はっきりとは……」

そう言って項垂《うなだ》れているニーナに、ヨルンが待っていましたとばかりに引き出しから手のひらサイズの箱を取り出した。

「ここで登場！　『キオクをミルミル』！　この魔道具はね、捕まえた敵兵の口を割らせるのがめんどくさいなーって発想から生まれた、相手の記憶を見る魔道具なんだ。これさえあれば拷問《ごうもん》なんて物騒なことをする必要もなくなるんだよー。この中には千を超える魔法陣が刻み込まれてて……」

一見するとオルゴールか何かに見える木の箱を開けて、ヨルンは手早く準備を始める。

「つまり記憶を見る魔道具だな。それがわかれば十分だ。詳しい説明はいらない」

ギルは、ヨルンの説明を途中でばっさりと切る。

「ギル兄ひどい！　俺の自慢の一品なのに！」

ヨルンは文句を言いつつ薄いシールのようなものを新菜の手の甲に貼りつけた。そこには複雑な魔法陣が書かれている。魔法の知識が豊富なギルも、その魔法陣は初めて見るものだった。

「ちなみに、この魔法陣は俺が一から組み立てました！　凄くない？」

「無茶をするな、お前……」

「俺ってば天才だからねー」

ヨルンは、機嫌良く準備を進めながら胸を張った。

魔法陣はほとんどが古代からあるもので、それらを組み合わせることにより目的の魔法を発動させるのだ。もちろん、魔法陣を一から組み立てることもできなくはない。だが、膨大な知識がいる上に、一歩間違えば魔力が暴走して下手《へた》をすると死んでしまうこともある。そんなことができるのは、それこそ才能に溢《あふ》れた天才ぐらいだろう。

机の上に大きな白い紙を敷き、ヨルンは箱から出した玉をその上に置いた。聞くとそれは、手の甲から読み取った記憶を映し出す映写機のようなものらしい。

「今回は映写する形にするよー。んじゃ、聖女さま一旦心を無にしてねー。俺が質問するから、それに素直に答えてくれるかな」

「わかった」

ヨルンはうんうんと頷いて、最初の質問をした。

「昨日の夜、二人で何してたの？」

「へ？」

瞬間的に新菜の頭に浮かんだのは、もちろん昨夜の情事のことだ。すると、机の上の玉が淡く発光して白い紙に徐々に映像が映し出されていく。

『あ、やだ、やめてぇっ！　んんっ　ひゃぁあぁ！』

『ニーナ、ここがいいのか？』

『はっ、はっ、やだ、やっ！　はふっ』

『可愛いな、ニー……』

「きゃあぁぁぁぁ!!　やめて！　やめて！　とーめーてー!!」

映し出されたのは、裸で絡《から》み合う新菜とギルだ。真っ赤になった新菜は、悲鳴を上げて映像を映す紙の上に覆《おお》い被さった。

「へー、結構優しくするんだー。ギル兄の事だから、もっとがっついちゃうのかと思ったのにー。あ、最初だから？」

横から紙を覗《のぞ》き込んで、しっかり映像を確認しているヨルンがそんな風に聞いてくる。

「うるさい！　止めろ！　ニーナ、その手の甲のヤツを剥《は》げ！」

ギルの言葉に新菜は勢いよく手の甲のシールを剥《は》がした。すると一瞬で映像が消え去り、辺りは静寂に包まれる。

「……とりあえず、動作確認終了だね？」

ニッコリ微笑むヨルンに向かって、新菜が拳《こぶし》を振り上げた。

「歯ぁ、くいしばれっ!!」

直後、新菜の鉄拳《てっけん》制裁がヨルンの頬にめり込んだ。


「あ、こいつだね。この顎《あご》の所に傷があるヤツ」

ヨルンは殴られた左頬をさすりながら魔道具を操作して、新菜の記憶を一時停止させる。

そこには、くすんだ赤茶の髪をした右顎《みぎあご》に切り傷がある若い男が映っていた。男は新菜にグラスに入った酒を差し出している。おそらくアレが魔法酒なのだろう。

「あ、そうそう、この人！　でも、なんでわかったの？　魔法酒って見た目だけじゃわかんないんでしょ」

新菜が思ったことを質問すると、ヨルンはさも当然とばかりに男の身体を指さした。

「上手《うま》く変装してるけど、この男がただの従者ならこんなに鍛《きた》えてるの不自然でしょ？」

そう言われてみれば、確かにいい身体付きをしている。服の上からでもわかるくらい、厚く鍛《きた》えられた胸板はギル程ではないにしろかなり逞《たくま》しい。

「確かに従者にしてはいい身体付きよねー」

新菜が感心したように頷くと、ギルの眉間に皺《しわ》が寄った。

「……俺の方が鍛《きた》えている」

「不審者相手に何、張り合ってんのよ」

「お前だって不審者を誉めてるじゃないか。相手は帝国の間者《かんじゃ》かもしれない男だぞ！」

「誉めてるわけじゃないわよ！　ただの事実でしょ。ちょっと、……なんで不機嫌になってるの」

「不機嫌になんかなっていない」

今にも唸《うな》り声を上げそうな表情で睨《にら》みつけるギルに、新菜は意味がわからないとばかりに嘆息する。その行動にムッとしたギルは、ヨルンが居るにもかかわらず、ぐっと新菜に詰め寄った。

「なんだ？　お前はああいうのが好みか？」

「好みって、今そういう話をしてるんじゃ……」

「賭けてもいい。あんな男より俺の方がお前を気持ちよくさせてやれる」

「は、はいぃ!?　いきなり何言ってるの!?」

「お前のイイ場所を教えてやろうか？　背中の肩甲骨の辺りと、腰回り、それと、ちく……」

「教育的指導ぉぉぉ!!」

ごつっ、といい音を響かせて、ギルの鳩尾《みぞおち》に新菜の拳《こぶし》がめり込んだ。般若《はんにゃ》のように恐ろしい顔つきになった新菜は男性陣二人を指さして、声を荒らげる。

「この国の男共はみんなモラルが足りんのか！　そこに直れ！」

その剣幕に、思わず二人ともその場で正座をした。

それからしばらく二人は懇々《こんこん》と新菜に説教されたのだった。

ようやく新菜の怒りが収まったところで、今後について話し合う。

ヨルンはいそいそと別の机の上にある魔道具らしきものを持ってきて、二人に差し出してきた。

「早速だけど、これ使ってみて！　二人のために作ったやつだからまだ試験してなくてさー。正直、成功しているのか不安で不安で……。あ、大丈夫！　理論上は問題ないはずだから！」

そう言ってヨルンは、二人にそれぞれ小瓶を手渡してくる。といっても、新菜に渡されたのは彼女が元々持っていた魔力の小瓶だ。ギルに渡されたものは、それとまったく同じ形の瓶で、おそらくヨルンが一から新しく作ったのだろう。

実は、新菜は令嬢達からの嫌がらせが始まって以降、ヨルンに魔術指導を受けていた。最初は嫌がらせに対する反撃のためだったが、今後何があるかわからないし、自分の身は自分で守れた方がいい。

今ではいくつかの低級魔法の魔法陣を自分で刻めるまでになっていた。新菜は暇を見つけてはせっせとそれらの魔法陣を量産している。

数日前、魔術指導を受けた新菜が魔法陣を描いていたら、ヨルンに小瓶を少し貸してくれと頼まれたのだ。

どうやら、ヨルンはそれを元に同じ意匠の物をもう一つ作りあげたようだ。

ヨルンは二人の前で自信満々に胸を反らす。

「聖女さまに借りた方にも少し細工《さいく》をさせてもらったよ。見て、瓶の中にそれぞれ赤と青の石が入っているでしょ？　それがお互いの魔力を繋《つな》げる核になっているんだ！」

「……もっとわかりやすく言ってくれ」

「つまり聖女さまに触れなくても、ある一定の距離内なら魔力の受け渡しが可能ってこと！　離れていても魔法が使えるんだよー」

「それは！」

身を乗り出したギルに、ヨルンが満足そうに笑った。

「いいでしょ？　聖女さまを連れて行けない場所でも、これがあればギル兄は魔法が使える。もちろん、一定の距離内にはいてもらわないといけないんだけど……」

「距離は？」

「今のところ、およそ王宮の敷地の端から端まで。これからもっと改良するつもりでいるけど」

この王宮の敷地内はおおよそ五百メートル強だ。それぐらい離れても大丈夫というのは確かに心強かった。何かあった際に、新菜と手を繋《つな》いで駆けつけるわけにはいかない。

ギルと新菜はその小瓶を首から下げ、少し互いに距離を取った。

「じゃ、ギル兄。なんでもいいや、聖女さまの魔力で魔法を使ってみて」

「わかった」

そう言ってギルが手を掲げると、胸元の小瓶が淡く光った。中の石も一緒に光る。瞬間、ギルの手元に炎が生まれた。赤々と燃え上がる炎はギルの手の上で踊るように舞う。

「凄いな。ヨルン、お前にしてはいいものを作った」

「ちょっと待って。俺、結構役立つもの作ってるからね！　ギル兄が知らないだけだからね！」

ヨルンは口を尖《とが》らせて反論する。その割に、誉められた彼の声はいつもより高い気がした。

「あ、でも、それ、一つだけ欠点があるから。離れれば離れる程魔力の消費量が増えるんだよね。今ぐらいの距離だとあまり関係ないかもしれないけど、凄く離れた状態で大量の魔力を使う時は注意して。反動がえげつないことになるよ」

「わかった……」

ギルは神妙な顔で頷いた。


話し合いが終わると、時刻はすでに昼を指していた。新菜はこの後アンの授業があると言い、慌ただしく研究塔を出て行き、その場にはギルとヨルンが残された。

「聖女さまについて行かなくていいの？　危なくない？」

「ニーナの側にはサリーを付けてある。昼間は俺も忙しいからな。何かあればサリーが知らせてくるし、守ってもくれるだろう。俺も時間を見てちょくちょく様子を見に行くつもりだ」

「でも、本当は四六時中側に付いていたいんでしょ？」

ぐっと言葉に詰まったギルをヨルンは肘で小突く。

「つきまとっちゃえばいいのにー」

「……それは今朝断られたんだ」

「やーい。フラれてやーんの」

「うるさい。大体、断られただけでフラれてはない！」

肩を怒らせてギルが言う。ヨルンは目を細めてからかうような声を出した。

「ふーん。じゃ、晴れて恋人同士になったってこと？」

「まぁ、そうだな……」

ギルは少し照れくさそうに頬を掻く。そんな彼にヨルンは顔を綻《ほころ》ばせた。

「おめでとうー！　仲直りできたし、貫通できたし、恋人同士になれたし、よかったねー」

「貫通って……、お前はその明《あ》け透《す》けな言動をどうにかしたらどうなんだ」

「ギル兄には絶対言われたくないー。で、その上で、断られたんだ？　なっさけなーい！」

「うぐ……」

その言葉に傷付いたように胸を押さえて、ギルはヨルンを睨《にら》む。

正直な話、護衛ならサリーだけで十分だ。一対多数でもほぼ負けることはない。サラマンダーが側にいれば、おいそれと新菜に近付くことはできないはずだ。それでもギルは、側にいて守りたいと新菜に申し出た。だが、新菜にすっぱりと断られた。

しかも、その断り文句は、『ギルと四六時中一緒とか、辛い』だ。

頭を金槌《かなづち》で殴られたような衝撃が襲ったのは言うまでもない。

「まぁ、でも、恋人同士になれてよかったね。俺も嬉しいよ」

そんな風にヨルンが素直に思いを口にするものだから、ギルも恥ずかしそうな顔で一つ頷いた。

◆　◇　◆

二人が両想いになってから数日後、新菜はいつものようにアンの授業を受けていた。

この世界の文字も、今ではだいぶ書けるようになって、授業中にメモが取れるまでになった。

新菜は羽ペンをしきりに動かしながら、アンが出した問題に口頭で答える。

「ナーテモーア湿地帯は耕作地として有名で、水はけの悪い土地を好む葉物野菜、穀物などが栽培されています」

「はい、正解です。より正確に言うなら、ナーテモーアのモーアには湿地帯という意味がありますから、ナーテモーアだけで意味は通じますよ」

新菜の答えにアンは満足げに頷いて補足をする。新菜の机の上にはたくさんの教科書や辞書、書類が所狭《ところせま》しと積まれていて、一見ヨルンの机と変わらないように見えた。

それらの多くは新菜が自《みずか》ら進んで用意したもので、アンも新菜の姿勢に感嘆していた。

「最近、頑張ってるわね。ニーナさん」

休憩に入ると、アンは少し砕けた口調になって紅茶を一口飲んだ。向かい合わせで座る新菜も、お茶を飲みながらにっこり微笑む。

「私こっちの世界のこと何も知らないし、頑張らないとギルに迷惑かけちゃいますから……」

「あら？　じゃぁ、こんなに頑張るのは殿下のためなのね。あれから殿下と上手《うま》くいっているようで私も安心しました」

アンの言葉で新菜の頬にうっすらと朱が差す。はにかんだ笑みを浮かべる新菜は、アンの目にとても幸せそうに映った。

「ニーナさん、今幸せ？」

「はい。けど、ちょっとべったりしすぎかなぁと思ったり……」

「べったり？」

照れた笑みを浮かべながら、新菜はここ数日にあったことを話す。

両想いになった翌日ぐらいから、ギルは新菜の側にべったりくっついて離れなくなった。

アンの授業がある昼間は彼も仕事があるから離れているが、授業が終わる頃にはすでに廊下で新菜を待っていたりする。それから夜通し一緒にいて、入浴の時間も一人にさせてくれない。

朝も朝で、ベッドの上で一緒に朝食を取って授業に行く時間まで離してくれないのだ。

「正直、今までの恋人にもここまでべったりされたことないから……。幸せなんですけど、ちょっと戸惑うところもあって。だって、どこに行くのにもついてくるし……」

困ったように微笑む新菜に、アンは一つ息をつく。つまり溺愛されすぎて困るということらしい。

「最近、城の中に帝国の間者《かんじゃ》がいるという噂も流れていますし、殿下もきっと新菜さんのことが心配なのでしょう」

アンが真っ当な理由を探して述べれば、新菜は真っ赤な顔をして首を振った。どうやら不満はそれだけではないらしい。

「この際だから白状しますけど、ここ数日、朝食はほとんどギルに食べさせてもらってて……。『あーん』ですよ？　いくら心配だからって言っても、正直、恥ずかしいから止めてほしいんです！　だけど、まったく聞いてくれないし……」

火照《ほて》った頬を冷やすように両手を当てて、新菜はそのまま俯《うつむ》く。アンはそんな彼女を表情を緩《ゆる》めて、まるで妹を見るような視線で見つめた。

「殿下は余程ニーナさんのことが好きなんですわね」

「そ、そうかもしれないですけどっ！　……夜はあんまり寝かせてくれないし！　一回じゃ終わってくれないし！」

突然始まった赤裸々《せきらら》な告白にアンの頬が真っ赤に染まった。新菜も負けず劣らず赤い顔をして、羞恥《しゅうち》のためか目にうっすらと涙を溜めている。

「私だってギルのことは好きだけど、彼は、その、ちょっと夜の、そういうことが好きすぎるっていうか、なんていうか……」

「なんていうか？」

「もうちょっと、その、加減してほしいというか……」

そのまま新菜の言葉は尻すぼみになっていく。そうして、二人揃って俯《うつむ》いた。

新菜はどうしてこんなことを言ってしまったのかという後悔の念でいっぱいになる。

一方のアンも新菜の赤裸々《せきらら》すぎる告白にどう返事をすべきか悩んでいた。

二人はそっと顔を上げてお互いを窺《うかが》う。目が合った瞬間に同時に笑い合った。

「ニーナ、ごめんなさい。恥ずかしがるところじゃなかったのに……、あ、ごめんなさい。ニーナさん」

「ううん、ニーナって呼んで。私もアンって呼んでいい？」

「もちろんよ、ニーナ」

こういった砕けた話し方をするのは互いに初めてなのに、妙にしっくりする。

アンは一つ咳ばらいをして姿勢を正すと、極めて冷静に口を開いた。

「なんにしても間者《かんじゃ》のことはやっぱり気になるし、危険だわ。殿下が過保護すぎるのも今は仕方がないと諦めましょう。何かあった時、殿下がお側にいる方が安全だし、私も安心よ？」

「それは、そうだけど……。あ、でも日中は護衛にサリーを付けてもらっているの」

「サリー？」

アンが不思議そうに首を傾《かし》げる。新菜は空中に向かって「サリー」と声をかけた。

途端に何もない空間に丸く赤い火花が散って、その中心から小さな赤い羽付きトカゲが現れる。

サリーは元気よく鳴いて新菜の周りをくるくると飛び回った。

アンに突然現れたサリーに驚いたのか、目を丸くしたまま口をぽかんと開けている。

「それ殿下の竜よね？　サリーって名前なの？」

「うん。前に四六時中ついて回りたいって言うギルを断ったら、せめてサリーだけは側に置いてほしいって頼まれたの。サリーは可愛いし、一緒にいると癒《いや》されるんだけど、たまにイタズラしてくるから、勉強中は姿を消してもらってるんだ」

きゅー！　と甲高い鳴き声を上げてサリーは新菜の太腿《ふともも》にダイブしてきた。その頭を指で撫でて
新菜はにっこりと微笑んだ。

「サリーはあんまり消えてるの好きじゃないみたいだから、申し訳ないんだけどね」

『消えるのきらーい！　サリー、ニーナとずっと遊ぶのー！』

甲高い子供の声が新菜の頭に響く。その言葉に、新菜は苦笑しながら「ごめんね？」とサリーに
謝った。

「……精霊と話ができるなんて、本当にニーナは聖女様なのね……」

アンがしみじみとそう言う。その言葉に新菜はふっと笑ってしまった。

「今までの私ってそんなに聖女っぽくなかった？」

「少なくとも、ニーナに会うまで私が想像していた聖女様は、『回数が多い』とか『加減をしてほ
しい』とか、そういうことを赤裸々《せきらら》に口にする方ではなかったわね」

そうからかわれて、新菜は眉を寄せてアンを睨《にら》む。

「アンっ！」

「聖女としてはどうかわからないけれど、友達としてはとても親しみやすいわ」

そう笑顔で言われて、新菜も思わず微笑んだ。

そして、その日は日が暮れるまで、二人は尽きることない会話を楽しんだのだった。

◆
◇
◆

新菜が帰ってこない。

もう夕食の時間を過ぎているにもかかわらず、新菜が帰ってこないことにギルは苛立ちを隠さず部屋の中をうろうろと歩き回っていた。

今日に限って仕事が立て込んでいて、授業終わりの新菜を迎えに行けなかったギルは、苦々しく下唇を噛みしめる。

新菜に何かあれば、サリーが知らせてくれるはずだし、サリーが側にいるのに何かあるなんてことはよっぽどでない限りない。ならばこの時間まで帰ってこないのは彼女の意思だ。

新菜の場所を探るためにサリーを呼び寄せようか。ギルとサリーは魂《たましい》で繋《つな》がっている。呼び出せばいつでも応《こた》えるし、来てくれる。だが、そうすればギルが到着するまでの間、彼女は一人になってしまう。たった一秒でも新菜を危険に晒《さら》したくないというのがギルの本音だった。

「ったく、探しに行くか……」

こうして待っていても状況は変わらないだろう。ギルは新菜の寄りそうな場所を、いくつか頭の中に思い浮かべて、足早に部屋を飛び出した。

どうか何事もなく無事でいてくれと願う自分に我ながら呆れる。

俺はこんな風に、ただ一人の女に振り回されるような男だったか、と。

でも、そんな自分が以前の自分より、遥かに好ましく思えた。

そして、王宮内を歩き回っていると、意外に早く新菜を見つけた。

彼女は、以前使っていた部屋の寝台で丸くなって寝息を立てている。その隣にはサリーが尻尾を抱え込むようにして同じように眠っていた。

部屋の机の上に大量の教科書や辞書が置いてあるのを見て、どうやらアンとの授業が終わった後にここで自習して、そのまま眠ってしまったのだろうと推測できた。

ギルは小さく嘆息して寝台に近付き、彼女を起こさないようにそっと寝台に腰掛ける。その振動で新菜は少し身じろいだが、すぐにまた夢の世界に戻ってしまった。

「俺と一緒にいるのが辛いから、部屋に帰ってこないんじゃないよな？」

ギルの呟《つぶや》きに応《こた》えないまま、新菜は安らかに寝息を立てている。

寝ている新菜の前髪をさらりと撫でた。途端に愛おしさが込み上げてきて、彼女の鼻先にキスを落とす。

たった数日だ。想いが通じ合ってたった数日しか経っていない。更に言うなら出会ってまだ一ヶ月だというのに、ギルの心の中にはしっかりと新菜が住み着いていた。

ギルにとって、彼女はすでに心の一部である。今はもう新菜のいない生活なんて耐えられない。

そこまで考えて、ギルはハッとした。

（ニーナはいずれ、元の世界へ戻る……？）

途端に心臓がドクンと大きく跳ねた。

新菜は聖女だ。召喚された聖女は、伝承ではほとんどが元の世界に戻ったという。残った聖女が居ないわけではないが、歴史の中でたった一人だけだ。つまり、新菜もこの世界を救った後、ギルを残して元の世界へ帰ってしまう可能性が非常に高い。

それが世界の本来あるべき姿だと言われればそうかもしれない。けれど、そんな理屈で納得できる程新菜に対するギルの想いは弱くなかった。どうにかして彼女をこの世界に引き留めたい。

どんな手を使ってでもいい。

なら、どうすればいい？

暗い想いでギルはじっと前を見据える。こればかりは冷静な判断を下せる自信がなかった。

新菜が聖女として召喚された理由が『帝国との戦争回避』だとしたら、彼女の聖女としての役目は、最短で帝国との会談までである。その場合、残り一週間だ。

別れの足音がすぐそこまで迫っているような気がして、ギルは胸を掻き毟《むし》りたくなった。

「お前が俺の子でも産めば……」

この世界に留まってくれるか？　そう続けるはずの言葉を、ギルはなんとか呑み込んだ。

「ホント最低だ」

なのに、それが彼女を繋《つな》ぎとめる一番の妙案のような気がしてならない。

ギルは大きく息を吐き出して、思いついた考えを頭から追い出す。

子供のように安らかな寝顔をしている新菜を見て、強張《こわば》った表情がふっと緩《ゆる》む。

気が強い一面も、バカみたいに明るい一面も、強がりで甘え下手《べた》な一面も、全てが愛おしい。

「ニーナ、俺はどんなことをしてもお前と一緒に居たいよ。元の世界に帰すなんて考えられない」

それはギルが初めて人に感じた執着だったかもしれない。そんな感情の赴《おもむ》くままにギルは彼女の唇にキスを落とした。

「んっ……」

新菜が小さく身を捩《よじ》る。薄い瞼《まぶた》が微《かす》かに震えて、ゆっくりと目を開いた。黒真珠のような大きな瞳がギルを映して揺れた。そして、ピンク色の唇がゆっくりと弧を描く。

「おはよ、ギル……」

「こんなところで寝ていたら風邪を引くぞ。大方ここで勉強でもしていたんだろう？」

「なんでもお見通しだー」

間延びした舌足らずな声を出しながら新菜が笑う。そんな彼女の可愛らしい笑顔にギルは胸の中に燻《くすぶ》っていたどす黒い感情が浄化されていくような気がした。

頬を撫でると、嬉しそうに表情を溶かした。それが堪《たま》らなく愛おしい。

「愛してるよ、ニーナ」

そう甘く囁《ささや》くと、新菜はポッと顔を赤くさせた。そんな彼女としっかり指を絡《から》める。

「ニーナは？」

「わ、私も、ギルのこと好きよ」

「愛してる？」

「……あいしてる」

新菜の声は小さかったが、ギルの耳にはっきり届いた。新菜を寝台から起こし、強く抱き締めたギルは彼女の頬に口づけを落とす。

「ちょっと、ギル！　苦しい」

すっかり目が覚めてしまった様子の新菜は抱き締めるギルの腕から逃れようと身を捩《よじ》る。だが、ギルはそれを許さない。

「ニーナ、今日の夜も楽しみだな」

耳朶《じだ》に触れるか触れないかの距離でそう囁《ささや》けば、新菜の全身が一瞬で赤く染まった。

「し、しないわよ！　絶対にしないんだから！」

「大丈夫だ。全部俺に任せておけばいいからな」

ゆるゆると悪戯《いたずら》に背中を撫でる。ビクッと身体を跳ねさせた新菜は目に涙を溜めて、ぶんぶんと首を横に振った。

「ひぃ！　やだやだ！　せめて今日は休ませて！　お願い！」

「せめて今日は休ませてあげなよ。ギル兄」

「そう！　そう！　その通り！　……って、え？」

「……ヨルン!?」

「やっ！」

扉の前で軽く手を上げるのは滅多に研究塔から出てこないはずのヨルンだ。

右手に大きな箱を抱え、左手には大きくて薄い布を持っている。いつものぼさぼさ髪はそのままだが、服装はくたびれた白衣ではなく、ちゃんとした礼装だ。

「いやー。オーサマに聖女さまの健康診断頼まれちゃってさ。まぁ、健康診断っていっても、俺にわかるのって魔法に関することだけなんだけどねー。あ、ごめんごめん、邪魔しちゃったね。いちゃいちゃ続けていいよー」

「……お前いつからいた？」

「『愛してるよ、ニーナ』ぐらいから？」

「まったく気配がなかったぞ！　どうやった⁉」

「この魔道具を使いましたー」

そう言って、ヨルンは左手に持っている薄い布を広げた。真ん中にでかでかと魔法陣が刺繍《ししゅう》されているサテン生地《きじ》の布で、色は深い赤。ヨルンがその布を頭から被り魔力を注《そそ》ぐ。直後、ヨルンの姿は見えなくなった。

「どう？　新作なんだー」

そう言ってヨルンは、ぴょこっと布から顔だけ出した。まるでヨルンの生首が、ふわふわと空中を漂《ただよ》っているように見える。

詳しく話を聞けば、布で身体が全部隠れている状態ならば気配はほぼ消せるのだという。ほぼ、というのは、中には細かな気配まで感じ取れる人がいて、そういう人は騙《だま》せないということらしい。

「ギル兄と聖女さまに一枚ずつあげるね。俺からのプレゼントだよ」

そうしてヨルンは新菜の側まで来て、てきぱきと健康診断を始めるのだった。

「うん。問題ないね。それと聖女さま、これからいっぱい、いっぱい、励《はげ》んでね？　帝国との会談まであと一週間しかないし、魔力はあればあるだけいいからさ」

新菜が絶句する中、ギルの機嫌は一瞬で良くなった。しかし――

「そうそう、オーサマが言ってたんだけどさ、帝国との会談で、ギル兄の健在ぶりをアピールするために、魔法を使った大がかりな余興を予定してるって。覚悟しといた方がいいよ……反動とか」

そのヨルンの言葉にギルの背筋が凍りついた。

◆◇◆

空が藍色《あいいろ》で満たされて、月が空に輝く時刻。新菜は寝台の上でギルと対峙していた。身体を仰《の》け反《ぞ》らせて逃げる新菜を四つん這《ば》いのギルが追い詰めてくる。

「ギ、ギル、今日はもう休みたいなぁ……なんて……」

「さっきヨルンも、たくさん励《はげ》むようにと言っていただろう？　俺もお前を抱きたい。だから、このまま休むのは受け入れられないな」

新菜はじりじりとギルに詰め寄られる。夕食とお風呂を済ませた二人は、あとは寝台に入って寝るだけだ。なのに、彼は夜の運動をしようと新菜に詰め寄ってくる。

「さっきもした！　お風呂場で散々した！　もう今日は寝る！」

「さっきはさっき、今は今だ。俺はニーナを抱きたい。……それとも俺に抱かれるのは嫌か？」

「そ、そうじゃないけど……」

まるで捨てられた子犬のような目をしてくるギルに、新菜は目線を逸《そ》らしてそう言った。

次の瞬間、新菜はギルに押し倒される。

「ひゃぁ！」

「じゃあ、いいだろう？」

先程までの子犬はどこへやら。子犬から百獣の王へと変貌したギルは新菜を捕食せんと、その肩を寝台へと押さえつける。そして、舌なめずりをするように乾いた唇を舌で湿らせた。

「嫌なら本気で抵抗しろ。そうじゃないなら俺はやめないからな」

「ギ、ギルの馬鹿！　変態！　エッチ！」

赤くなってギルを罵倒《ばとう》する新菜を見てギルは笑った。

「なんとでも言え、俺は本気で抱きたいんだ」

ひゅっと、喉の奥で小さな悲鳴が漏《も》れた。ギルの目は本気だ。獲物を狙う肉食獣みたいにギラギラと劣情を孕《はら》んで輝いている。

新菜は身を屈《かが》めてきたギルに、噛みつくような口づけをされた。

「んんんっ!!　……はぁっ」

本当に食べられてしまうんじゃないかという勢いでギルは新菜の唇を貪《むさぼ》ってくる。

ちゅぱっ、ちゅぱっ、と何度も音を立てて吸われるうちに、新菜もだんだんその気になってくる。

「も、やだぁ、疲れてるのにぃ……」

トロンとした顔で新菜が泣き言を口にする。そんな新菜の乳房に手を伸ばし、ギルは少しも悪びれてない声で「悪い」と一言謝った。

「も、一回だけだからね？　それ以上はなし！　いい？」

「あぁ」

ギルは頷きながら同時に新菜の夜着を脱がしにかかる。先程磨いたばかりの白い肌をギルの武骨な指が滑《すべ》った。そして新菜の感じるところを的確に刺激していく。

「んふぁっ」

新菜は甘い声を出して身を捩《よじ》る。彼女の下腹部に手を伸ばしたギルはニヤリと意地悪く笑った。

「もう準備は万端だな。こんなに濡らして何が嫌だったんだ？」

「ひゃぁああ……」

ギルの指がくちゅりと湿った音を立てて新菜の割れ目に侵入してくる。しかも最初から三本ねじ込まれた。新菜はいきなりの質量に背中を反らすが、そこは健気《けなげ》に彼の指を呑み込んでいく。

「もの欲しそうにひくついているな」

「やぁあっ！」

「嫌じゃないだろう？　嘘をつく子には仕置きが必要だな」

その言葉と共に新菜はうつぶせにひっくり返された。そのまま臀部《でんぶ》を突き出すような格好を取らされる。そして、熱く滾《たぎ》ったギルのもので一気に後ろから貫かれた。

「あぁぁぁあぁっ!?」

新菜の叫び声は押し付けた枕の中に消えていく。

ギルはぴったりと身体を重ねて後ろから新菜を抱き締めた。それでいて、彼の抽送《ちゅうそう》はまったく緩《ゆる》まない。むしろ、ぐちゅぐちゅという粘着質な音はいつもより大きい気がした。

「ぎるぅっ……あっ、あっ、あっ、や、やだぁっ！」

「やだ？　ニーナの口は嘘つきだな。身体は、こんなに正直なのに……」

そう言って、ギルは指で新菜の淫核を弾く。

「んひゃぁんっ！」

新菜は、涙を飛ばしながら腰を跳ねさせる。新菜の目に浮かぶ涙をギルは舌で舐《な》め取り、そのまま噛みつくようなキスをした。

「いい顔だな。最高にそそられる」

たっぷりと一分以上もかけて唾液を吸い取られた新菜は、ぎゅっと唇を噛み締めた。

この行為が嫌なわけではない。むしろ気持ち良すぎて頭がどうにかなってしまいそうな程、溺《おぼ》れてしまっている。理性も何もかも吹っ飛んで、永遠にこの行為が続けばいいと思う瞬間があるくらいだ。そんな感情に、新菜自身が戸惑っている。

「ニーナ、俺とこういうことをするのは嫌か？」

「……なに、いきな、り？」

「嫌か？」

確かめるようにそう聞いてきたギルに、新菜は唾液を呑み込んだ。

戸惑ってはいる。けれど――

この行為は彼の気持ちがダイレクトに伝わってくる。心の底から彼が自分を愛してくれているのだと実感できる。想いを向けてもらうことを一度は諦めた新菜にとって、それは涙が出るぐらい嬉しいことだった。

新菜は赤い顔をギルに向けてはっきりと告げる。

「すきよ。だいすき」

「――っ!!」

それは新菜の強い気持ちを込めた一言だった。

新菜の中にある彼自身がドクッと震えて、更に熱く大きくなる。

「も、いっぱぃだってぇっ！　んひゃぁあ――っ！」

新菜が狼狽《うろた》えてギルを見上げる。彼は耳まで赤くしながらいい笑顔を新菜に向けていた。

「なら、最高に良くしてやらないとな……」

そうしてギルは新菜の腰を掴《つか》み、今まで以上に激しく揺さぶってきた。

粘着質な水音を立てて抽送《ちゅうそう》される度に、肌同士がぶつかる音とお互いの荒い息遣いが部屋に響く。

「あ！　あん！　もぉっ！　少しっ！　やすみぃっ！」

「休ませる、わけが、ない、だろう！」

「や、もうっ、むり――っ！」

「無理じゃないっ！」

「あぁぁっ!!」

瞳に涙を溜めながら新菜はシーツを握り締める。お腹の中を抉《えぐ》られる感覚が新菜の頭を熱く燃やす。ギルは喘《あえ》ぐ新菜にぐりぐりと腰を押し付け、最奥《さいおう》をこじ開けようとする。その行為に新菜は思わず腰を引いた。

「逃がすと思ったか?」

「ひゃぁあっ!」

逃げ出そうとした新菜の臀部《でんぶ》を掴《つか》んでギルはもう一度最奥《さいおう》を突いた。そのまま緩《ゆる》く腰を動かしながら、新菜にぴったりと身体をくっつける。そして後ろから新菜の揺れる胸を掴《つか》んだ。

「んんん――っ!」

形を変えるようにもにゅもにゅと揉《も》まれて、頂点を押し潰された。新菜は身体を反らしその快感を必死に逃がす。しかし、ギルは更に激しく腰を打ち付け、内壁を広げるようにかき回した。そうしながら、彼は骨ばった指で新菜のピンク色の頂《いただき》をぎゅっと摘《つま》み上げた。

「やぁぁあぁぁんっ!」

胸の先端を同時に引っ張りあげられて、新菜の頬に涙が伝う。それと同時に内壁が彼をぎゅうぎゅうと締めつけた。ギルは苦しそうに息を一つついて、舌で新菜の背中を舐《な》め上げる。下から這《は》い上がってくる熱い舌に、新菜はぞくぞくと身体を震わせた。

「美味《おい》しいよ」

「へんたいっ! もっ、やだっ、ぎるのっ、えっち!」

もうまともに喋《しゃべ》ることができない頭で新菜は必死にギルを罵倒《ばとう》する。そんな彼女の耳元でギルは優しく囁《ささや》いた。

「そんな俺をお前は好きになってくれたんだろう？」

何度も揺さぶられながら新菜はこくんと頷いた。そして恥ずかしそうに視線を逸《そ》らす。そんな仕草にギルは新菜から身体を離し、今まで以上に激しく最奥《さいおう》を突き始めた。

新菜はあられもない声を上げて枕に顔を押し付ける。

「気持ちいいか？　ニーナっ」

「ん、あ、ぁあぁ、あんっ」

言葉で答える代わりに新菜が首を上下に動かす。ギルは首にキスを落とした。

そうして彼は、更に激しく腰を動かす。ぱんぱんと肌がぶつかり合う音が部屋に響いた。新菜がもう耐えられないとばかりに身体を震わせると、それを見計らったように乳首と敏感な淫核を同時に指で引っかかれた。

「ひゃあぁぁぁぁっ！」

その瞬間、新菜はビクッと背を仰《の》け反《ぞ》らした。チカチカと目の前に星が飛んでいる。強すぎる快感に身体が小刻みに震え手足に力が入らない。ぐったりとシーツに崩れる新菜の身体を支えて、ギルは己の欲望を彼女の中に吐き出した。

（あ……おわった？）

ギルが中で果てたのを感じて、眩暈《めまい》を起こしかけた新菜は安心したように息を吐き出した。しかし、そんな彼女の耳元にギルの信じられない一言が囁《ささや》かれる。

「ニーナ、もう一回……」

甘い声でそう強請《ねだ》られて、新菜はもう半泣き状態だ。彼女の中から自身を引き抜き、再び寝台に組み敷いてきたギルは、汗ばんだ熱い身体を擦り寄せる。

「さっき一回って約束……」

新菜がそう反論しようとするのを唇で黙らされた。彼は唇を合わせたまま緩《ゆる》く身体を撫でてくる。内腿をゆっくり撫でられた時、新菜の理性は限界を超えた。

結局、朝日が昇るまで行為は続き、新菜は翌日、寝台から起き上がることができなかった。


「今日は絶対に、ニーナはお渡ししません！」

「アン……」

袖で涙を拭《ぬぐ》いながら新菜を抱き締めているのは、家庭教師のアンだ。

ギルはその隣で困ったように眉を下げている。

昨日の激しい情事の後、新菜が起き上がれるようになったのは昼過ぎだった。午前の授業は休むとギルがあらかじめアンに連絡しており、授業をすっぽかすという最悪の事態は避けられた。しかし、午後の授業が終わった後、アンはもの凄い剣幕で新菜を迎えに来たギルに詰め寄ったのである。

アンの大きな瞳には涙が溜まっていて、小さな肩はぷるぷる震えている。

「アン、私は大丈夫……」

「貴女は黙ってて！　殿下、ニーナには休養が必要です！　今日は、私がニーナをお預かりしてもいいですわね？」

アンの責めるような鋭い視線に、ギルは諦めたように苦笑した。

「わかった。一日だけだな？」

「いいえ。せめて三日はニーナを休ませてください！　そんなにがっつくと女性に嫌われてしまいますわよ！」

その言葉にギルは天を仰いでため息をついた。

「それを言われると辛い。ニーナ、そうするか？」

「え？　いいの？」

まさか、ギルが許してくれると思っていなかった新菜はギルのその言葉に目を見張った。

「無理をさせたのは確かだしな。ニーナのためなら、我慢しよう」

「あ、ありがと。でも、我慢って……」

「我慢だろう？　俺は一日だってニーナと離れていたくないんだからな」

無骨な指先で顎《あご》を掬《すく》われる。その今にもキスをするような仕草に新菜は頬を赤らめた。

「ばか……」

「なんとでも言え。……アン、新菜を頼んだぞ」

「かしこまりました」

ギルに向かってアンは恭《うやうや》しく礼を取る。

「ギル……ありがと」

これが四六時中側にいたがったのと同じ人だろうか。あまりにもすんなり了承してくれたギルに、新菜は内心驚いていた。すると、ギルはくつくつと喉の奥を震わせて笑った。

「まぁ、その分、帰ってきたら覚悟してもらおうか」

その笑みに、新菜の背筋に冷や汗が流れた。


夜の帳《とばり》もすっかり落ちきった暗闇の中。

サイドテーブルに置いたランプだけがじんわりと部屋をオレンジ色に染め上げる。

新菜はシーツにくるまりながら、ふふふ、と笑みを零《こぼ》した。

彼女の隣で横になっている人物も同じように微笑む。

新菜とアンは、一つのベッドに向かい合うようにして寝ころんでいた。

「私、女子会なんて久々！　アン、今日は心配してくれて、ありがとね」

「いいのよ、ニーナ。今日はゆっくり休んでね。殿下も少しは反省してくだされぱいいんだわ」

『それは無理じゃないかなぁー』

そう言ったのは、新菜の肩に乗っかっているサリーだ。きゅきゅーと背伸びをしながらこちらも寝る準備を整えている。それに新菜は苦笑を漏《も》らした。

「殿下の溺愛っぷりは端《はた》から見ていても恥ずかしいくらいね」

「でしょ？　嬉しいんだけど、誰の前でもあの状態だからいたたまれなくって……」

文句を言いながらも、つい新菜の顔は緩《ゆる》んでしまう。そんな新菜にアンも笑顔になった。

「殿下も今から見せつけておかないと、貴女を他の誰かに取られてしまうのではないかって気が気でないのよ。それと、二人はすでに一緒の部屋で生活しているのでしょう？　未婚の王族の私室に異性が出入りする意味をこの国で知らない人はいないわ。もしかしたら殿下は、未来の奥方として貴女を皆に認識させたいのかもしれないわね」

「……奥方かぁ……」

自然と沈んでしまった声にアンが目を瞬《またた》かせる。

「アン……私、ギルの奥さんになれると思う？」

「ニーナ？」

「今は聖女として特別扱いされてるけど、役割が終われば貴族でもなんでもないただの一般人でしょ。しかも、この世界の人間ですらないじゃない？」

口元に笑みは作っているが、隠しきれない不安が新菜の声を震わせる。

「今は恋人でいられてもさ、ギルの立場だったら、いつか政略結婚しなきゃならないかもしれないじゃない。その時、私ってどうなるのかな？　お払い箱にしろ残るにしろ、ギルが誰かと結婚するところなんて見たくないんだよね。だったらさ、そうなる前に元の世界に戻った方がいいのかなぁって、思うことがあって……」

彼との思い出を胸に元の世界で暮らす方が、目の前でギルが誰かと結ばれるのを見るより余程ましな気がした。

「ニーナは殿下と離れるつもりなの？」

アンの驚いた声に新菜は頬を掻く。

「いやー。聖女ってその国でやることやったら、みんな元の世界に帰るんでしょ？」

「残った聖女も居るのよ？　ニーナはこっちに残るという選択肢はないの？」

「うーん。気持ち的には残りたいんだけどね。ただ、残ったとしても、常識的に考えて王弟でこの国の英雄のギルと一緒になんてなれないでしょ？」

苦笑いを浮かべる新菜をアンは心配そうに見つめる。

「でも、ニーナは殿下のことが好きなのでしょう？」

ぐっと言葉を詰まらせると、アンがシーツの中にある新菜の手を強く握り締めてきた。

「私は二人を応援するわ。愛し合う二人が別々の世界に離れて暮らすなんておかしいもの！」

「アン……」

「大丈夫よ。殿下がなんとかしてくださるわ！　もしグズグズしているようなら、私が極刑覚悟で殿下と国王様に進言するから！」

「きょ、極刑⁉」

いきなり物騒なことを言い始めたアンに新菜は思わず目を剥《む》いた。確かにこの世界で王に逆らおうとするならそのぐらいの覚悟が必要なのかもしれない。だが、この国の王にしても、ギルにしてもその心配は不要に思えた。アンもそれがわかっていて口にしたのだろう。

「アン、ありがと」

「いいえ、友人を心配するのは当然のことですもの」

アンの言葉が胸の中にじんわりと広がっていく。ここにきてまたこの世界から離れたくない理由ができてしまったなと、新菜はそっと微笑んだ。

深夜、新菜は何かを蹴飛ばすような物音で目が覚めた。ゆっくりと身体を起こして辺りを見渡す。月の光で照らされた室内は思ったより明るく、見る限りなんの異常もない。

隣には規則正しい寝息を零《こぼ》すアンが新菜の手を握り締めていた。

新菜はその手をそっと離して、寝台を抜け出す。窓の外を覗《のぞ》くと、金属製のバケツが転がっていた。誰かが置き忘れたそれを見回りの兵士が蹴ったのだろう。そう思った。窓の前を過ぎ去っていく後ろ姿に気付くまでは……

(あの髪の毛!)

その男はくすんだ赤茶の髪の毛をしていた。全身は黒の上下で、腰のベルトにはナイフが二本刺さっている。その格好は、とても見回りの兵士には見えない。

(やっぱり、帝国のスパイ!?)

男の背格好や髪色は以前記憶を映して見たカーリアの従者そっくりだ。後ろ姿で顔は見えないものの、右顎《みぎあご》に傷があれば間違いない。

新菜は男が完全に過ぎ去るのを待ち、そっと窓を開けた。そして、念のために持ってきていた姿を消す魔道具の布を頭から被った。魔力を通すと、たちまち新菜の姿は背景に溶け込んだ。

新菜は量産して持ち歩いている魔法陣を引っ掴《つか》むと、一階の客間の窓から静かに外へ出た。

男は暗闇の中、誰かと話しているようだった。

誰かと言っても相手がいるわけではなく、魔法陣の描かれた手袋に向かって話しかけている。おそらくあれは携帯電話のようなものだろうと新菜は推察した。

男はしばらく話した後、周囲を確認して再び歩き出す。

その後に続いて足を出した新菜は、気付かずに足元の木の枝を踏んでしまった。

静かな庭に小枝の折れる音が響きわたった瞬間、男が新菜の方を振り返った。

(右顎《みぎあご》に傷!!)

振り返った男の右顎《みぎあご》には確かにあの時の従者と同じ傷があった。

新菜は両手で口を押さえ、息を殺して男がこの場から立ち去るのをひたすら待つ。周囲を窺《うかが》っていた男が足早に移動したのを確認した新菜は、小さな声でサリーを呼んだ。

小さな火花が散って、ちび竜が現れる。新菜の側をぐるぐると飛び回り、抱きついてきた。

「サリー、今からここにギルを呼んできてほしいの！　できる？」

『できるけど、ニーナが一人になる。サリー、ニーナの側から離れるなってギルに言われた』

「でも、一大事なの。この機を逃すと捕まえるチャンスがなくなっちゃうかも！　だからお願い！」

『やだ。ニーナ怪我《けが》したらギル悲しむ』

「でも、誰かはあの男を見張ってなきゃ。すぐ呼んできて！　お願い！」

『やだ！』

「サリー！」

「ニーナ？」

布の中でこそこそサリーと言い争いをしていると、背後から新菜を呼ぶ声が聞こえた。

慌てて振り返ると、夜着姿のアンが新菜の名を呼んで走ってくる。新菜がいないことに気が付いて、探しに出てきたようだ。部屋の窓を開け放したままにしたことを後悔する。

アンは新菜の横を通り過ぎ、男が消えた方へ走って行ってしまう。

新菜は咄嗟《とっさ》に被っていた布を取り去り、アンに向かって声を張り上げた。

「アン！　待って！」

その方向には――そう続けるはずの言葉は、アンの悲鳴によって遮《さえぎ》られる。

建物の角を曲がろうとしたアンは、男に捕らえられてしまった。口元を手で覆《おお》われ、両手を後ろで拘束される。

男は慣れた手つきでアンの手足を細い紐《ひも》で縛り、口に布を押し込んで足元に転がす。

あまりに鮮やかな手つきに新菜がその場で唖然《あぜん》としていると、男がこちらを見て口の端を上げた。

「誰がつけてきてんのかと思ったら、聖女サンか。尾行が上手だな。物音がしなかったら気付かなかったぜ」

「……あなた、帝国のスパイなの？」

「はは。もうバレてんの？　そうだよ」

飄々《ひょうひょう》と明るく言っているが、その目はまったく笑っていない。まるで鋭い刃物を突きつけられ

ているような視線だ。新菜はゴクリと息を呑む。だが、グッと両手を握り締めて声を出した。

「アンを、その女性を返して！」

「……いいぜ」

そう言って男はアンの腹部を蹴り上げた。身を縮こませ声にならない声を上げてアンが呻《うめ》く。

「アンっ！」

「あんたと交換ならな。おっと、そのちっちゃいのに、おかしな真似はさせないでくれよ」

今にも巨大化しそうだったサリーを男が指さした。

「聖女サンもな。変なことしたら、この女がどうなるかわからないぜ」

腰から抜いたナイフをアンの頬に数度当てる。新菜が動けずにいると、アンが激しく首を振った。まるで自分のことは放って逃げろと言っているような仕草に、新菜は今にも男に飛びかかりそうなサリーを視線で制した。

男はアンの頭を手で押さえつけて耳を塞《ふさ》ぐ。どうやらここからは二人だけの会話にしたいらしい。

「賢明な判断をありがとう。まぁ、悪いようにはしないぜ？　とりあえず一週間は監禁生活だが、食事も命も保証してやる」

そう言いながら男は口の端を上げるが、やはり目はまったく笑っていなかった。そんな彼の底知れぬ恐ろしさに新菜は手のひらを汗だくにする。

「い、一週間経ったらどうなるの？」

「それは上の判断になるだろうが、まぁ、聖女サンの本当の能力が俺の想像通りなら、きっと優遇されるぜ？」

優遇の部分を強調して言う彼は、新菜の能力を正しく理解しているようだった。優遇というのは要するにいいように身体を使われることを指すのだろう。新菜は身体を震わせながら、それでも相手を探る一言を吐いた。

「帝国の人達に？」

「それは、秘密」

一週間後は、帝国との会談が予定されている。もしかして、会談のために訪れた帝国の人間に新菜を引き渡すつもりだろうか……

「……本当に私が行けば、アンは無事に返してくれるの？」

「もちろん。俺は依頼された殺ししかしない主義なんでね。この女の耳を塞《ふさ》いでるのも、俺なりの優しさだと思ってよ。こんな話聞かれたら殺さないといけないからさ」

新菜は緊張を押し隠し、男をキッと睨《にら》みつけた。

「じゃあ、ギルが迎えに来るまでお世話になろうかしら」

「来ないかもしれないぜ？」

「……来てくれるわよ」

「おもしろい女だな、アンタ。この状況で、泣きも喚《わめ》きもしないなんて」

「あんたなんかに誉めてもらっても嬉しくないわよ」

「はいはい、そーですか」

そう言いながら、男が左手を差し出してきた。新菜はそれに渋々手を乗せる。

「オーケー、取引成立だ。ちなみに、そこのちっちゃいのはついて来させんなよ」

男は右手で胸元のポケットから魔法陣の刻まれた紙を取り出し火を点ける。

「んじゃ」

男は軽くそう言って、炎が紙を焼く前に魔法陣に魔力を通して魔法を発動させた。

一瞬で新菜と男が光に包まれる。

この場から二人の姿が掻き消えた瞬間、魔法陣の刻まれた紙が跡形もなく灰になった。

第八章

新菜がいなくなって三日が経った。

王宮の総力を挙げて王都エルグルントや、その周辺の都市まで捜索の手を広げているが、彼女は未だ見つかっていない。

その場にいたアンの話によると、新菜を攫《さら》ったのはくすんだ赤茶色の髪をした男だという。おそらくその外見から、帝国の間者《かんじゃ》として探していた男だろう。

捜索隊全員に男の絵姿を持たせているが、今のところ目ぼしい情報は届いていない。

アンは新菜が攫《さら》われた責任を感じて丸一日泣いていたが、今は自《みずか》ら捜索隊に加わり必死に新菜を探している。もちろん、ギル自身も不眠不休で新菜の捜索に当たっていた。

新菜を攫《さら》った帝国への怒りと、それを許してしまった自分への怒りに身を苛《さいな》まれながらも、表面上は冷静に各所への指示と捜索を続けていた。

そんな中、ギルは兄王に呼び出され、眩暈《めまい》のするようなことを知らされる。

「明後日《あさって》、ですか？」

「ああ、帝国の使者が突然日程を早めたいと言ってきてな。しかも、もう隣の都市まで来ているそうだ。……わかっているな？　このまま、帝国にニーナ殿を奪われるのも、お前の不調がバレるのも絶対にあってはならないことだ。この国のため、そしてお前自身のためにも、明後日《あさって》の朝までに必ずニーナ殿を見つけ出すんだ」

「わかり、ました」

ギルは王に深く頭《こうべ》を垂れ謁見《えっけん》を終える。しかし、その心中では大嵐が吹き荒れていた。

帝国が新菜を拐《かどわ》かしたのはもはや明白だろう。その帝国の使者が明後日《あさって》に来る。そう思うだけで腸《はらわた》が煮えくり返りそうだった。

(あいつを帝国の手になど渡してたまるか！)

城の廊下を闊歩《かっぽ》しながら、ギルは下唇を噛みしめた。その迫力に周りにいる兵士達が壁に背中を付けるようにして道を譲る。

やはり、〝遠聴《とおき》きの兎《うさぎ》〟によって新菜の力が知られたのだろう。殺さず攫《さら》ったということは、彼女の力を利用するつもりということだ。彼女の力は魔法を使う者にとっては、喉から手が出る程欲しい力だった。彼女さえいれば、どんな大きな魔術だろうと打ち放題だ。

魔力がなくなれば、彼女を犯して溜めればいい。何度でも……

そこまで考えて、ギルは握った拳《こぶし》を更に強く握り締めた。食い込んだ爪が皮膚を破り、手のひらを赤く染める。

その時、誰かがギルの肩を叩いた。ギルは射殺しそうな目で振り向く。

「……ヨルン、何用だ？　俺は見ての通り忙しい」

ヨルンはいつもの飄々《ひょうひょう》とした態度を微塵《みじん》も感じさせない顔つきでギルを見ていた。その様子にギルの態度が変わる。この顔は、何か新菜に繋《つな》がる情報を得たのかもしれない。

「ギル兄、最近魔法使った？」

「いいや」

「俺、聖女さまの居場所を見つけ出せるかもしれない」

その言葉に一瞬ギルの呼吸が止まる。すぐにヨルンの肩を掴《つか》んで激しく揺さぶった。

「どういうことだ!?　詳しく話せ！」

「わかった、わかったからっ!!　説明するためにいろいろ用意したから、とりあえず落ち着いて話せる場所に行こう！」

そうして二人は連れ立ってギルの執務室に向かった。ヨルンはギルの執務室の机に城周辺の地図を広げる。そしてコンパスを取り出して、説明を始めた。

「帝国の使者が一週間後にここに来る予定なら、聖女さまは必ず近くにいるはずだよ。受け渡しのことを考えるなら、エルグルントの中にいるのは確実だ」

「帝国の使者は、予定を早めて明後日《あさって》に来ることになった」

「なら、余計に近くだね」

そう言ってヨルンは、地図の上にコンパスで円を描いた。

「このコンパスの針をギル兄とするよ。そして、この針を中心に描いた円がギル兄と聖女さまがぎりぎり魔力の受け渡しができる六百メートル。以前、この王宮の端から端までって言ったけど、実際に設定したのはぴったり六百メートルなんだ。その設定にはいっさいの狂いもないよ」

「それで？」

「たとえば、この場所を境にギル兄と聖女さまの魔力のリンクが繋がったとするね。そうしたら、同じような地点を他に二つ見つけるんだ」

ヨルンは地図の上に三つの点を書き込み、その三点を通る円を引いた。

「この円の中に聖女さまがいる」

「っ!?」

ヨルンは新たに引いた円を指さして淡々と告げた。

「もちろん、多少の誤差も出てくる。それに、ポイントを確定するために長時間魔法を発動しとかないといけないから、疲労とか反動とか結構あってしんどいかも……」

「構わん」

即断したギルを見てヨルンも頷く。

「範囲が確定されたら、あとは人海戦術になるよ。ただ、ギル兄と聖女さまが持っている小瓶は、近くにいる程中の石が強く光るから役に立つかも」

「わかった」

「じゃあ、早速だけど、まずはここで聖女さまの魔力を使って魔法を使ってみて。直線距離で千二百メートルずつ移動して、ポイントを探っていこう」

気の遠くなる話だが、今はそれに賭けるしかない。

ギルは魔法を発動するために腕を掲げた。以前、試した時のように踊る炎を出そうと、片手で小瓶を握り新菜の魔力の気配を探る。次の瞬間、手に炎が現れた。

「え？」

「ニーナ!?」

まるで信じられない面持《おもも》ちで二人はその炎を見つめる。

「ニーナは、この近くにいる？」

◆◇◆

その頃の新菜はというと、男の愚痴《ぐち》を聞かされていた。

机を挟んで向かい合うように座った男は頬杖をつきながら、延々と依頼主の話をする。その顔からは新菜を攫《さら》った時のような恐ろしさは微塵《みじん》も感じられない。本当に同一人物か疑いたくなる程だった。

「でさ、聖女サンの能力が『魔力の器《うつわ》』だって言っても上の人は誰も信じてくれなくてさー。ホント困ったわけよ。俺としては別に信じてもらわなくてもいいんだけど、そのせいで俺の評価が下がって依頼料ケチられても困るからね」

うんざりだと言わんばかりの態度で男はそう言うが、本当にうんざりしているのは新菜だ。

「で、私を会談まで監禁して、ギルが魔法を使えるか見てみようって話になったんですよね。その話をしていた時、丁度そこに私がやってきて……」

「そうそう！　んで、俺は思ったわけよ」

「『飛んで火にいる聖女サン』」

男の言葉に合わせるように新菜がそう言うと、男は嬉しそうに笑い手を叩いた。

「よく覚えてたなぁ」

「ツヴァイさん。この話十三回目です」

げっそりとした顔で新菜はツヴァイと名乗った男を眺める。

彼は全身黒ずくめの怪しい格好をしながら、意外にもよく話す親しみやすい青年だった。偵察専門の傭兵である彼は、金さえ積まれればどこの国の仕事も受けるらしい。フリーランスは愛嬌が命なのだと力説していたのを思い出す。

ツヴァイは新菜をどこかの地下水道に監禁していた。地下水道の脇に造られた部屋は十分な広さと華美ではないが最低限の家具が揃っていた。

彼の説明によると、どこぞのお偉いさんが襲撃を受けた時に身を隠せるようにと誂《あつら》えた部屋らしい。普段は使われていないそこを、無断拝借しているそうだ。

その部屋で、新菜は延々と愚痴《ぐち》を聞かされていた。三日間ずっと……

「んじゃ、俺昼ご飯調達してくるわ！　聖女サンは部屋から出ないでね。出られないと思うけど」

「はい、はーい」

ガチャリと鍵をかけ、ツヴァイは外に出ていく。

こうやって必要な物を調達しにいく時以外、新菜は四六時中ツヴァイと一緒にいた。もちろん見張りのためなのだろうけど、あのお喋《しゃべ》りな感じからして、単に人と話したいだけなのかもしれない。

完全に足音が聞こえなくなってから、新菜はスカートから一枚の大きな布を取り出した。ヨルンからもらった身体を消せる魔道具だ。新菜は攫《さら》われる前、咄嗟《とっさ》にそれをスカートの中に隠した。

身体検査の際にストックしていた魔法陣は没収されてしまったが、これは取られずにすんだのだ。

新菜は隠していた布を取り出すと、気合いを入れるように頬を叩いた。

「よし！　逃げるぞ！」

実のところ、新菜は端《はな》から迎えなど待つつもりはなかった。

いくらギルやヨルンが頼りになると言っても、どこに行ったのかもわからない人間をすぐに捜し出せるとは思えない。ならば新菜は、とりあえず自力でここから出て、現在地を知る必要がある。

その上で、なんとかギルに会う方法を考えるのだ。

彼は絶対捜してくれているはずだから、きっとなんとかなる。

新菜は根拠のない希望で自分を鼓舞《こぶ》した。

この三日間でツヴァイの行動は大体把握している。彼は昼ご飯の調達に出た後、一時間は帰ってこない。やるなら今がチャンスだ。

新菜は自分の指を噛んで血を滴《したた》らせると、床に大きな魔法陣を描き始めた。

新菜は石の床に、記憶を思い起こしながら魔法陣を描いていった。指の血はすぐに乾いてしまうので、苦痛に顔を歪《ゆが》ませながら何度も噛んで血を滴らせる。いつ帰ってくるかわからないツヴァイに怯《おび》えながら新菜は魔法陣を仕上げていった。

「できた！」

たっぷり四十分以上かけて新菜は魔法陣を完成させた。サイズは新菜が両手両足を広げたより大い。石の床に何度も擦り続けた親指は赤く腫《は》れ上がり、すでに感覚がなくなっている。最後の力を振り絞り、持ってきたハンカチに風の魔法陣を描いてポケットの中に入れた。

その時、こちらに向かってくる足音が聞こえた。ツヴァイが帰ってきたのだろう。

（はー、間一髪だったわ……）

だが、足音が複数あることに気付いて身体を強張《こわば》らせる。もしかして、仲間を連れてきた……そう考えて、新菜の背中を冷や汗が伝った。

新菜はひとまず部屋の隅で魔道具の布を被り、魔力を注《そそ》いで自分の姿を消す。そして逃げる機会を窺《うかが》うことにした。

しかし、扉が開きツヴァイと共に中に入ってきた人物を見て、新菜は悲鳴を上げそうになった。

(て、帝国の皇帝⁉)

アンの授業で何度か目にしたマルクロット帝国皇帝の姿絵にそっくりの人物が目の前にいた。口元に髭《ひげ》を蓄《たくわ》え、こんな地下には不釣り合いな派手な衣装を着ている。更に、その後ろからは、ぞろぞろと帝国の兵士と思われる男達が入ってきた。

「ちょっと、ちょっと、いきなりこんな大人数で入ってきたら聖女サンびっくりしちゃいますよ！」

「その聖女とやらはどこだ。貴様が捕らえたと言うから予定を早めて来たというのに、どこにもいないではないか？」

「あれー？　びっくりして隠れちゃったかな？　おーい。聖女サーンお迎えだよー」

(なーにがお迎えだ‼)

新菜は叫び出しそうな口元を手で覆《おお》う。まさかこんな所に帝国の皇帝を連れてくるとは思わなかった。もし今日、逃げ出す計画を実行に移してなかったらと思うと新菜はぞっとしてしまう。

「ところでツヴァイよ、貴様の言う聖女の能力が『無限の魔力をもった器《うつわ》』だというのは間違いないのだろうな？　でなくては、この儂《わし》がわざわざ出向いた意味がなくなるぞ？」

「本当だって言ってるじゃないですかー。まぁ、俺も直接試したわけじゃありませんが、〝遠聴《とおき》きの兎《うさぎ》〟で聞いていた限り、そうした能力で間違いないはずです」

「じゃあ、あの王弟は？」

「聖女サンの魔力がないと魔法が使えないらしいんで、魔力の器《うつわ》が壊れてるんじゃないですかねー。

信じられませんか？」

「信じられんな。あの男は、たった一人で我が軍を壊滅まで追い込んだのだぞ……」

「もー疑《うたぐ》り深いなー」

新菜は二人の話を聞きながら緊張で生唾を呑み込んだ。どうやら、ギルの事情についても掴《つか》まれてしまっているようだ。

その間にもツヴァイと皇帝の会話は続く。

「だから儂《わし》が直々に聖女の力を確かめに来たのではないか。もし聖女が貴様の言うような力を本当に持っているのなら、王弟のことを差し置いても、我が帝国の力とせねばならん。……ところで、聖女は醜女《しこめ》ではないだろうな？　儂《わし》は醜《みにく》い女は抱けんぞ」

「あー、その辺は心配ないと思いますよー。どっからどう見ても発展途上のうら若き乙女でしたー」

「ほぉ、楽しみだな」

ニヤリと笑ったその顔を見て、新菜の全身にゾワッと鳥肌が立った。このタイミングで行動を起こして本当に良かった。もし一日でも遅ければ、あの脂《あぶら》ぎった皇帝にいいようにされていたかもしれないのだ。新菜は声を押し殺しつつ、部屋に入り込んだ全員が魔法陣の中へ入るのをじっと待つ。

「しっかし、聖女サンはどこに隠れているのかねー。この部屋から抜けられるはずないと思うんだけど……」

「逃がしたのか？」

「まさか……」

（今だ！）

全員が魔法陣に足を踏み入れた瞬間、新菜はその巨大な魔法陣に一気に魔力を注《そそ》いだ。

直後、床に描いた魔法陣が発光し、中から大量の水が室内に溢《あふ》れ出した。

それはまるで荒波のような勢いで兵士達を天井《てんじょう》に突き上げ部屋の外へと押し流す。

「な、なんだぁ!!」

「これ、聖女サンかっ！　ぅわっ!!」

次々と人が水に押し流される中、新菜もその流れに呑み込まれる。

新菜は、水を出した直後、咄嗟《とっさ》にポケットの中に入れていた風の魔法陣の魔法を発動させ呼吸を確保した。元々水路として作られている場所だ。この水路がどこに繋《つな》がっているのかわからないが、出口にさえたどり着けばこの状況から逃げられると新菜は踏んだのだ。

急流に押し流され、めまぐるしく景色が変わっていく。いつの間にか、身体に巻き付いていた布もどこかへ流されてしまった。呼吸を確保するための魔法陣をしっかり握り締めて、新菜は身体を小さく丸めて目を瞑《つぶ》った。何度か石の壁にぶつかって意識が飛びそうになる。

（ギル、ギルっ――――！）

新菜は、ギルのもとへ帰ることだけを考えて必死に痛みに耐える。

水の勢いが急激に強くなったかと思ったら、新菜の身体を独特の浮遊感が包んだ。

見えたのは真っ青な空の青と、白い雲。そして木々の緑だ。

まるでギルに出会った時のようだと思って、唐突に新菜は現状を理解した。

視線を巡《めぐ》らせると、地面から間歇泉《かんけつせん》のように水が噴き出している。その周りが木々で覆《おお》われている様子からして、森に出たのだろう。新菜達のいた部屋は本来要人が身を隠せるようにと誂《あつら》えた地下部屋だ。なので、もしかしたらその脱出口から飛び出したのかもしれない。

新菜が飛び出してもなお、水が噴き出す勢いは収まらない。同じように次々と帝国の兵士達が水に押し出されてくる。その中に皇帝の姿も見えた。

魔法を使える者がいち早く立ち直り、皇帝を救出する。その他の兵も一緒だ。しかし、新菜を助ける者は誰もいない。

「――っ‼」

みっともない叫び声は上げなかった。もし、ここで叫んで帝国側に助けられたら、元の木阿弥《もくあみ》だ。あんな皇帝に好きにされるくらいなら、ここで死んだ方がましだった。

それに、新菜の力が帝国に渡れば、この国は再び戦火に包まれてしまう。

ここで新菜が死ねば聖女の能力を確かめる術《すべ》はどこにもない。たとえギルの不調に気付いていても、一度敗戦を味わっている帝国は迂闊《うかつ》に手を出すことはできないだろう。

新菜はぐんぐん近付いてくる地面をしっかりと見据えた。このまま落ちればきっと死ぬだろう。

(ギル、ギル、ギル‼)

もう一度会いたかった。もっと一緒にいたかった。こんなことで別れたくない――!

(ギル、ギル、ギル、ギル、ギル、ギル‼)

心の中で馬鹿みたいにギルの名を叫んだ。

ピンチの時にヒーローが助けにくるなんて物語の中だけだ。そんなことは百も承知している。

だけど――

「ギル、助けて！」

止まらない想いが言葉となって新菜の口から溢《あふ》れた。視界が涙で滲《にじ》む。

死ぬのなら、会ってさよならを言いたい。出会ってからこれまでのお礼が言いたい。もう一度、心の底から愛してると言いたい。

「ギルっ!!」

その時、視界が真っ赤に染まった。そして、彼に出会った時のような鱗《うろこ》の感触が背中に広がる。クルリと胴体に巻き付く尻尾の感触もそのままだ。

「悪いニーナ、遅くなった！」

赤い竜に跨《また》がる竜騎士殿下がそこにいた。新菜はすぐ地上に降ろされて、ギルに強く抱き締められる。彼の体温と匂いに包まれて、これが紛《まぎ》れもない現実だと実感した。

「大丈夫か？　どこも痛まないか？　怪我《けが》は？」

「ギル！」

新菜はギルに抱きついて厚い胸板に顔を埋《うず》める。柄《がら》にもなく緩《ゆる》んだ涙腺を必死に引き締めるが、それでも溢《あふ》れてくる涙を新菜は彼の服でゴシゴシと拭《ぬぐ》った。

その様子にギルも安心したように息をつく。

「顔を見せてくれ」

両手で優しく顔を持ち上げられる。その顔を見て、ギルの顔が一瞬にして強張《こわば》った。

「誰にやられた？」

「え？　なんのこと？」

きょとんとしている新菜の口の端をギルは親指で拭《ぬぐ》う。そこには乾いた血がこびり付いていた。親指を噛んだ時に付いた血だろう。

ギルは剣呑《けんのん》な視線を前方に向けた。そこには同じように水圧で飛ばされた帝国の兵士と皇帝が必死に体勢を立て直している最中だった。

「誰だ？　誰がお前を傷付けた？」

「ギ、ギル？　これは自分で……」

「殺してやる」

「ひっ」

噴き出した凄《すさ》まじい怒りのオーラに思わず息を呑む。これまでに見たこともない程ぎらぎらと燃えさかる瞳に、新菜は小さな悲鳴を上げた。

そんな新菜の服の袖を誰かが引っぱった。新菜はハッとしてそっちに視線を向ける。

「ヨルン!?」

「聖女さま、おひさしぶりー。無事で良かった。もー、俺、引き籠もりなのにこんなところまで一緒に来ちゃったよー」

へらへらと笑うヨルンは額《ひたい》に汗を滲《にじ》ませている。彼の後方に馬が見えるのでヨルンはきっとそれでギルを追いかけて来たのだろう。

いつもと変わらない彼の様子を見て、新菜の緊張が一気に解ける。

ギルはその場にへたり込みそうになった新菜の身体を支えて、ヨルンに引き渡した。

「ヨルン、ニーナを頼む。それと、防護壁を。少し暴れてくる」

「人使いが荒いなぁ。もぉ。一応言っておくけど、ここで皇帝は殺さないでね。外交問題になっちゃうから。防護壁の強度は？」

「お前が張れる最高クラスので頼む」

「うわ。何それ、本気で戦争起こす気？」

「戦争だったら良かったのにな。敵の大将が目の前にいるんだから、すぐに決着をつけることができるのに……」

「物騒だなぁ。聖女さまが怯《おび》えちゃってるよ？　んじゃ、少し離れているから、殺さない程度にがんばって」

そう言ってヨルンは新菜を先に馬へ乗せ、その後ろに飛び乗った。

「ギル！」

「安心しろ。すぐに終わらせるからな」

晴れ晴れと笑うギルはいつもの彼と変わらない。しかし、その目の奥には隠しきれない怒りの炎が見て取れる。

ギルと目配せをしたヨルンは、馬の手綱《たづな》を引く。馬が嘶《いなな》いて走り出した。

ヨルンは森を抜けたところで新菜を馬から降ろした。新菜はギルを残してきた方を見つめる。

「大丈夫だよ。ギル兄はかすり傷一つ負わずに帰ってくるから。心配なのは相手を全員殺しちゃいそうってだけで」

「でも、結構な人数がいたし、中には魔法を使える人もいるみたいだった。いくらギルが強くても、万が一ってことも……」

敵の数は十人前後。たった一人で彼らを相手にするのは、普通に考えたら無理がある。

しかし、ヨルンは新菜の心配を笑い飛ばした。そして、地面に木の枝で大きな魔法陣を描き始める。おそらく先程言っていた防護壁だろう。複雑そうな魔法陣を鼻歌まじりですらすら描いていく。

「私にも何か手伝えることある？」

「え？　聖女さまが？」

この状態で何もしないのは、なんだか身体がむずむずする。なんの手助けにもならないだろうけど、できることがあれば手伝いたい。

魔法陣を完成させたヨルンは新菜の申し出に目を丸くした後、いつものようにへらりと笑った。

「んー。じゃあ、この魔法陣の発動を頼めるかな？」

「へ？　そんな重大なこと、私がやっていいの？」

「実はさ、俺、魔力の最大値ってそんなに高くないんだよねー。だから、これ発動しちゃうとヘロヘロになるんだよ。その点、聖女さまの魔力は、これを発動したくらいじゃなんともないくらいあり余ってる。そう思うと、ギル兄と散々ヤッといて本当に良かったたって思うよねー」

新菜の肩に手を置いて、魔力の総数を計っていたらしいヨルンはにっこりと笑う。

その言葉を複雑な気持ちで受け止めた新菜は、ゆっくりと首肯《しゅこう》した。

「わかった。やってみる」

「肩の力を抜いて、普通に魔力を注《そそ》げばいいから。あ、そろそろ始まりそうだ。聖女さま、魔力注《そそ》いで。よろしく」

ヨルンが新菜の胸元にある小瓶を指さして言う。すると、その小瓶が淡く光り始めた。それと同時に新菜は足元の魔法陣に魔力を注《そそ》ぐ。

防護壁が張られた瞬間、とてつもない暴風がギルのいる方向から吹き荒れてきた。

木々が音を立てて撓《しな》り、まるで台風のように激しく揺さぶられる。防護壁の中にいる新菜とヨルンは、直接それを受けているわけではないが、辺りの様子はしだいにひどくなっていく。

突然、近くの木の葉に火がついた。その火は、あっという間に森全体に広がっていく。

「山火事!?」

「違うよ。よく見て。木は燃えていないから」

確かによく見ると木自体は燃えていない。正確に言うなら、木の数ミリ外側を炎が覆《おお》っているのだ。

意思を持っているような炎が、何かに誘われるようにギルのいる方向へと向かっていく。

「サリーが仲間を集めてるんだね。サリーは火を司《つかさど》る精霊サラマンダーだから、炎の精霊達の頂点に位置する存在んだ。それが他の炎の精霊を集めてる。ギル兄は皇帝を丸焼きにでもする気かな？」

「ま、丸焼きって……」

「まぁ、丸焼きはないにしても、これからえげつない魔法を使うのは明白だ。聖女さま、気合いを入れて防護壁の維持を頼むよ！　じゃないと俺らとばっちりで死んじゃうから！」

「が、がんばります」

そう新菜が言った直後、とてつもない爆風が森の木々を揺らす。次の瞬間、轟音《ごうおん》を立てて天まで届く火柱が上がった。

「わぁお。皇帝死んだかなー」

間の抜けたヨルンの言葉に、その火柱がギルの放ったものだと理解した。

「本当に大丈夫なの、アレ」

「さぁ？」

新菜が引きつった顔でそう聞くと、ヨルンはただ笑って肩を竦《すく》めた。

◆　◇　◆

帝国の奴らに、それ相応の制裁を加えた後、王宮に戻ったギルは、新菜と再会を喜び合う間もなく兄王に呼び出された。玉座に座る王はギルとよく似た目を鋭く細めながらギルを見下ろす。

「帝国側が今回の会談は中止したいと言ってきた。……ギル、お前何をしたんだ？」

「何も。ご報告した通り聖女を拐《かどわ》かした賊共を追い返しただけです」

「……そうか。よくやった」

「はい」

苦笑いを浮かべる王にギルは頭を下げて、今回のあらましを説明した。

包み隠さず全て話すと、王は心底可笑《おか》しげに笑って、ギルの成果を誉め称《たた》えた。

今回のことで、帝国側にギルの健在振りをこれでもかとアピールできただろうし、聖女の力の真偽も謎のままだ。あの場から唯一姿を消したツヴァイとやらの動向が気になるが、少なくとも数年は帝国側がこの国に戦を仕掛けてくることはないだろう。

「本当によくやった。これで当分この国は安泰《あんたい》だ。お前の力に頼らんと国一つ守れん、無力な王だが……ギルベルト、これからもよろしく頼む」

そう言って、玉座に座る兄はギルに頭を下げた。

「私が陛下と国のために尽くすのは当然です」

そんな兄に、ギルは最上級の臣下の礼を取る。その後、悪戯《いたずら》を思い付いたような顔をして、兄王を見つめた。

「……兄上、この度のことを誉めてくださるなら一つだけお願いしたいことがあります」

「なんだ？」

内緒話をするようなギルの様子に、国王はどこか面白そうな顔をして頷く。

「それは……」

◆　◇　◆

「えっと、ギルはこの部屋に居るのよね？」

「そうでございます」

「で、私を絶対入れるなと？」

「はい」

「何故？」

「私にもわかりかねます。申し訳ございません、聖女様」

全てが終わり、アンから涙ながらの謝罪を受けたその日の晩。

新菜はいつまで経っても部屋に帰ってこないギルを探して城を彷徨《さまよ》っていた。やっとギルの居場所を突き止め、部屋に入ろうとしたところを侍女頭に止められたのだ。

新菜は部屋の前でうーんと首を捻《ひね》る。今日は心行くまでギルと仲良くするつもりでいた。それなのに、当のギルが部屋に籠もって出てこない。しかも、新菜を避ける理由もわからなければ、いつまで籠もるのかもわからないのだ。

新菜としては、はいそうですかと納得できるはずがない。

侍女頭に許可をもらい、部屋の前でギルに呼びかける。とにかく本人と話がしたい。

「ギルー。居る？　大丈夫？　体調悪いの？」

ノックして声をかけると、扉の向こうで足音が聞こえる。そしてすぐに返事があった。

「ニーナ、俺は大丈夫だ。ただ、悪いが今日は一人で過ごしてくれないか？　その、少し、しんどくて、だな……」

彼の息遣いはいつもより荒く、苦しそうに掠《かす》れていた。

「え!?　体調崩しちゃったの？　大丈夫じゃないわよ、それ！　ねぇ、中に入れて！」

「今、『挿《い》れて』とか言うな。頼むから」

熱でも出ているのだろうか、ギルのその声には深い苦悩が混ざっていた。

「え？　だって、部屋の中に入れて欲しいから。ねぇ、入れてよ！　目を見て話がしたい！」

「う……」

小さく呻《うめ》いて、ギルの気配が一瞬固まった。扉に張りついた新菜は中の様子に首を傾《かし》げる。扉に耳を付けると、苦しそうな荒い呼吸が聞こえてきた。

「ギル？」

急に黙ったギルを心配して新菜は扉を叩いた。

「ねえ、本当に心配なんだけど、顔も見せてもらえないの？」

焦ったように早口でそう言えば、先程よりは幾分かはっきりとした声だ聞こえてくる。

「悪い。今は会いたくない」

その言葉に、新菜の胸がぎゅっと締め付けられた。もしかしてこれは、暗に避けられているのではないかという不安が頭をもたげる。

帝国との会談もなくなり、当分の間、帝国がこの国を攻めてくることはないだろうと王に聞かされたばかりだ。つまり、ここでの新菜の仕事は終わったということだろうか。

マイナス思考に陥《おちい》りそうになった新菜は、慌てて首を横に振る。

攫《さら》われた新菜を捜して、ピンチに駆けつけてくれたギルを思い出す。新菜の無事を心から喜び、強く抱き締めてくれた彼が、そんな風に思うはずがない。ならば何故、彼は新菜を避けるのだろうか。何か他に、会えない理由があるというのか……そこまで考えた新菜は、ハッとある可能性に気付いた。

「ギル、もしかして魔力を使いすぎた反動ってやつ？　前にヨルンが反動があるって言ってた気がする！　ねぇ、ギル、反動が辛いの？」

新菜が扉に縋《すが》って中に声をかけると、少しの沈黙の後、躊躇《ためら》いがちなギルの声が聞こえた。

「……まぁ、そうだな」

「身体が辛いの？　ねぇ、私に何かできることってない？」

「……なくはないが、それをすると、きっとお前の身がもたない」

「ん？　ギルの身体がじゃなくて？」

「あぁ」

意味がわからず新菜が首を傾《かし》げていると、扉が少し開いてギルが顔を覗《のぞ》かせた。その顔は熱があるように赤く火照《ほて》って、目が潤《うる》んでいる。

「俺は本当に大丈夫から、今日は帰れ。明日には落ち着いているから、話はそれからにしよう。頼む、これ以上ここにいられると、こちら側に閉じこめてしまいそうになる……」

「『こちら側に閉じこめて……』って、それこそ望むところなんだけど」

「う……。お前はまた！　俺がどんな思いで我慢してると……」

天を仰ぐようにして、新菜から視線を外すと、ギルは苦しそうに息を吐いた。

新菜は少しだけ開いた扉に手をかけると、一気に開け放つ。そして、ギルが何か言う前に、その脇をするりと通り抜け部屋に押し入った。

「ニーナ！」

「看病ぐらいさせてよ。ギルが魔力を使いすぎたのって私のせいでしょ？」

「それは気にしなくていい。頼むから、今は帰ってくれ……」

「いや！」

「ニーナ！」

咎《とが》めるようなその声に新菜はしゅんと項垂《うなだ》れた。拗《す》ねるように顔を背ければ、ギルのため息が聞こえてくる。

「ギルは、私と一緒にいたくないの？」

「それは……」

「私は一緒にいたいよ。この三日間、寂しかった。ずっとギルに会いたかった」

「…………」

「ギルはベッドに寝てていいよ。邪魔にならないようにするから、看病くらいさせて……」

お願い！　とじっと見上げた新菜の視線を一身に受けて、ギルはごくりと喉を鳴らした。

「ニーナ、俺はお前に乱暴なことをしたくないんだ」

「へ？　なんの話？」

「このままだと、無理矢理お前を組み敷いてしまうっ！」

「えっと、反動が辛いって話よね？」

「あぁ、反動でお前を抱きたくなるって話だ」

そう言って、ギルが熱く見つめてきた。

新菜はようやくギルの状況を理解した。ギルの呼吸が荒いのも、瞳が潤《うる》んでいるのも、新菜に早く帰れと言ったのも、全ては反動で欲情していたからなのだ……

ぐっと言葉に詰まった新菜から距離を取って、ギルはドサリと寝台に腰を下ろした。

何かを抑えるようにふーっと息を吐き出し、辛そうに額《ひたい》に手を当てる。

「お前の魔力を使うと、使った量に応じて俺はお前に淫《みだ》らなことをしたくなる。小さな魔法だとキスだけで治まるが、今日みたいに大きな魔法を使った後は抱きたくて仕方なくなるんだ。今も、お前を組み敷いて己をねじ込みたい欲求を必死に抑えている」

「ねじこむって……」

「一晩、我慢すれば治まる話だ。だから今日は俺に近寄るな。正直、お前を見てるのは辛い」

そんな赤裸々《せきらら》な告白に新菜の体温は爆発寸前まで高まった。口をぱくぱくさせて何か言おうとするも、言葉が出てこない。

「……ちょ、ちょっと、ごめん」

ようやくそれだけ言うと、新菜は真っ赤な顔でギルから離れた。

そして、両頬を叩いて気合を入れると、部屋の奥にある扉に向かったのだった。


部屋に戻るとギルは枕に顔を押しつけ、布団を被っていた。

新菜が声をかけると、ギルはビクッと身体を跳び上がらせる。勢いがありすぎたのか、そのまま寝台から転げ落ちた。

「ギル、大丈夫？」

新菜は慌てて、ギルの側に膝をつく。

「ちょっと、大丈夫？」

「おま、な、な、なんて格好で……」

「だって、結局は裸になるんでしょ？」

新菜は恥ずかしさに視線を逸《そ》らしながら、そう言った。

今の新菜はタオルを一枚身体に巻きつけただけの、湯上がり状態だ。

「お、お前は、俺が言った言葉を理解していなかったのか!?　そんな格好でこの部屋にいたら、どうなっても知らないぞ！　俺の都合のいいように取るからなっ!?」

真っ赤になったギルが、新菜から顔を逸《そ》らしてまくし立てる。

「まあ、一応、それなりの覚悟はしてきたつもりよ」

「あぁ！　もぅ！　俺は、抱くと言ってるんだぞ！　しかも乱暴にだ！　今の俺は手加減してやれない！　お前はそれをわかってない！」

耳を劈《つんざ》くような怒鳴り声を上げた彼は、頭を抱えて項垂《うなだ》れた。下唇を噛み、辛そうに眉を寄せる。

「あのね、私のために起こった反動でギルが苦しんでいるなら、私もできることをしたいの」

「そんなこと、望んでない！」

「それにさ、私も、ギルに抱かれたかったし……」

その言葉にギルが息を呑んだのがわかった。

新菜は羞恥心《しゅうちしん》で頬を染めながら、もじもじと下を向いて言葉を続ける。

「さ、寂しかったって言ったでしょ？　攫《さら》われてた三日の間、ずっとギルに会いたかったし、抱き締めて欲しかったの。乱暴にするって言うならすればいいじゃない。ギルにされるならそれくらい別にいいわよ」

「ニーナッ！」

「きゃっ！」

いきなり力一杯抱き締められて、新菜は素《す》っ頓狂《とんきょう》な声を出してしまう。厚い胸板に閉じ込めるように抱き締められて、心臓が早鐘を打った。

「後悔しても、もう遅いからな……」

いつもより低い声で、そう告げられる。

痛いくらいの強さで新菜の肩を掴《つか》んだギルは、荒い呼吸を整えるように新菜を見下ろした。

「うん」

新菜は、静かに頷いてギルの身体に手を回した。

寝台に押し倒された新菜は、すぐにタオルを剥《は》ぎ取られて一糸纏《まと》わぬ姿にされた。

新菜の身体はギルの唾液まみれで、そこら中に赤い花が咲いている。開かれた両膝の奥では、すっかり潤《うるお》った陰唇が物欲しそうにひくついていた。身に纏《まと》っているものを全て脱ぎ去ったギルは、己の欲望を新菜の入り口に宛てがう。

「ニーナ」

荒い息を吐きながら甘ったるい声で名を呼ばれる。ギルは新菜の片足を持ち上げ肩にかけると、なんの躊躇《ためら》いもなく昂《たかぶ》りを新菜の中に突き刺した。

バチュンと湿った衝突音が響いて、新菜は息を詰める。

「は、は、は、ぎるぅ……」

「ニーナ、も、無理だ……」

新菜の呼吸が整う前にギルは激しい抽送《ちゅうそう》を開始する。何度も腰を打ち付け、最奥《さいおう》を突き上げる。

「あっ、あっ、あっ、あっ、ギル、ちょ、速いっ」

「すまん、もう、止められない」

「あっ、ぁはっ、あんっぁ、あ、あぁ!」

新菜は必死にギルの首に縋《すが》りつく。かつてない程感じてしまい、あられもなくよがって喘《あえ》ぎ声を漏《も》らす。新菜はギルの顔を引き寄せて、荒い呼吸のままキスをした。

そのキスで冷静になったのか、ギルはがむしゃらに突いていた腰を徐々にゆっくりにしていく。

「ニーナ……」

ギルは掠《かす》れた声で新菜の名を呼ぶ。そして愛おしそうに新菜の額《ひたい》に張り付いた前髪を払った。

「このままだとお前を抱き潰してしまいそうだ」

「ギルになら、いいよ」

蕩《とろ》けた顔で新菜がそう言うと、彼女の中の彼が少し震えた気がした。

ギルは何かを堪《こら》えるように息をついて、新菜を見下ろす。

「……あまり俺が図に乗ることは言わない方が身のためだぞ」

「んひゃぁっ！」

ギルは繋《つな》がったままの新菜の身体を抱き起こして、胡坐《あぐら》をかいた自分の上に座らせる。ギルはそのまま新菜の腰をゆらゆらと揺すり始めた。

「ひゃぁっ、あぁっ……っ！　ふかいっんんっ!!」

円を描くように内壁を掻き回されて、新菜は頭まで溶けてしまいそうな感覚に襲われる。

ギルの肩口に顔を埋《うず》め、必死に快感に耐える。その背中をギルが優しく撫でた。

「もう、離れられないな。……お前がいない人生なんて、考えられない」

辛そうに眉を寄せながら、熱に浮かされたみたいにギルが言う。

その言葉に、新菜はぎゅっと彼を締め付けた。ギルは小さく呻《うめ》いて、額《ひたい》に汗の玉を滲《にじ》ませる。

「そんなに締め付けるな。これでも優しくしようと努力しているんだぞ？」

ギルが優しく新菜を抱き締める。その身体は燃えるように熱くて、新菜はギルの逞《たくま》しい身体にしがみついた。

「ぎるぅ、わたしも……」

「ん？」

「わたしも、ずっと、いっしょにいたい」

彼の言葉が嬉しくて、幸せで、新菜はぐすっ、と鼻を鳴らして彼を見つめた。今にも溢《あふ》れそうな涙が新菜の瞳を揺らめかせる。

「ニーナ？」

「ギルは、私と、ずっと一緒にいてくれる？」

ずっと胸にあった不安が、涙と一緒に新菜の口から零《こぼ》れていく。

夢みたいに幸せなこの時間も、いつかは消えてしまうのではないかと不安だった。

もしも、彼に飽きられて捨てられたら？　もう愛してないと言われたら？　そう思うだけで新菜の心は張り裂けそうになる。

「私、ギルにずっと愛されていたい。もう、寂しい思い、したくないっ」

しゃくりあげるように泣き出した新菜の身体を強く抱き締め、ギルは宥《なだ》めるように頭を撫でた。

「愛してる、ニーナ。これからもずっと。決してお前に寂しい思いはさせない」

「ん、私も、ギルのことっ、ぁっ、あっ」

再びギルの腰が打ち付けられる。奥を突かれる度に新菜の肉壁はギルに絡《から》みつき、より深く誘い込むようにうごめいた。どちらからともなく唇を重ね、まざり合った唾液が二人の間を繋《つな》ぐ。

「何十回だって、何百回だって、こうやって教えてやる。俺がどれくらいお前を愛しているかっ」

「あっ、ひゃっ、んっ、あっ、あぁっ!!」

何度も何度も唇を合わせながらギルは激しく腰を突き動かす。

「だから、もう何も怖がらなくていいからなっ！」

ギルは新菜の腰を掴《つか》み、一気に最奥《さいおう》まで己を突き入れた。

「ひゃぁああんっ！」

新菜は弓なりに背を反《そ》らし達してしまう。そんな彼女を強く抱き締め衝撃を堪《こら》えたギルは、再び新菜を寝台に押し倒し今まで以上の速さで腰を打ち付け始めた。

「ひゃぁああんあぁやぁっ――――っ!!」

「あぁ、ニーナ、気持ちいいよ。最高だ。もっと、もっと欲しい」

更に激しく腰を打ち付けられて、新菜は再び快感の天井《てんじょう》に押し上げられた。喘《あえ》ぎすぎて息が上手《うま》く吸えない。浅い息を何度も繰り返し、新菜は身体を仰《の》け反《ぞ》らせた。

「んあぁあぁぁあぁっ――――！」

「んんっ」

新菜が達した瞬間、最奥《さいおう》に熱いマグマが放たれた。

全身が溶けてしまうようなその熱さに、新菜の身体がビクビクと震える。

新菜を抱き締め小刻みに身体を痙攣《けいれん》させたギルは、息を切らしながら新菜を見つめて微笑んだ。

その笑みに、新菜の胸が温かくなる。

「ギル、すき」

「俺も、愛してる。ニーナ」

額《ひたい》をくっつけるようにして微笑み合うと、ギルがゆっくりと再び腰を動かし始めた。


「も、むりぃ……」

寝台の上で、息も絶え絶えに新菜が弱音を漏《も》らす。

あれから夜通しギルに抱かれた新菜は、すでに指先一つ動かせない程体力を消耗していた。

窓から差し込む朝日を受ける二人の身体は、汗や体液でべとべとだ。とりあえず一回風呂で身体を綺麗にしたいし、食事もしたい。

しかしギルは、新菜を組み敷いたままニヤリと笑った。

「ほら、わがままを言うな。まだまだ続けるぞ」

そう言ってギルは、新菜の首筋に顔を埋《うず》めてくる。

「本当はもう反動治まってるんでしょ!?　顔に余裕があるし、さっきから凄く丁寧だし！」

「ん？　ニーナは乱暴にされる方が好みだったのか？　それは悪いことをした」

顔を上げたギルは、間近から新菜を覗《のぞ》き込んでにっこり笑う。

「ちーがーうー!!　とりあえず、一回休ませて！　ご飯食べたいし、シャワーも浴びたい！」

「……そうか。なら、ほら」

身を起こしたギルがおもむろに片手を上げる。そこに握られているのはサンドイッチだ。目を白黒させている新菜をゆっくりと起き上がらせて、ギルは自分の足の間に座らせた。

そして、口元にサンドイッチを近付けてくる。

新菜は促《うなが》されるままそのサンドイッチにかぶりついた。生ハムの塩辛さと葉物野菜のしゃきしゃき感が口いっぱいに広がって、思わず頬が緩《ゆる》んでしまう。

運動をした後の食事がおいしいというのは正にこのことだと、新菜は改めて実感した。

「あと、身体を綺麗にするんだったな。ついでに寝台も綺麗にしておくか」

そう言うと、ギルは指で小さく円を描いた。途端に、新菜の身体が風呂に入った後のようにさらさらになる。寝台のシーツもぱりっとのりが利いた状態に戻っているのに気が付いた。

「ギル、これって……」

「まだあるぞ、ほら。飲み物もいるな」

ギルが何もない空中に手を伸ばすと、空間が歪《ゆが》んでギルの腕が見えなくなる。しばらく探るようにしていたギルが空間から腕を出すと、その手にはコップに入ったジュースが握られていた。

それを新菜に渡しつつ、ギルもサンドイッチにかぶりつく。

彼は、もう一つどうだ？　と新菜にサンドイッチを差し出してくる。それを丁重に断って、新菜は頭に浮かんだ恐ろしい想像を恐る恐る口にした。

「ギル。今のって全部魔法よね？　食べ物を出したのも、一瞬で身体が綺麗になったのも」

「ああ。サンドイッチは、厨房からもらった。後で詫びとかないといけないな」

ギルは、サンドイッチを平らげながら、からりと笑った。

「……その魔力は、どこから？」

「聞いたら後悔すると思うぞ」

新菜の想像を肯定するようにギルは機嫌のいい笑みを浮かべた。その顔に新菜は青くなる。

「わあぁぁあぁ!!　ギルのバカバカ!!　自《みずか》ら反動起こすようなことしたらダメでしょうが!!　なんのために私が朝までがんばったんだと思ってるのよ!!」

「今さら気付いてももう遅い。さて、食後の運動をしようか、ニーナ」

「ひぃいいぃ!!」

甘ったるい声を響かせて、耳の裏をねっとりと舐《な》められる。新菜はこれから起こることを予想してギルの腕から逃れようとするが、逞《たくま》しい彼の腕はピクリともしない。更にギルは恐ろしいことを口にする。

「ついでに、体力を回復する魔法もかけておいたから、存分に励《はげ》めるぞ」

「なにその無限ループ!!」

青くなる新菜は、再びギルに寝台へ押し倒されていた。

◆◇◆

聖女誘拐事件から、二週間。

新菜は、以前と同じ幸せな日々を送っている。だが、一つの悩みがあった。

「ヨルン、何か使える魔術教えて！　それか、いい働き口！」

「意味わかんない。何いきなり」

研究塔の扉を開けると、眉をひそめたヨルンと目が合った。

手に分厚い魔導書を持った彼は、白衣の端を黒く焦《こ》がしている。どうやら実験を失敗させたらしい。彼の機嫌はあまり良くなさそうだった。

新菜はそんなヨルンに怯《ひる》むことなく側の椅子へ座って頬杖をつく。

「うーん。いつまでも根なし草じゃダメだと思って。できればどこかで働きたいんだけど、いい就職先ないかな？」

「え？　なんで？　働くの？」

「うん。魔法は使えないけど、魔術なら少しは使えるようになったし、どこか雇ってくれるところ知らない？　それか、一人で食べていけるような便利な魔術」

「え？　なんで？　ギル兄は知っているの？」

「ううん。ギルには決まってから話そうと思って！」

「………それは、とてつもなく怒られるヤツだと思うよ」

ヨルンは心の底からため息をついた。烈火のごとく怒るギルが容易に頭に浮かぶ。

働き口を探すというのは、新菜にとっては自立だろうが、ギルにとっては離別だ。そんなことを彼が許すはずがない。

「どうしていきなりそんなこと言うのさ。今までそんなそぶりなかったよね？」

「だって、聖女としての仕事も終わったし、せめて自分の食い扶持《ぶち》ぐらいは自分で稼《かせ》ごうと思って。働かないと食べていけないのはこの世界も一緒でしょ？　ギルに甘えるのも気が引けるしさ」

「はぁ？　聖女としての仕事が終わった？」

「ヨルン、ニーナの居場所を知らないか？」

その時、丁度よくギルが部屋に入ってきた。

いつからここは寄り合い場所になったのかと、ヨルンは内心頭を抱える。

部屋に入ってきたギルは新菜の姿を見つけると微笑みながら彼女に近付き、その腕にすっぽりと納めてしまった。その顔はどこまでも甘い。

「ここにいたのか。あまり俺の目の届かない所に行ってくれるな。お前が元の世界に帰ってしまったんじゃないかと不安になる」

「ごめん。ちょっとヨルンに用事があって」

「元の世界？」

ヨルンがギルの言葉にいぶかしげな声を出した。

「えっと、二人とも何か勘違いしてない？　聖女さまは、まだ〝聖女〟だと思うんだけど」

「へ？」

素《す》っ頓狂《とんきょう》な声を出したのは新菜だ。ギルも驚いたように目を見開いている。

「そもそも聖女の仕事が終わったら聖女さまの能力は消えるはずだよ。だけど、聖女さまの能力は未だ健在だ。昨日魔力を計ったばかりだからこれは確実。だから、聖女さまはまだ元の世界に戻らないし、戻ろうと思っても戻れない」

「そうなのか？」

「そうなの。そもそもなんでそう思ったのさ。帝国との会談がなくなったから？　そのうちまた、ちょっかい出してくるかもしれないのに？」

口をつぐむ二人に、ヨルンはバカにしたような視線を向けた。

「文献によると、今まで召喚された聖女は最低でも一年は帰ってない。一、二ヶ月で元の世界に帰るなんてこれまでの事実から見ても絶対にあり得ない。たぶんだけど、聖女さまのお仕事は帝国が滅ぶか、ギル兄が死ぬまで続くんじゃないかな？　どちらにしても先の長い話だよね」

やれやれとヨルンが肩を竦《すく》めると、気の抜けたようなギルが首を折る。

「じゃあ、ニーナが今すぐ帰ることは？」

「あるわけないでしょ？　バカなの？」

「……お前機嫌悪いな」

何かあったのか？　とギルがヨルンを見る。ヨルンはそんな彼を目を細め睨《にら》んだ。

「ここの所、誰かさん達のせいで研究は進まないし、久々の実験は失敗するし……。俺だって機嫌くらい悪くなるよー」

「すまん」

間延びしたヨルンの喋《しゃべ》り方はいつも通りだが、隠しきれない怒りをひしひし感じる。

ギルが思わず謝ると、話は終わったとばかりに部屋の外に押しやられた。

「じゃ！」

短く言ったヨルンは、勢いよく扉を閉める。その音がやけに大きく響いた。

追い出された二人は顔を見合わせて、困ったように苦笑いを浮かべる。

「と、いうことらしいので、まだしばらくよろしくお願いします」

そう新菜が頭を下げると、ギルは当たり前だと言うように胸を反らした。

「〝まだしばらく〟じゃないだろう？　俺は一生、お前を離すつもりはないからな」

「ありがとう」

胸に手を置いて、新菜は顔を綻《ほころ》ばせる。

「ニーナ、愛してるよ」

「私も、愛してる」

そうして、二人は口づけを交わした。

エピローグ

「ニーナ様、このドレスはどうでしょうか？」

「いやー。そんな派手なの着る予定がないっていうか。私別に新しいドレスいらないんで、お引き取りいただいていいですか？」

「着る予定がないだなんて！　そんな！」

「いや、ほんとないんで」

今日何人目かわからない仕立屋を部屋から追い出し、新菜は応接室のソファーに身体を預けてため息をついた。それを見計らったように、侍女が部屋をノックする。

「聖女様、今度は靴屋と宝石商が面会を求めて来ていますが」

「……できれば断ってもらえると助かるんだけど」

「承知いたしました」

軽く礼をして去っていく侍女の後ろ姿を、新菜は申し訳ない気持ちで見送り、うんざりとした顔で再びため息をついた。

最近、妙に周りの様子がおかしい。

仕立屋に始まり、宝石商、靴屋、化粧品や扇子のような小物を扱う小売商まで、ひっきりなしに新菜を訪ねてくるのだ。

おかげで、新菜は日中ほぼ応接室に缶詰状態になっていた。

「なんでこんなことに……」

ぐったりしながらぼやくと、窓の外には青い空が広がっていた。窓を開け放つと、清々しい空気が部屋の中に入ってくる。新菜は誘われるように窓から外に飛び降り、庭へ向かって歩き出した。

「庭を歩くのもいいけど、どうせなら街まで行ってみようかなー」

何気なく呟《つぶや》いた言葉だが、声にしたら妙案に思えて、新菜は足取り軽く城門を目指したのだった。


外に顔を出すと光が網膜を焼いた。新菜はそのまま梯子《はしご》を上がって地表に出るとぐぐーっと背伸びをした。

「まさか、ツヴァイに監禁されていた地下水路が、この国の王族専用の避難部屋だったなんてねー」

それを聞いたのは救出された後のことだ。もう何十年も本来の目的で使用されたことがないその部屋を、ツヴァイは無断で拝借し潜伏先として使っていたのだという。

考えてみれば王族専用の避難部屋なので、もちろん王宮に繫《つな》がっている。更に、出入り口は街や森、川の近くなど、至る所に通じていた。

そう考えると、ここは城の中の様子を探るのに、うってつけの隠れ場所だった。

ギルはすぐさま手を打って、この場所に限られた人間以外使用できないという結界を張った。新菜はその許可の中にいる。

それを逆手にとって、新菜は秘密裏に街の近くへやって来たのである。

「あの門番、ほんと融通《ゆうずう》がきかないんだから」

新菜とて、最初から地下水路を使うつもりはなかった。しかし、門番に止められてしまったのだ。

『聖女様に何かあったら殿下に叱られてしまいます！』の一点張りで、新菜を外に出してくれない。

あげくの果てには騎士を呼ばれて、外出するなら最低三人は護衛の騎士を付けろと言い出したのだ。

そこで仕方なく、地下水路を使ったのである。

新菜はこの世界では目立つ黒髪を布で隠し、軽い足取りで街に向かった。

一年中お祭り騒ぎのその街は〝喝采《かっさい》のエルグルント〟の名に相応《ふさわ》しく、今日も大変賑《にぎ》やかだ。

「凄い賑《にぎ》わいよう……」

ギルと一緒に訪れたのは、もう二ヶ月以上も前の話だ。

その時も賑《にぎ》わっていたが、今日はその時以上にお祭り騒ぎな気がする。

至る所に露店が開かれており、様々な大道芸人が己の技を披露している。あちこちで店主が声を張り上げ、道行く人を呼び込んでいた。

人の多さに圧倒されながら新菜が歩いていると、不意に肩を叩かれた。

「お嬢さん！　このめでたい日に花でも買っていかないかい？」

声をかけてきたのは花籠を持った女性だ。日に焼けた肌に溌剌《はつらつ》とした笑みを浮かべて、彼女は新菜に籠の中の花を見せてくる。

「めでたい日って、何かあったんですか？」

「おや、知らないのかい？　もしかして、エルグルントに来るのは初めてかい？」

「いえ、久々に来たら、凄く賑《にぎ》わっていてびっくりしてしまって」

「そうかい、そうかい。エルグルントは元々賑《にぎ》やかな街だけどね。これは特別だよ！　なんせ、あの王弟殿下が婚約を発表したんだからね！」

「え？　おうてい？」

「竜騎士殿下と言った方が通じるかな？　三年前の戦の英雄だよ。その王弟殿下が婚約されたんだ！　だから街はお祝いムード一色で、ここのところは昼も夜も騒ぎまくりなんだよ！」

新菜は目を瞬《またた》かせて固まった。もしかして、この女性が話題にしているのは自分の恋人とは別の人のことではないかと思わず我が耳を疑う。

「あの、何かの間違いなんじゃ……」

「間違いなわけあるものか！　もう王様にも許しを得ているって噂だよ。近々お披露目があるらしくて、皆、そのお相手に自分を売り込もうと必死さ！　毎日のようにお城に詰めかけているよ。なんせ、その人に認められれば王室御用達《ごようたし》になれるチャンスだからね」

「へ、へぇー……」

どこかで聞いた話だと思いながら、新菜は女性に相槌《あいづち》を打つ。

新菜とギルは恋人同士だが、そんな話は何も聞いてない。

それならば、彼の相手は誰なのだろうか。

（まさか、政略結婚……？）

新菜は頭に浮かんだ可能性を必死に振り払った。

あんなに自分への愛情を伝えてくれるギルが他の人と結婚するはずがない。

（じゃあ、いったい誰と……？）

なんとも言えないモヤモヤした感情で胸が詰まる。同時に鼻の奥がツンと痛んだ。

そんな鬱々《うつうつ》とした気分を、花屋の女性の一言が吹っ飛ばす。

「相手は誰だと思う？　なんと、この国の『聖女様』なんだって！　いつの間に召喚されていたんだって話だろう？」

「………ん？」

あまりにもびっくりして、涙が引っ込んだ。つい疑わしい目を花屋の女性に向けると、心外だと肩を竦《すく》められた。

「本当だって！　ほら、コレが証拠。王宮から配られたヤツだよ！」

そう言って、女性が差し出してきた紙には、王弟殿下と聖女が正式に婚約したと書いてあった。

そして、その祝いとして、税率を半年間三パーセント引き下げると書いてあるのだ。

「みんな喜んじゃって。ほんと聖女様々！　ってことで、お嬢さんもお花一本いかが？」

「そうだな、一本と言わずに全部もらおうか」

そう言ったのは新菜ではない。

新菜の後ろから突然現れたギルだった。新菜を自分の方へ引き寄せて、花屋の女性にお札を渡す。

「ギル!?」

「で、殿下⁉　しかも、こんなに！」

「俺の婚約者が世話になったな。釣りはその礼として取っておいてくれ」

突然の英雄の登場に、周囲が色めき立つ。さすが王都と言うこともあり、ギルのことは皆知っているようだ。そういえば、初めてこの街にやって来た時、彼は魔法で姿を変えていたことを思い出す。

確かにここの街では、変装でもしない限り一発で正体がバレてしまうだろう。

「ニーナ、心配したぞ。侍女からお前がいなくなったと聞いた時には肝が冷えた」

「ごめん。けど、ギル、コレどういうこと？　私、何も聞いてな……」

「えぇ！　その方が聖女様なんですか⁉」

新菜の疑問に女性の声が重なった。それにより更に観衆が増えてしまい、いつの間にか二人の周りには厚い人だかりができてしまう。

「あぁ、俺の最愛の人だ」

沸き上がる歓声に新菜の頬はこれでもかと赤くなる。

「あ、あの、ギル、恥ずかしい」

「ほら、そんな布被ってないで、皆に顔を見せてやれ」

「わわっ！」

頭に被っていた布を剥《は》ぎ取られ、新菜がその黒髪を晒《さら》すと、更に大きな歓声が上がった。

「殿下！　聖女様はまだ婚約のことをご存じないようですが？」

まるでリポーターのように質問をしてくる花屋の女性に、新菜は心底この場から逃げ出したくなった。こんな形で人から注目されるのは慣れてないのだ。

「どうしても逃がしたくなかったんでな。周りから固めさせてもらった。ニーナに話すのはこれからだったんだが、知られてしまったなら仕方がない」

「それでは、プロポーズはこれから？」

「ああ」

「じゃあ、一発ここでしてくださいな！」

そう言ったのは酒瓶を片手に持った男だった。その声に周りも一気に盛り上がる。

手拍子で囃《はや》し立てる者もいれば、口笛を吹く者もいた。ギルは仕方ないなと苦笑を浮かべながら、新菜の目の前で膝を折った。そのまま新菜の手を取る。

ギルの様子に、周りはぴたっと騒ぐのをやめて期待を込めた目で二人を見守る。

その状況に慌てているのは新菜だけだ。

「ちょ、ちょっと」

「ニーナ。俺と一生一緒にいてくれないか？　太陽が何千回、何万回昇ろうと、たとえ魂《たましい》だけの存在になろうとも、俺から離れないでいてくれ」

真摯《しんし》な瞳で見上げられて、新菜は胸が温かくなる。

彼に必要とされていると思ったら、涙腺がじわりと緩《ゆる》んだ。

「ギル……」

「俺と結婚してほしい」

新菜の手を取るギルの手がひんやりと冷たい。その温度にギルも緊張しているのだと感じて、新菜はなんだか嬉しくなった。

「……はい。よろしくおねがいします」

そう言って新菜が頭を下げると、辺りの熱気は一気に爆発した。

男達は野太い雄叫《おたけ》びを上げて、女性達は黄色い声を上げる。どこからともなく音楽が鳴り始め、誰も彼もが踊り出す。

そうして皆に祝福されて婚約を果たした聖女と英雄は、微笑み合いながら永遠を誓うキスを交わし合ったのだった。

深い森の奥で厭世的《えんせいてき》に暮らす魔女・エヴァリーナ。ある日彼女に、死んだ王子を生き返らせるよう王命が下る。どうにか甦生《そせい》に成功するも、副作用で王子が発情!?　さらには、エッチしないと再び死んでしまうことが発覚して──
一夜の情事のはずが、甘い受難のはじまり!?　愛に目覚めた王子と凄腕魔女のきわどいラブ攻防戦！

定価：本体1200円+税　　Illustration：綺羅かぼす

父の決めた相手と婚約した王女レイハーネ。その矢先、侍女を盗賊にさらわれてしまった。彼女を追って他国の宮殿にやってきたレイハーネは、奴隷《どれい》のふりをして潜《もぐ》り込む。すると、強面《こわもて》な王子ラティーフに気に入られてしまい——
婚約者がいる身なのに、甘く淫らに愛されて!?
砂漠の国を舞台にしたドキドキ蜜愛ファンタジー！

定価：本体1200円+税　Illustration：北沢きょう

没落令嬢フィリーネが嫁ぐことになった相手は、竜の血を引く王太子ジェスライール。とはいえ、彼が「運命のつがい」を見つけるまでの仮の結婚だと言われていたのに……。昼間の紳士らしい態度から一転、ベッドの上では情熱的に迫る彼。かりそめ王太子妃フィリーネの運命やいかに!?

定価：本体1200円+税　Illustration：ロジ

秋桜ヒロロ（あきざくら ひろろ）
広島県在住。2016 年より web サイトでひっそりと小説を公開し始める。趣味はスノーボードと娘を愛でること。「竜騎士殿下の聖女さま」にて出版デビューに至る。

イラスト：カヤマ影人

本書は、「ムーンライトノベルズ」(http://mnlt.syosetu.com/) に掲載されていたものを、改題・改稿のうえ書籍化したものです。

竜《りゅう》騎《き》士《し》殿下《でんか》の聖女《せいじょ》さま

秋桜ヒロロ（あきざくら ひろろ）

2016年12月26日初版発行

編集ー本山由美・宮田可南子
編集長ー塙綾子
発行者ー梶本雄介
発行所ー株式会社アルファポリス
〒150-6005東京都渋谷区恵比寿4-20-3恵比寿ｶﾞｰﾃﾞﾝﾌﾟﾚｲｽﾀﾜｰ5階
TEL 03-6277-1601（営業） 03-6277-1602（編集）
URL http://www.alphapolis.co.jp/
発売元ー株式会社星雲社
〒12-0005東京都文京区水道1-3-30
TEL 03-3868-3275
装丁・本文イラストーカヤマ影人
装丁デザインーansyyqdesign
印刷ー図書印刷株式会社

価格はカバーに表示されてあります。
落丁乱丁の場合はアルファポリスまでご連絡ください。
送料は小社負担でお取り替えします。

ISBN 978-4-434-22765-3 C0093